내 5급 연예인 1막

고고33 현대 판타지 소설

초판 1쇄 찍은 날 § 2022년 6월 17일
초판 1쇄 펴낸 날 § 2022년 6월 24일

지은이 § 고고33
펴낸이 § 서경석

총괄팀장 § 황창선
편집책임 § 김우진
디자인 § 스튜디오 이너스

펴낸곳 § 도서출판 청어람
등록번호 § 제387-1999-000006호
등록일자 § 1999. 5. 31
어람번호 § 제1-3185호

본사 § 경기도 부천시 부일로 483번길 40 서경B/D 3F (우) 14640
편집부 § 서울시 구로구 디지털로 272 한신IT타워 404호 (우) 08389
전화 § 02-6956-0531 팩스 § 02-6956-0532
http://www.chungeoram.com
E-mail § chungeorambook@daum.net

ISBN 979-11-04-92441-5 04810
ISBN 979-11-04-92386-9 (세트)

MODERN FANTASTIC STORY

내 S급

고고33 현대 판타지 소설

연예인 ◇ 10 ◇

[완결]

도서출판 청어람

목차

제1장

—

멋있는 대표와 좋은 대표 II

"고마워요."

바텐더가 술잔을 다시 채우고 물러나자 강현준은 바로 잔을 들었다.

녹은 얼음이 달그락거리는 소리를 들으며 단숨에 잔을 비웠다. 그런 다음 손을 한번 쥐었다가 펴본다.

아직까지 욱신거리는 통증이 남아 있었다.

"젠장."

퓨처엔터 대표가 그런 식으로 나올지 상상도 하지 못했다.

덕분에 SBC 로비에서 개망신을 당했는데, 그걸 또 누가 찍었는지 유튜브에 영상이 올라왔다.

악수하자마자 몸을 비트는 제 모습과 인상만 쓰고 있는 최고 남의 모습이 고스란히 잡혀 있었다.

사이다라는 네티즌도 있고, 최고남이 도를 넘었다는 네티즌도 있었다.

> ㄴ강현준이 사과하러 간 것 같은데 저렇게 나오는 건 개오버지
> ㄴ최고남 대표 그렇게 안 봤는데 완전 쪼잔하네
> ㄴ힘을 얼마나 준 거야? 강현준 아파서 끙끙거리는 거 애잔하다
> ㄴ저 뒤에 욕도 했대 강현준은 그래도 사과하고 왔고
> ㄴ나 윤환까지 싫어진다
> ㄴ댓글 반응 왜 이래? 강현준이 먼저 시비 털었는데 당연한 거 아님? 난 완전 사이다!
> ㄴ저기요, 일상적인 얘기였잖아요? 사람이 말도 못 해요?
> ㄴ사과하러 갔잖아 그러면 사과받아 주면 되는 거지, 저건 폭력입니다!!

"상황이 재밌게 흐르네."

알다가도 모를 게 네티즌들이다.

아침에는 그렇게 욕을 하더니, 이제는 편을 들어주니.

강현준은 피식 웃고 술잔을 다시 쥐다가 통증 때문에 눈살을 찌푸렸다.

가라앉던 화가 다시 올라올 때, 기자와 통화를 마치고 들어온 본부장이 옆자리에 앉았다.

"낼 기사 나갈 거야. 너 전에 촬영하다가 다친 손이라서 당분간 병원 치료받아야 할 것 같다고 했어."

"그거 왼손인데?"

"아무럼 어때."

본부장이 피식 웃고 다시 말했다.

"다행히 네티즌 분위기는 우리 쪽으로 기울고 있어. 좀 더 있으면 네 일은 기억도 못 할 거야."

"그걸 언제까지 기다려요. 차라리 쐐기를 박죠."

"어떻게?"

"지금 저쪽에 스캔들 하나 터지면 네티즌들 눈길 제대로 돌아갈 것 같은데요?"

"스캔들?"

넙데데한 얼굴이 바싹 다가왔다. 본부장은 이미 무슨 말인지 캐치하고 눈을 빛내고 있었다.

"여배우 스캔들 하나 내는 거, 어려운 일 아니잖아요."

"우리가 쥔 게 아무것도 없으니까 그렇지."

"언제 증거 찾고 팩트 운운하는 기자 있었어요?"

기자들은 대충 그림 맞춰주면 좋다고 기사를 낸다.

설사 문제가 된다고 해도 내리면 그뿐이니까.

그런데, 본부장 반응이 뜨뜻미지근해 보인다.

"별거 아니잖아요?"

"작년에 차강준 스캔들도 처음에는 별거 아닌 걸로 시작됐어. 스타일리스트한테 어플 깔라고 핸드폰 맡겼다가 제보 들어갔고, 그래서 마약 한 거 걸렸고, 단톡방 존재도 드러났지."

거기에 여섯소녀들까지 엮이면서 걷잡을 수 없이 커졌던 사건.

차강준이라고 알았을까.

한 번의 실수가 그렇게까지 커질지.

"갑자기 그 얘기가 왜 나와요?"

"조금 찝찝해서."

본부장은 이맛살을 잔뜩 찌푸리고 술잔만 매만졌다.

이유 모를 찝찝함이 달라붙는다.

"이게 뭐 별거라고 찝찝해요. 우리야 그냥 벌통에 돌만 던지고 나오면 되는 건데."

결국 본부장이 고개를 끄덕인다.

"그래, 아무도 모르게 말이야."

"그래요, 아무도 모르게."

강현준은 가볍게 웃으며 제 어깨를 쓸어내렸다.

"근데, 여기 꽤 춥네."

술이 더 필요하다. 몸을 데워줄.

*　　　　*　　　　*

[강현준 짓이에요! 어제 스타두 엔터 본부장이 기자들 그렇게 만나고 다녔대요! 나쁜 자식! 필요한 거 있으면 언제든 문자 주세요! 제가 힘닿는 데까지 알아볼게요!]

황 기자의 문자를 보면서 차에서 내렸다.

찬바람이 훅 밀려온다.

모기가 들끓던 촬영장에서 유병재와 수다 떨던 때가 엊그제 같은데, 이제는 아침이면 어깨가 움츠러들 정도로 한기가 느껴진다.

그나마 오늘은 추운 게 낫다. 머리가 식으니까.

엘리베이터 버튼을 누르고 기다리는 동안 핸드폰에 집중했다.

문자가 대체 몇 개나 온 거야.

읽을 엄두가 나지 않을 정도로 많아서 생략하고, 곧바로 인터넷 기사들을 살피며 도착한 엘리베이터에 몸을 실었다. 하지만 몇 개 읽지 못하고 화가 나서 핸드폰을 주머니에 쑤셔 넣었다.

머리를 식힐 겸 다른 생각을 떠올렸다.

윤소림은 비활동기라서 숙소 대신 본가에 머무는 중이다.

그래서 여동생들이 숙소를 쓰고 있는데, 여동생들은 독립의 맛을, 윤소림은 평범한 일상의 맛을 느끼는 중이다.

아, 지난번에 제육볶음 맛있었는데.

소속사 대표 왔다고 소림이 어머님이 한 솜씨 발휘하셨었는데, 오늘은 따가운 눈초리나 안 받으면 다행일 것 같다.

이런저런 잡생각 끝에 어느새 내 발길은 윤소림의 집 앞에 도착했다.

심호흡을 크게 하고 벨을 눌렀다.

잠시 뒤 문이 열리고, 소림이 어머님이 환한 미소와 함께 날 반겨주셨다.

"잘 지내셨죠? 아침부터 죄송합니다."

"그냥 오시지. 뭘 이런 걸 사 오셨어요."

오는 길에 슈퍼에 들러 산 휴지를 건네고 슬금슬금 안쪽으로 들어갔다.

"아버님은 출근하셨나 봐요?"

"저, 여기 있습니다."

"아, 안녕하세요!"

허리가 절로 숙여진다.

"여보, 대표님 식사하시게 준비해야지."

"아닙니다. 괜찮습니다."

손을 저었지만, 소림이 어머님이 웃으며 속삭이신다.

"제육볶음이에요."

입에 군침이 돌아 입을 열지 못하는 사이 내 몫의 밥과 수저가 식탁에 놓였다. 그것도 소림이 아버님과 마주 보는 자리다.

아무래도 체할 것 같다.

드라이기와 약간의 스프레이로 멋을 낸 희끗희끗한 머리를 눈에 담고 수저를 손에 쥐려는데.

"대표님 기사가 최근 들어 자주 보이더라고요."

"아, 본의 아니게 제 기사가 자주 나왔습니다."

"자주라고 하기에는 너무 많이 나오던데. SNS에서도 그렇고."

등짝 밈을 보신 모양이다.

"그랬는데, 기사가 쏙 들어갔네요."

내 목울대가 의지와 상관없이 꿈틀거린다.

"그만큼, 오늘 기사가 이슈라는 의미겠죠?"

날 보는 소림이 아버님의 눈빛이 매섭다. 수저를 쥔 손에 힘이 풀린다. 배도 살살 아픈 것 같고.

"대표님 체하시겠네. 얘기 그만하고 식사하세요."

소림이 어머님이 제육볶음이 담긴 접시를 내 쪽으로 밀어주고 미소 지으신다.

그래서 젓가락을 손에 드는 이때, 방문이 덜커덩 열리는 소리가 들리고 웬 여자가 나타났다.

잠옷 차림에 머리는 잔뜩 헝클어져 있고, 뿔테 안경으로 대충

가린 화장기 없는 맨얼굴이었다.

"으으!"

낮은 신음과 함께 기지개를 쭉쭉 켜더니 난데없이 스트레칭을
한다.

어깨도 풀고 옆구리도 풀고.

그러다가 내 쪽을 딱 보길래, 나는 고기 한 점을 입에 넣다말
고 물었다.

"어머님, 누구예요?"

"대표님 회사 여배우죠."

"몰라보겠네요."

"저도 가끔 신기해요. 사람이 저렇게 달라질 수 있나 싶어서."

소림이 어머님과 주고받고 하는 사이에 방문이 다시 닫히는 소
리가 들렸다. 그리고 잠시 뒤 핸드폰 화면이 반짝거렸다.

[대표님!!!]

＊　　　　＊　　　　＊

30분 정도를 기다린 뒤에야 준비를 마친 윤소림과 마주 앉을
수 있었다. 10분은 세안과 화장, 20분은 열심히 방을 치우는 데
걸린 시간이었다.

"너, 어디 촬영 나가니?"

"원래 집에서도 이렇게 하고 있어요. 오늘은 늦잠을 자서……."

소림이가 아직 덜 마른 머리를 묶으며 한숨을 길게 내쉬었다.

잠시 그러고 있더니 투덜거리는 목소리가 튀어나왔다.

"예고도 없이 오시는 법이 어디 있어요."

"사안이 사안인지라. 그러게 올 걸 예상을 했어야지."

윤소림이 콧잔등을 찌푸리는 동안 나는 기사를 검색했다.

[단독] 톱 여배우는 지금 열애 중!

기사에는 음영 처리 된 톱 여배우의 실루엣 사진이 실려 있었다.

언뜻 보면 윤소림과 전혀 상관없을 것 같지만, 눈썰미 좋은 팬들은 바로 알아챘을 거다.

"상희예술제 레드카펫 사진이야."

나는 실루엣 사진을 두들기며 말했다.

벌써 알아본 팬들이 댓글로 설왕설래하고 있고, 실시간검색어에도 윤소림이 올라와 있었다.

솔직히 말해서 기사를 보자마자 겁이 덜컥 났다.

알고 있기 때문이다. 스캔들 때문에 윤소림이 어떻게 됐는지.

머리로는 스캔들이 언젠가는 찾아올 것이란 사실을 알고 있었지만, 막상 닥치니 찬물을 끼얹은 것처럼 정신이 번쩍 들었다. 가뜩이나 날도 추운데.

"왜 이런 기사가 났을까요?"

강현준 이 개…….

그래서 자책도 했다. 내가 강현준의 도발 버튼을 누른 걸까 싶어서. 또다시 윤소림의 운명이 흔들릴까 싶어서.

아니면, 이것 또한 운명인 걸까.

"너, 괜찮니?"

나는 윤소림을 걱정스럽게 바라봤다. 그런데 윤소림은 미소만 짓고 있었다.

"지난번에 스캔들 났을 때는 겁이 덜컥 났었거든요?"

윤소림이 앉은 자리에서 일어났다. 침대를 벗어나 작은 발을 내디뎌 의자에 앉은 내게 다가오더니 손을 뻗는다. 책이 빽빽이 꽂혀 있는 책상에서 대본을 꺼낸다. 그러고는 다시 침대에 걸터앉고 말했다.

"그런데 지금은 겁이 안 나요."

"왜?"

"믿거든요."

그래서 또 왜냐고 물으려고 했는데.

"대표님이 절 지켜준다는 걸 믿어요. 나영 언니가 손써줄 것도 알고, 가희 언니가 저 대신 더 화내줄 것도 알고, 병재 팀장님이 저 대신 앞에 서줄 것도 아니까요."

알 수 없는 감정이 올라온다. 머리끝이 저려오고 가슴이 뭉클하다. 코도 간지럽고.

"그렇다고 뭘 그렇게까지 보세요. 괜히 민망하네."

윤소림이 이맛머리를 긁적이며 배시시 웃는다. 나도 피식 웃었다.

"많이 컸다 싶어서."

내가 옆에서 걱정하지 않아도 될 정도로.

"제가 원래……."

"원래 뭐?"

"키는 컸다고요."

머뭇거리며 말해놓고 녀석의 얼굴이 빨개진다. 왜 저러나 싶은데, 갑자기 아까 책상에서 꺼낸 대본을 내밀었다.

"저 이 작품 할게요. 하고 싶어요."

나는 윤소림의 손을 따라가 대본을 눈에 담았다.

매일 회사에 도착하는 대본들. 하지만 좀 더 나은 작품, 좀 더 괜찮은 작품, 조금 더. 그렇게 욕심만 내다가 쌓아둔 대본 중 하나였다.

평범하지만, 평범해서 생각이 많아지는 그런 이야기였다. 제목도 평범하다.

[나는 사랑을 몰랐다]

*   *   *

"뭐?"

유병재는 핫도그를 베어 물려다가 멈칫했다.

"내가 원래 컸다 아이가!"

차가희가 가슴을 쑥 내밀며 목소리를 높였다.

아무리 옷으로 꽁꽁 싸매고 있다지만 굴곡이 선명하다.

"미쳤구나? 그걸 소림이한테 가르쳐 줬다고?"

"원래, 성인의 썸은 적당히 야한 농담도 해야지 진도가 나가는 거라니까."

"좋은 거 가르친다."

"소림이도 연애해야죠. 언제까지 모솔일 수는 없지."

"그걸 누구한테 써먹으라고"

타박을 하고, 유병재는 핫도그를 크게 베어 물었다.

고운 설탕 입자와, 밀가루와 소시지가 입안에서 분쇄되면서 맛의 파티가 벌어진다.

"역시 핫도그는 돈육 99프로 소시지가 제격이지!"

유병재가 얼마 전 찍은 바이럴광고의 카피.

곧바로 차가희가 구시렁거린다.

"광고를 그렇게 찍으면서 어떻게 한턱을 안 쏠까."

"네가 가장의 고통을 알아?"

딸린 식구 운운하는 모습에 기가 막혀서, 차가희 입에서 헛웃음이 새어 나왔다.

"그러면 언니한테 문자 보내도 되죠? 설마 팀장님이 광고료 딴 통장에 챙기고 그러진 않았겠지."

주섬주섬 핸드폰을 꺼냈더니, 유병재의 우직한 손이 차가희 손을 재빨리 감싸 쥔다.

"뭐 먹고 싶어? 소고기 사줄까?"

유병재가 큰마음을 먹은 이때, 목소리가 불쑥 끼어들었다.

"지금 이러고 있을 때예요?"

김유리였다.

걱정과 답답함이 뒤섞인 눈빛이 두 사람을 쳐다본다.

"유리 씨, 빨리 왔네요? 아직 콜타임 아니지 않아요?"

"촬영보다 더 급한 일이 터졌더라고요. 어떻게 할 거예요? 스캔들 기사."

"아."

유병재는 태연하게 탄성을 뱉었다. 김유리가 눈살을 찌푸렸다.

"이렇게 여유 부리고 계실 때가 아니에요. 누가 헛소문 낸 건지는 알아냈어요?"

"강현준이요."

김유리의 눈꼬리가 가파르게 치솟았다.

"그러면 더 이러고 있으면 안 되죠, 그 인간이 어떤 인간인데. 분명 또 다른 꿍꿍이가 있을 거라고요."

김유리는 누구보다 강현준을 잘 알고 있었다.

경험하고 또 경험했으니까.

그러니 어서 빨리 일을 수습해야 하는데, 이 사람들은 왜 이렇게 태평한 건지.

"지금 제 얘기가 실감이 안 나시나 본데요. 당장……."

"실감 납니다. 실감 나는데, 강현준이 실수한 게 있어요."

"실수요?"

"일을 벌이려면 한 방에 크게 벌여야 하는 법인데… 아니구나, 진짜 실수는 따로 있었네."

김유리가 고개를 갸웃하자, 유병재는 손에 묻은 설탕을 탈탈 털어내고 속삭였다.

"진짜 실수는, 잠자는 사자의 코털을 건든 거죠."

           *   *   *

"강현준 이 미친 새끼!"

황 기자는 눈치를 살피며 최고남을 바라봤다.

그가 저렇게 분노하는 모습은 처음이었다.

"강현준 생각은 이랬겠지. 이렇게 실루엣을 띄워놓으면 논란이 일어날 테고, 자기한테 쏠린 관심은 사라질 거라고. 기자 역시 나중에 발을 슥 뺄 수 있고 말이야."

급기야 테이블을 쾅쾅 두드린다.

황 기자는 바로 맞장구쳤다.

"1차원적인 생각이죠. 바보들. 상대를 잘못 골랐지. 차라리 다른 배우 스캔들을 던지던가."

"그러니까!"

쾅!

"이제 어떻게 하실 거예요?"

최고남이 나직이 숨을 고르고 입을 열었다.

"황 기자, 이런 일이 생기면 나쁜 점과 좋은 점만 생각하면 돼. 감정은 최대한 빼고."

글쎄, 감정 엄청나게 드러내시는 것 같은데…….

*   *   *

"그래서 나쁜 점과 좋은 점이 뭐예요?"

"나쁜 점은 당연히 윤소림에게 피해가 있다는 거고."

"좋은 점은?"

"내가 악당 하나를 매장할 권리를 얻었다는 거지."

최고남의 살벌한 미소 앞에서 황 기자는 마른침을 꿀꺽 삼켰다.

팔뚝에 우툴두툴한 닭살이 올라온다.

최고남이 어떤 인간인가. 이제 강현준은 X 됐다고 봐야 한다.

"어느 정도예요? 강현준이 휘청거릴 정도? 아니면… 퇴출?"

기대감이 잔뜩 섞인 질문에 최고남은 미소만 짓는다.

"뭐, 밥 먹고 듣죠. 근데요, 저 섭섭할 뻔했어요."

등짝 기사 한번 냈다고 연락도 안 받고. 치사하게.

"그래도 이렇게 연락을 주셨으니까, 섭섭한 마음 다 잊고, 최대한 협조를……"

할 생각인데, 식당 문에 달린 종이 딸랑딸랑 소리를 내면서 손님들이 들어왔다.

어? 스카이데일리잖아?

"어라? 스포츠브리핑 기자도 왔네?"

기자들이 계속 들어온다. 웅성거리며 자리에 앉는데, 김나영 팀장이 오늘따라 유독 꼿꼿해 보이는 스카프를 목에 매고 등장했다.

"이거 뭐예요? 나 특종 주려고 부른 거 아니에요?"

"황 기자 혼자 먹기에는 너무 큰 것들이라서."

"것들? 강현준이 아니에요?"

"강현준 소속사를 아주 박살 낼 거거든."

최고남의 웃음소리에 황 기자는 할 말을 잃어버렸다. 그런데.

'왜 심장이 뛰고 난리야.'

짜증 나게 설레는 웃음소리였다.

*　　　　*　　　　*

'괜찮은 건가.'

퓨처엔터에서 아직까지 아무 연락이 없다.

하긴, 저쪽은 지금 정신이 없을 테니까.

'그런데 왜 이렇게 불안하지?'

본부장의 다리는 진동벨이 붙은 것처럼 좀처럼 가만있질 못했다. 왠지 안 좋은 일이 닥칠 것 같은 느낌이랄까.

"괜한 걱정이지. 쥐도 새도 모르게 했는데 누가 알아?"

그렇게 혼잣말을 하고 있을 때였다.

덜컥, 본부장실 문이 열리고 스타두 한상엽 대표가 들어왔다.

"아휴, 대표님!"

본부장이 벌떡 일어났다. 그런데 한상엽 대표 얼굴이 심상치 않았다. 거친 걸음으로 들어오더니 발을 냅다 휘두른다.

"앗!"

종아리를 걷어차인 본부장이 자리에서 껑충 뛰었다.

"야, 본부장! 내가 당신하고 강현준 씨 스타두에 데려온 거, 김유리 열받게 하려고 데려온 거라고 했지?"

"예, 예! 그러셨죠."

"그러면 김유리 열받을 짓을 해야지, 왜 애먼 애들을 건드려?"

"그게 무슨……."

본부장이 입을 열기 무섭게 한 대표가 먼저 얘기를 이었다.

"윤소림 스캔들 그쪽이 낸 거라며?"

"아니, 그걸 어떻게."

"바보야? 지금 모르는 기자가 없어!"

"대표님, 뭔가 오해가 있으신 것 같은데요."

"오해? 지금 퓨처엔터가 뭘 하고 있는지나 알고 그딴 소리를 하는지 모르겠네."

"그게 무슨……"

"모르면 전화해 봐! 그쪽이랑 짬짜미한 기자 새끼한테!"

한 대표가 눈을 부릅뜬다.

"잘 들어, 우리 회사에 해를 입히면 그때는 각오하는 게 좋을 거야."

＊　　　＊　　　＊

"김 팀장님, 우리야 배 채워서 좋긴 한데 진짜 그냥 밥만 먹고 가는 거야?"

고기와 찌개 냄새로 범벅인 식당 안.

타자 치느라 피곤했던 손으로 오늘은 한가로이 젓가락질하는 기자들 사이에 김나영 팀장이 있었다.

"우리 이런다고 기사 안 쓰고 그러지 않아. 페어플레이해야지."

"아이고, 마 기자님 또 불평이시다. 우리가 언제 뭐 해달래? 밥만 먹고 가라니까?"

"우리 밥 먹고 힘나서 우라까이 무진장 친다고 전화 하는 거 아니야?"

김나영 팀장의 능글능글한 웃음소리에 이어 기자들의 한바탕 웃음소리로 식당이 들썩거린다.

"진짜, 어떻게 된 거야? 소림 씨 연애하고 있는 거 맞아?"

"그건 내가 묻고 싶네!"

기자들을 쏘아보는 김나영 팀장.

그러더니 눈을 휙 흘기고 토라진 목소리로 말했다.

"내가 영국에 있느라 좀 소홀했다고 말이야. 이런 식으로 밑도 끝도 없이 때리기 있어요? 아니, 뭐 사진이라도 있으면 몰라. 실루엣이 뭐냐. 찌라시야?"

"아휴, 내가 기사 썼어? 왜 나보고 그래."

"마 기자님이 제일 먼저 퍼다 날랐잖아요!"

고기 한 점 집어서 마 기자 입에 털어 넣자 기자들이 깔깔 웃는다.

"우리야말로 섭섭하지! 맨날 특종은 세러데이만 주고. 세러데이 어땠냐? 사람 등짝에 단독 다는 건 좀 너무하잖아!"

어느 기자의 볼멘소리에 웃음이 멈추질 않는다.

"그러게. 나도 사람 등짝에 단독 붙인 건 처음 봤다."

"최초지, 최초! 어떻게 그걸 특종으로 만들 수가 있지?"

"나는 우라까이 치다가 현타 오더라."

"현타뿐이냐? 자괴감이 들더만. 내가 등짝 기사를 복붙하고 있다니."

"난 좋기만 하던데? 클릭 수 엄청나더만!"

"어떤 애는 등짝으로 기사를 열 개도 넘게 썼던데? 부장이 한탄을 하더라. 연예계가 언제부터 등짝에 목맸냐고!"

"네가 열 개 쓴 거 아니야?"

"하여간, 눈치들은."

끊임없이 농담과 술잔이 오가고 있었지만 정작 등짝 기사의 당사자인 황 기자는 분위기 잔뜩 잡고서 구석에 앉아 있는 최고남을 눈으로 좇고 있었다.

아까부터 최고남 자리에 감나영 팀장의 안내를 받은 기자들이

왕래를 하고 있었다.

하나같이 글발 좀 있는 기자들이었다.

그리고 뭔가를 얘기하면, 기자들은 고개를 끄덕이면서 조심스럽게 자리에서 일어나고.

'저거 뭔가 있는데.'

그래서 실은 아까 최고남과 얘기할 때 방석 아래 녹음기를 슬쩍 놓고 왔었다. 이제는 그걸 회수할 때.

"아이고, 취한다."

일어나서 비척비척 걸어가다가 최고남 옆에 철푸덕 넘어졌다.

"뭐야."

"아이고, 술이 올라오네."

스윽, 녹음기를 챙겨서 일어난 황 기자.

몸을 흔들면서 화장실에 들어간 그녀는 재빨리 녹음기에 이어폰을 꽂았다. 그리고 재생. 그런데.

—잘 들어, 황 기자.

흠칫, 놀랐지만 목소리는 이어졌다.

—내일부터 스타두 엔터 소속 배우들의 기사가 하나둘 터질 거야. 전부는 아니고 문제 있는 애들만.

꿀꺽.

—그렇게 터뜨리다가 마무리는 황 기자가 해. 기사 대상은 강현준이고 내용은……

이어진 얘기에 황 기자는 고개를 번쩍 들고선 중얼거렸다.

"그때 그 소문이… 사실이었구나."

대체 최고남은 모르는 것이 뭐란 말인가.

"그러니까 기자들이 기사를 하나하나 던지면……."

잔잔한 호수에 돌을 던지면 동그란 물결이 퍼진다.

돌을 두 개 던지면 물결은 두 개가 되어 퍼진다.

그렇게 퍼진 물결이 셀 수 없이 많아졌을 때, 그녀가 마지막 돌을 던지면 퍼진 물결끼리 부딪쳐서 물기둥이 치솟는다.

황 기자는 녹음기를 주섬주섬 챙겨 들었다.

앞서 최고남에게 얘기를 들은 기자들이 식당을 먼저 떠난 것처럼 그녀도 화장실을 나와 곧장 식당 출입구로 향했다. 하지만 나가기 전 잠깐 뒤돌았다가, 최고남과 눈이 마주쳤다.

짧은 순간 두 사람은 말없이 눈빛만 교환했다.

그렇게 밖으로 나온 황 기자는 껑충껑충 뛰었다.

"아싸, 특종이다!"

*   *   *

「일주일 후」

쾅!

힘으로 열어젖힌 문이 신발장에 때려 박혔다. 아무렇게나 신발을 벗은 본부장이 숨을 헐떡거리며 집 안으로 들어왔다.

"현준아, 현준아!"

하지만 굳이 찾지 않아도 되었다.

강현준은 소파에 앉아서 손톱을 오독오독 씹으며 핸드폰을 보고 있었으니까.

"너도 기사 봤지? 이건혁까지 터졌어!"

벌써 3명째. 스타두 소속 배우들의 스캔들이 연달아 터지고 있었다. 어디 모 기업 회장님의 스폰, 약물, 이번에는 이건혁이 SNS에서 몰래 광고를 했다는 기사까지 터졌다.

"젠장."

강현준은 제 목을 거칠게 쓸어내렸다. 스캔들 소리만 들어도 목이 조이는 느낌이었다.

"현준아, 한 대표가 나 잡겠다고 어깨들 풀었대. 어떻게 하지?"

"아직 확실한 거 아니잖아요. 이게 퓨처엔터에서 했다는 증거가 있는 것도 아니고."

"퓨처엔터에서 기자들하고 간담회 한 뒤부터 터진 거라잖아! 지금까지 특종 낸 기자들이 그때 참석한 기자들이고!"

"그래서 어쩌라고!"

강현준이 고함을 지르자 당황한 본부장은 눈만 깜빡였다.

"본부장님, 아니, 형! 내가 형 징징 짜는 거 들어주려고 데려온 줄 알아? 씨팔, 일이 터졌으면 수습을 해야 할 거 아니야! 그것도 아니면 몸으로 때우든가! 한 대표가 어깨를 풀었는데 뭐 어쩌라고? 우리 때문이라는 증거 없잖아!"

그러자 본부장이 제 입술을 핥더니.

"그 기자 새끼가 한 대표한테 불었대. 우리가 스캔들 기사 낸 거. 그리고 지금 터지는 스캔들 진짜 타깃은 너라는⋯ 소문도 돌고 있고."

강현준은 소파에 등을 묻고 눈을 감으며 속삭였다.

"이러면⋯ 나가린데."

그렇게 잠시 있던 강현준이 눈을 뜨고 일어났다.

"어디 가려고?"

"최고남 만나봐야죠."

"어떻게? 퓨처엔터 찾아가려고?"

"거길 미쳤다고 가요?"

*　　　*　　　*

"그러니까, 나보고 최고남 대표와 만날 수 있게 도와달라고?"

김유리는 헛웃음을 터뜨렸다. 촬영 때문에 기껏 만진 머리를 거칠게 쓸어 올리자 온전히 드러난 얼굴는 경멸이 가득했다.

"너랑 싸우자고 온 거 아니야. 최 대표하고 자리만 만들어줘."

"왜?"

"별거 아닌 일이잖아, 배우가 스캔들 터지는 게 뭐가 별거라고? 이렇게까지 해야 할 일이야?"

"그 사람한테는 별거인가 보지. 아니면 이젠 이유도 잊어버렸던가. 최고남 대표, 누구 하나 박살 낼 때까지 멈추지 않을걸?"

그 누구가 누구겠는가.

강현준은 마른침을 삼키고 다시 부탁했다.

"자리만 마련해줘. 그거면 돼."

"싫다면?"

"하던 대로 해! 욕하고, 짜증 내고, 그런 다음에 마지못해 부탁 들어주는 거. 그게 너잖아?"

"나에 대해서 그렇게 잘 아는 줄 몰랐네."

"당연히 잘 알지."

강현준의 뻔뻔한 태도에 김유리는 눈살을 찌푸렸다.

"웃긴다. 예빈이 그렇게 되고 전화 한 번 안 받더니."

"바빴어."

"바쁜 게 아니라, 숨죽여 산 거겠지. 내가 폭로라도 할까 봐. 솔직히 말해봐. 내가 예빈이 세상에 알리고 나서 잠도 제대로 못 잤지?"

날이 바싹 선 시선 앞에서 강현준은 제 얼굴을 쓸어내렸다.

"나도 예빈이 그렇게 되고 힘들었어."

"힘들었던 인간이 애 떠나보낼 때 얼굴 한 번 안 비쳐?"

"기자들이… 너도 알잖아. 너도 기자들 때문에 예빈이 어머님께 맡겨뒀던 거잖아?"

"그래, 그래서 후회하고 있어. 넌 후회하니?"

"당연한 걸 자꾸 왜 물어?"

"거짓말을 하니까. 너 후회 안 하잖아."

"진짜 듣고 싶어?"

"어. 말해봐. 솔직하게. 그러면 생각해 볼게, 최고남 대표와 자리."

그러자 강현준이 고개를 절레절레 혼든다.

"솔직히, 후회 안 해. 애초에 널 만난 것부터가 실수였으니까. 예빈이 그렇게 되고 내가 어땠을 것 같아? 그냥 그랬어. 내가 애 죽였냐?"

"이 미친 새끼."

"유리야, 너 뭔가 대단히 착각하고 있나 본데? 네가 뭐, 애 아빠가 나라고 폭로를 해도 난 상관없어. 그냥 카메라 앞에서 쇼 한번 하면 돼. 예빈이 보고 싶다, 미안하다, 그럴 사정이 있었다… 후."

강현준은 한숨을 쉬고 머리를 쓸어 올렸다.

"배우는 말이야, 연기만 잘하면 돼. 사생활? 그딴 거 시간 지나면 사람들 다 잊어. 알잖아? 나 이미지 좋은 거. 카메라 앞에서 눈물 쏟으면 또 얼마나 이미지 좋아 보이겠냐?"

"너… 애 얼굴, 기억은 하니?"

"기억나겠냐? 젖먹이 때부터 너희 엄마가 키웠는데."

아주 잠깐.

김유리는 강현준을 노려보다가 손에 쥔 핸드폰을 확인했다. 그리고 말없이 화면을 두드리고 나서 고개를 끄덕였다.

강현준이 안도하며 말했다.

"진작 자리 주선해 주면 얼마나 좋냐. 괜히 쓸데없는 소리나 해서 진 빠지게. 언제야?"

"지금."

"뭐?"

강현준은 출입문을 향해 고개를 돌렸다. 그러자 문이 열리고, 퓨처엔터 대표 최고남이 등장했다.

"이거, 지금 뭐 하자는 거야?"

"잠깐만요, 문자 좀 보내게."

최고남은 고개 숙인 채 손가락을 바쁘게 움직였다.

"유리 씨 말이 맞네. 딱 그런 사람이라더니. 카메라 앞에서 엉엉 우는 거 이미지에 도움이 되죠. 반성하는 모습도 보이고."

"저, 대표님. 뭔가 오해가 있나 본데."

"내가 지금 누구한테 문자 보냈는지 알아요? 아니, 뭘 보냈는지 알아요?"

문자를 보낸 최고남은 강현준을 보면서 통화 버튼을 꾹 눌렀다.

"황 기자, 녹음 파일 보냈다."

그리고 마지막으로 강현준의 눈이 한층 커진 모습을 보면서 최고남은 다시 말했다.

"특종이다."

*　　　*　　　*

"아휴, 아휴, 저 나쁜 새끼!"

편의점 주인이 TV를 보면서 혀를 내두른다.

어젯밤, 세러데이의 단독 기사와 함께 녹음 파일이 인터넷에 공개됐다.

그래서 아침 프로그램에 강현준 소식이 나오고 있었다.

실시간검색어와 포털사이트 메인화면도 강현준 차지다.

물론 강현준에게는 최악의 날일 것이다.

나는 카드를 내밀고 평소처럼 편의점 주인에게 부탁을 했다.

"오늘도 좀 부탁드립니다."

이른 아침부터 회사 앞에 나와 좋아하는 가수와 배우 얼굴 한 번 보겠다고 모여 있는 팬들에게 가끔 빵하고 우유를 챙겨준다.

회사 앞에 와서 보는 건 상관없다. 숙소하고 숍까지 쫓아오는 행동만 안 하면 예쁘게 봐줄 수 있다.

"최고남 대표다!"

"와, 실물 대박이다."

"아저씬데?"

누구야, 어떤 놈이야.

하마터면 고개를 돌릴 뻔했다.

꾹 참고 사무실에 들어가니 출근한 직원들이 너 나 할 것 없이 컴퓨터 앞에 모였다. 차가희는 코트도 벗지 않고 인상을 쓰고 있었다.

"유리 씨만 불쌍하지. 아이 보내고 약 없이 산 적이 하루도 없다던데."

"강현준은 사람 새끼가 아니야. 녹음 파일 들어보니까 개소리 작렬하더만."

"녹음 파일 없었으면 카메라 앞에서 우는 연기 했을 거잖아요. 어후, 소름."

아이 이름은 필터링했지만 강현준과 김유리의 말은 하나도 빠지지 않았다.

그리고 당연하게도 그 안에서 평소 젠틀한 이미지의 강현준은 찾아볼 수 없다.

"대표님, 강현준은 배우 생활 더 못 하겠죠?"

김승권이 물었다.

"당연하죠. 이런 인간은 절대 컴백하면 안 돼요."

권박하가 눈에 힘을 주고 말하자, 배서희도 나직이 말했다.

"그래도 언젠가는 또 나타날걸? 이런 사람이 부끄러움을 알 리 없으니까."

"내 생각도 그래. 강현준은 충분히 그러고도 남지."

김나영 팀장은 어깨를 으쓱하고 나를 바라봤다.

"대표님은 어떻게 생각하세요?"

나야 뭐.

"그런 건 관심도 없어. 중요한 건, 아직 끝이 아니라는 거야."

"예?"

"기자랑 짜고 경쟁 배우들 광고 못 하게 찌라시 뿌린 것도 기사 내고, 탈세한 것도 기사 내고, 소림이 스캔들 조작한 것도 기사 내야지."

추락하는 것은 날개가 없다.

강현준은 지금이 바닥인 줄 알겠지만, 지금보다 더 바닥으로 곤두박질칠 거다.

궁금하네. 그때 가면 그 얼굴이 어떻게 변할지.

잠깐 상상했을 뿐인데도 며칠 동안 분노로 들끓던 가슴에 콸콸 쏟아지는 약수를 들이부은 기분이다.

"어떻게 그런 짓까지 할 수 있었을까요?"

"배웠겠지. 아마 처음에는 회사가 자신을 띄워주기 위해서 기자와 손을 잡는 모습을 옆에서 봤을 거야."

그러다 기사 한 줄이 스캔들이 되기도 하고, 연예계 생활을 윤택하게 할 수 있다는 것을 깨달으면서 눈이 트였을 것이다.

광고주가 경쟁 배우와 자신을 저울질하면 찌라시를 살짝 던지고, 사람들의 기억에서 자신의 존재감이 흐려지면 이미지를 각인할 기사를 던진다.

연예인들이 기피하는 스캔들 기사가 강현준에게는 든든한 뒷배가 되어준 것이다.

물론 나라고 떳떳하지 않다.

어쩌면 나 같은 놈이 강현준을 만든 건지도 모르고.

"그러면 이제, 김유리 씨는 어떻게 되는 거예요?"

"한동안 또 네티즌들 입방아에 오르내려야겠지."

유병재가 중얼거리자 여직원들의 표정이 굳어졌고, 나는 모니
터 속 기사를 보면서 속삭였다.

"그래도 아마 잠은 잘 올 거야."

어쩌면 어젯밤에 단꿈을 꿨을지도 모르겠다. 오랜만에 예빈이
를 만났을지도 모르겠다.

"유리 씨, 우리 회사 오면 좋을 텐데."

"아직 계약한 데 없는 것 같더라고. 뭐 여기저기서 오라고는
하는 것 같던데."

"계약금 엄청나겠죠?"

"계약금이 문제야? 김유리가 세금을 얼마나 많이 내는데. 김유
리급이면 돈보다는 케어지."

"그러면 딱 우리 회사 아니에요?"

권박하가 턱을 살짝 들고 김나영 팀장을 바라본다.

"최고의 미디어 홍보팀장님, 최고의 스타일리스트, 최고의 매니
저, 그리고……."

나를 바라본다.

웃음이 나와서 고개를 돌렸는데, 문이 열리면서 바람이 살짝
들어왔다.

"우 팀장?"

유병재가 먼저 알은척을 했다.

그리고 우예지 팀장에 이어서 한 사람이 더 들어왔다.

"유리 씨?"

그곳에는 깊은 잠에서 깨어난 김유리가 있었다.

그녀가 다가와 나를 올려다봤다.

"퓨처엔터에, 제 차 한 대 주차할 자리 있을까요?"

나는 미소를 짓고 말했다.

"그럼, 주차비는 어떻게 우리 진지하게 얘기해 볼까요?"

*　　　　*　　　　*

"경제지 1면도 강현준 씨야."

한상엽 대표는 기가 막힌지 헛웃음을 지으며 테이블을 가리켰다. 테이블엔 오늘 자 신문들이 펼쳐져 있었다. 1면이 모두 강현준으로 도배돼 있었다.

그런데 정작 당사자는 코빼기도 안 비치고, 본부장은 목을 잔뜩 움츠리고 있었다.

"강현준 지금 집에 있나?"

"예."

본부장은 힘없이 고개를 끄덕였다.

정신없이, 아니, 미친 듯이 일이 벌어지고 있었다.

윤소림 스캔들 기사는 내면 안 됐었다. 과거로 돌아갈 수 있다면 목을 졸라서라도 말렸을 거다.

"뭐, 긴 얘기할 것 없고 위약금 토해낼 준비나 하고 있어."

"광고주들은 저희가 어떻게든 설득해 보겠습니다!"

"저희?"

한 대표가 눈을 부릅뜬다.

"아, 그게 아니라."

"본부장."

"예."

"광고주를 설득하든, 맞소송을 하든 그건 내 알 바 아니고, 내가 말하는 위약금은 우리한테 받아간 계약금에 대한 위약금이야. 다섯 배였지, 아마?"

한 대표가 자리에서 일어났다. 인터폰 버튼을 꾹 누르고.

"변호사님 들어오시라고 해."

혼이 나간 본부장은 덜덜 떨리는 손으로 강현준에게 전화를 걸었다. 계속.

.

.

.

핸드폰 화면이 꺼지질 않는다.

켜놓을 수가 없을 정도로 연락이 쏟아지고, 댓글 하나도 읽을 수가 없을 정도로 실시간으로 댓글이 쏟아진다.

어제의 천국 같던 세상이 오늘은 지옥이 돼 있었다.

어디서부터 손을 대야 할지 계산이 되지 않을 만큼 최악인 상황이었다.

하지만 강현준은 평소처럼 씻고, 평소처럼 거울을 보고, 평소처럼 깨끗한 옷을 입었다.

나갈 채비를 마칠 즈음이면 늘 매니저가 초인종을 눌렀다.

하지만 오늘은 조용하다. 핸드폰의 진동음만 귀에 거슬렸다.

강현준은 잠깐 소파에 앉았다. 그리고 어제 일을 되새겼다.

최고남과 김유리가 작정하고 판 함정이었다.

제대로 당했다.

망연자실해 있는 그에게 김유리가 했던 말이 떠오른다.

'예빈이를 안고 있던 당신 뒷모습이 가끔 떠올라. 다정하고 따뜻하고 듬직했는데.'

'……'

'그것뿐이야. 당신과 나 사이에 남은 건. 그것 말고는… 모조리 지워 버릴 거야.'

강현준은 거울 앞에서 제 등을 비춰봤다.

갓 태어난 아이를 안았던 기억이 떠오른다. 아이의 작은 손, 체온, 새근새근 숨소리가 품 안에서 꿈틀거렸었다.

그때의 등하고 뭐가 달라진 걸까.

달라졌다면 해어진 티셔츠나 입던 등이 고급 셔츠를 걸친 것밖에 없는 것 같은데.

김유리가 아닌 이상은 정답을 알 수 없을 것 같았다.

부르르. 부르르.

또다시 울리는 핸드폰의 전원을 끄고 내려놓던 강현준은 무심코 고개를 돌리다가 TV 선반에 놓은 칼에서 눈을 떼지 못했다.

택배 상자의 테이프를 자르려고 둔 칼이었다.

＊   ＊   ＊

[단독] 배우 강현준! 자택에서 숨 쉰 채 발견!

─강남경찰서는 강현준이 연락되지 않는다는 제보를 받고 소방서의 협조를 받아서 강현준 집을 확인한 결과, 멀쩡히 숨 쉬고 있는 강현준을 발견했다고 밝혔다. 한편……

"흐흐, 이거 어떤 돌아이가 기사 쓴 거냐?"

리셉션홀에 모인 기자들은 댓글을 보면서 박장대소했다.

"스카이데일리 마 기자잖아!"

"이야, 어그로를 끌 수만 있다면 영혼도 팔 인간이네."

"이미 헐값에 팔았다는 소문도 있어."

"아무튼 강현준은 이제 끝났다고 봐야지. 후속 기사도 계속 터지고 말이야."

"황 기자 걔는 정체가 뭐야? 어디서 그런 특종들을 주워 오는 거야?"

"거머리야, 거머리! 최고남 등짝에 쫙 달라붙어서 절대 떨어지질 않는 거머리!"

"그 정도면 최고남이 황 기자한테 전생에 죽을죄라도 지은 거 아니야? 업보가 제대로 쌓인 것 같은데?"

"어이구, 호랑이도 제 말 하면 온다더니."

황 기자가 사람들 틈바구니를 뚫고 들어온다.

"내 얘기 하고 있었어요?"

"우리가 황 기자 뒷담화나 하는 사람들인 줄 알아?"

"그래, 오늘 질문 뭐 할지 얘기하고 있었지!"

"언제부터 그렇게 열정적이셨다고."

"특종이 넘쳐나는 누구와 달리 우리 같은 기자들은 열심히 발로 뛰어야 하거든요."

기자들이 비아냥댈 때, 마이크음이 들렸다.

"지금부터 〈내 매니저〉 제작발표회를 시작하겠습니다."

진행자의 안내가 이어지고, 이내 기자들의 카메라 플래시가 터지기 시작했다.

연출자 김재하 피디를 시작으로 배우들이 단상으로 올라갔다.

김유리와 윤환이 환한 얼굴로 포즈를 취한다.

질문이 이어졌다.

"시놉시스를 보면 윤환 씨는 〈내 매니저〉에서 열정 넘치는 매니저로 활약하신다고 되어 있는데요. 매니저 역할을 어떻게 준비하셨는지 궁금하고, 또 어떤 매니저에게 가장 큰 영향을 받았는지 말씀 부탁드립니다."

윤환이 마이크를 쥐었다.

"물론 회사의 도움이 가장 컸습니다. 팀장님에게서 매니저는 이렇게 해야 한다, 이런 일이 벌어지면 이렇게 대처해야 한다 같은 조언을 많이 해주셨습니다. 제가 직접 현장에 나가보기도 했고요."

"매니저로요?"

진행자가 물었다.

"예, 릴리시크의 녹음 스케줄에 매니저로 동행하기도 했거든요."

"와, 보디가드 같은 매니저였겠네요."

"그냥 멀뚱히 서 있기만 한 것 같아요."

윤환이 멋쩍어하자, 아까의 기자가 다시 손을 들었다.

"저, 두 번째 질문 아직 답 안 해주셨는데요."

"아, 가장 큰 영향을 받은 매니저 말씀이시죠?"

윤환의 입술은 잠시 미소를 짓다가 마이크를 가까이했다.

"당연히, 저희 대표님이시죠."

플래시가 터지고.

기자들이 손을 번쩍 들기 시작했다.

*   *   *

차에 오르자, 윤환이 안전띠를 매며 싱글벙글 웃는다.

"제작발표회 마치니까 속이 후련하지?"

"대표님은 역시 대단하세요."

"또 뭐가?"

윤환의 관심과 사랑, 아니, 사랑이라는 말은 하지 말자.

애정이 과해서 부담스럽다.

"요 며칠 대표님 보면서 정말 배우고 깨우친 게 많아요."

"적당히 배워. 너무 많이 배우면 힘들어."

피식 웃으며 차에 시동을 걸었다.

"현장에서 다들 놀랐어요. 역시 퓨처엔터라고."

"환아, 내가 그랬지? 이런 일이 생기면 나쁜 점과 좋은 점만 생각하면 된다고."

"감정도 최대한 빼고요."

윤환이 피식 웃는다.

"너, 왜 웃어?"

"아니요, 대표님이 말씀하신 감정을 뺀다는 의미가 그런 거였구나 싶어서요."

"그런 게 뭔데?"

얘 보게. 이제 사람을 놀릴 줄도 알고.

그래서 빈주먹을 힘없이 휘둘렀더니 윤환이 여전히 잔웃음을
흘리면서 속삭인다.

"저 정말, 퓨처엔터 와서 다행인 것 같아요."

나도 다행이라고 생각한다. 윤환이라는 배우를 알아서.

"환아."

"예."

나는 천천히 액셀을 밟으면서 그를 불렀다.

"너 바보지."

눈을 깜빡이기만 하는 윤환.

나는 피식 웃으며 속삭였다.

"깨물어서 안 아픈 손가락이 어딨냐."

바보.

제2장

—

나에게 솔직해지기

밤사이 한바탕 폭우가 서울을 휩쓸고 갔다.

새로운 아침은 구름 한 점 없이 청명했다.

"…퓨처엔터테인먼트는 배우 김유리와 전속계약을 함으로써 앞으로 그녀의 향후 활동에 지원을 아끼지 않겠다고 밝혔다."

햇볕이 잘 들어오는 회의실에 고석천 이사의 목소리가 울려 퍼졌다.

"그러나 아직까지 배우 윤소림의 차기작에 이렇다 할 소식이 없어 팬들과 관계자들의 궁금증을 낳고 있다."

고 이사가 핸드폰에서 눈을 떼면서 날 쳐다본다.

"딱 소식 전하는 수준에서 언급해 달라고 했는데. 이 정도면 기사 나쁘지 않지?"

"예, 잘하셨어요."

차기작에 대해서 자꾸 언급하는 것도 배우에게는 부담이다.

하지만 잊히는 것 역시 부담이기 때문에 이 정도 선에서 기사에 언급되는 것이 지금으로서는 최선이다.

"그럼, 시작할까요?"

직원들이 회의실 창문에 블라인드를 치고 자리에 앉는다.

잠시 뒤 김홍식 피디가 비장한 각오를 품은 얼굴로 나타났다.

덩치도 산만 해서 꼭 전쟁 나가는 무사 같다.

어쨌든 준비를 단단히 한 모양이다. 계약할 때 하도 튕기길래 대충 할까 봐 염려됐는데.

오늘 결과물을 보고 김홍식 피디에 대해서 결론을 낼 생각이다.

결과물이 좋으면 앞으로 모두 맡기는 거고, 별로면 닭 모이 먹듯 매일 쪼아댈 거다.

"간단히, 영상에 대해 설명을 하겠습니다."

김홍식 피디가 눈에 힘을 빡 주고 포문을 열었다.

"이번 영상은 릴리시크의 녹음 스케줄을 팔로우 하면서 촬영한 영상입니다. 팬들의 함성, 녹음실에서 슈퍼스타 유유와 음악에 대해 논의하는 장면들을 긴장감 있게 촬영했습니다."

긴장감이라.

녹음실에서 긴장감이 느껴질 만한 게 있나?

하긴, 유유가 프로듀싱 하면 릴리시크 애들이 숨이 턱 막히긴 하겠지. 그걸 긴장감이라고 할 수 있을지 모르겠지만.

그리고 아까부터 김홍식 피디가 존칭하는 게 이상하게 마음에 걸린다.

아무튼 영상이 재생됐다.

.

　.

　.

—내리자!

유유의 녹음실에 도착하자, 김승권의 신호에 맞춰 릴리시크가 차에서 내렸다.

늘 그렇듯 녹음실 앞에는 팬들이 줄지어서 기다리고 있었지만 유유 팬들이었기 때문에 퓨처엔터 앞에서와 같은 함성은 들을 수 없었다.

하지만 아주 없는 것은 아니었다.

—릴리시크!

—언니, 너무 예뻐요!

—은혜 언니!

—연우야, 사랑해!

카메라에 함성과 팬들의 모습이 생생히 담겼다.

릴리시크는 짧지만 다정한 인사를 팬들과 나누고 녹음실에 들어간다.

유유가 녹음실에 있었다.

N탑을 나와 독립적으로 음악 활동을 하는 그는 북미 콘서트를 성공적으로 마치고 녹음실에서만 살고 있었다. 까칠한 수염과 그사이 자란 긴 머리가 시간을 말해준다.

유유 옆에는 오랜만에 보는 반가운 얼굴도 있었다.

류수정 작사가였다.

—안녕하십니까!

박은혜의 목소리가 녹음실의 정적을 깬다.

—오빠, 저희 왔어요!

—수정 언니!

아이들이 유유에게 인사하고 류수정 작사가에게 달라붙는다.

—언니, 다이어트했어요?

개구쟁이 소연우가 무턱대고 그녀의 몸을 마구 더듬는다.

—언니가 뺄 데가 어디 있다고. 좀 쪄야 해!

—그래요, 언니. 언니는 살 좀 찌워야 해요.

—내가 너희 만나고 7킬로가 쪘어.

—흐흐, 좋은 유전자로다!

여자들의 수다가 지나가고, 음악 얘기가 이어졌다.

릴리시크의 이번 앨범에는 4곡이 수록되는데, 이번에도 유유가 프로듀싱 하지만 작곡에 여러 팀이 참여했다.

가사는 류수정 작사가의 도움을 받아서 멤버들이 직접 쓰고 있다.

그래서 하루에도 수십 번씩 가사가 바뀌고 있었다. 내가 녹음 전까지는 마음껏 써보라고 했기 때문이다.

가사를 확인하면서 여러 이야기가 오간다.

사이사이 멤버들이 녹음 부스에 들어가서 녹음을 하기도 했다. 모두가 진지한 표정이지만, 녹음실 분위기는 밝고 희망차 있었다.

김홍식 피디, 아직 죽지 않았네.

멤버들의 인터뷰 장면도 이어졌다.

어린 시절은 어땠는지, 연예인이 왜 되고 싶었는지, 릴리시크가 되기까지 어떤 과정을 거쳤는지.

—고등학교 때 잠깐 연습생 경험이 있었지만, 졸업하면서 회사를 나왔어요. 막막했어요. 다시 회사를 들어가야 할지, 아니면 꿈을 포기해야 할지.

부모님의 이혼으로 박은혜는 할아버지와 단둘이 살면서 꿈을 키웠다.

—그때, 대표님이 절 찾아오셨어요.

박은혜의 미소가 어딘지 안쓰럽다.

—얼마 전에 할아버지한테 다녀왔어요. 가서 자랑 실컷 하고 왔어요.

[어떤 자랑이었나요?]

—할아버지, 대표님은 정말 굉장해요. 자고 일어나면 기적이 일어나요. 그리고 우리 멤버들은 최고예요.

뭐야, 긴장감 있다더니 눈이 시큰하네.

차 팀장이 어울리지 않게 코를 훌쩍거리다 휴지를 뽑더니, 코를 푼다.

—그런데, 할아버지는 이미 다 알고 계신 것 같더라고요.

[어떻게요?]

—관리인 아저씨가 저희 대표님이 자주 오셨다고 하더라고요. 와서 제 얘기도 해주고 술도 한 잔씩 따라주고 그러셨대요.

내 얘기에 기분은 좋았지만 불필요할 정도로 내가 언급되고 있다. 아무래도 저건 덜어내야겠다. 이건 릴리시크와 그들의 음악에 포커스를 맞추는 영상이니까.

—시니컬 안녕! 릴리시크의 분위기 메이커, 서브보컬, 리드래퍼……

소연우는 너무 에너지가 넘친다.

저러다가 아주 집안 소개까지 하겠네.

"저 장면 빠르게 넘기고, 자막으로 넣어요. 센스 있게."

"예, 센스 있게."

김홍식 피디가 미소를 지으며 고개를 끄덕인다. 이상하네. 전에는 편집에 끼어들면 눈에 불을 켜던 사람인데.

너무 쉽게 대답하니 찝찝하다.

아무튼 찝찝함을 떨쳐내고 영상을 계속 눈에 담았다.

─이번 EP 앨범은 유유 선배님의 곡뿐 아니라 외국 작곡팀과 협업한 곡도 있거든요? 정말 함께 일하기 어려운 팀인데, 대표님이 전화 한 통 하니까, 그냥 딱!

─유유 선배님이 프로듀싱 한 최초의 걸 그룹이 된 건, 저희에게는 정말 행운인 것 같아요. 대표님이 유유 선배님에게 부탁하지 않았으면 그런 행운은 오지 않았을 거예요.

부탁이 아니라 거의 빌었지.

근데 왜 자꾸 내 얘기가 나와.

심지어 외국 작곡가의 인터뷰에도 내 얘기가 나온다.

뭔가 이상한 낌새가 느껴질 즈음, 유유의 인터뷰가 이어졌다.

─최고남 대표님이 N탑에 있을 때는 항상 데뷔까지만 신경 써줬어요. 여섯소년들 때도 그랬고요.

[그럼 릴리시크는 지금 특별 취급 받는 거네요?]

─그렇죠. 제가 프로듀싱 하고 있으니까.

[릴리시크를 프로듀싱 하게 된 계기는 최고남 대표님의 제안이었나요?]

—시기가 적당했던 것 같아요. 최고남 대표님이 그리는 릴리시크의 미래가 흥미로웠고, 릴리시크가 가지고 있는 음악적 재능도 프로듀서로서 탐이 났고요.

화면이 바뀌고 주차장이 나타났다.

잠시 뒤, 차 한 대가 멈춰 서고 발이 클로즈업된다.

다리를 훑고 올라오는 앵글. 그리고 선글라스를 쓴 내 얼굴이 화면에 나타났다.

왜 저기에 내 얼굴이 나오는 걸까? 잠깐 고민하는 동안에도 내 뒷모습을 찍은 화면이 계속 이어진다. 배경음악도 점점 빨라지면서 마치 첩보영화의 한 장면처럼 긴장감, 그래, 긴장감이 물씬 풍긴다.

그렇게 내가 녹음실에 모습을 나타내자 모두의 시선이 달라붙었다.

이제 저 영상은 누가 봐도 내가 주인공이었다.

내가 선글라스를 벗고 녹음실 소파에 털썩 앉는다. 그러더니 다리를 꼬면서 약간은 건방진 표정으로 말했다.

—유유야, 요즘에는 발목 괜찮냐?

—바쁘니까, 바로 시작해요.

—흠… 시작해 볼까?

영상은 여기까지.

프로젝터 영상이 멈추고 블라인드가 걷히자 다들 김홍식 피디를 바라봤다.

그가 의기양양하게 날 쳐다본다.

"괜찮죠?"

괜찮을 리가 없잖아!

저게 어떻게 릴리시크 영상이야? 내 영상이지!

속에서는 화가 부글부글 끓어오르는데, 이놈의 업보가 뭔지.

"나… 쁘지 않네요."

겨우 쥐어짜서 말했더니 김홍식이 씨익 웃으며 말했다.

"사실, 진짜는 따로 있습니다."

"진짜는… 따로?"

김홍식이 가까이 오더니 핸드폰을 탁 꺼내서 내 앞에 가져왔다. 뭔가 싶어 보니 유튜브, 그것도 릴리시크 공식 계정에 올라온 영상을 톡 두드린다.

—등짝! 등짝! 등짝을 보자!
—퓨처엔터! 최고남!
—등짝! 등짝! 등짝을 보자!
—퓨처엔터! 최고남!

내 등에서 화려하게 뻗어나는 폭죽 CG와 우스꽝스러운 음악, 직원들의 따봉과 미소들.

"대표님, 이 영상 조회수가 벌써 백만입니다!"

김홍식의 말 따위는 들리지 않는다.

—등짝! 등짝! 등짝을 보자!

결국 분노한 나는 이성을 잃어버렸다.

"당장 지워!!"

*　　　　*　　　　*

"아쉽네요, 김유리 씨와 꼭 같이 작업해 보고 싶었는데."

넷플렉스 관계자는 아쉬운 마음을 뒤로하고 김유리를 바라봤
다.

대한민국 최고의 톱 여배우이자, 가슴 아픈 사연을 가진 그녀
의 모습은 그 어느 때보다 아름다워 보였다.

투명하리만치 맑은 눈에 비친 세상까지도.

"좋은 대답 드리지 못해서 죄송해요."

"유리 씨가 죄송할 건 아니죠. 저희가 아쉽지."

"저 혹시… 염두에 둔 다른 배우가 있으신가요?"

이해를 못 했는지 넷플렉스 관계자가 고개를 갸웃했다.

김유리가 다시 말했다.

"사실 제가 추천하고 싶은 배우가 있어서 여쭤봤어요. 다른 배
우가 있다면……."

"아니요, 듣고 싶네요. 유리 씨께서 누구를 추천하실지."

호기심 가득한 관계자의 시선에 김유리가 천천히 그 이름을
속삭였다.

"윤소림 배우요."

〈나는 사랑을 몰랐다(가제)〉

평범하지만, 평범해서 생각이 많아지는 그런 이야기.

윤소림은 이 작품이 하고 싶다고 얘기했고, 나는 기나긴 고민을 끝내고 일을 추진했다.

감독은 내가 잘 아는 사람이었다.

"야, 최고남!"

엘리베이터에서 내리기 무섭게 중년 여성이 흰머리가 희끗한 단발머리를 흔들며 다가왔다.

"키가 더 크신 거 아니에요?"

백영옥 감독의 프로필에는 키가 175센티미터라고 적혀 있다.

여자치고는 큰 키고, 예전보다 등이 더 꼿꼿해진 것 같다.

"나보다 머리 하나는 더 큰 자식이 뭐라는 거야?"

"제가 농구선수예요? 머리 하나는 무슨."

피식 웃으며 나와 악수를 나눈 백 감독이 이번에는 고개를 살짝 숙였다.

"윤소림 씨죠? 반가워요."

"처음 뵙겠습니다, 배우 윤소림입니다."

산전수전 다 겪은 베테랑 감독과 재능으로 똘똘 뭉친 여배우의 만남이었다.

"오늘 할 얘기 많네."

"그렇죠, 조건도 들어봐야 하고, 촬영 방향도 들어보려면 금세 밤이 오겠네요."

"뭘 그렇게 깐깐하게 하려고 해? 그냥 하자."

백 감독이 웃으며 내 옆구리를 푹 찌른다.

나도 윤소림을 보며 너스레를 떨었다.

"소림아, 미팅 때는 제작사에서 하는 얘기들을 잘 귀담아듣고, 말하지 않는 것이 있나 파악해야 해. 시나리오는 말 그대로 시나리오일 뿐, 그걸 만드는 것은 사람이고 돈이니까."

"아이고, 이러다 아예 영수증도 보여달라 그러겠네?"

백 감독은 우리를 회의실에 안내하고 말했다.

"대표 금방 온다니까 잠깐 기다려. 미안해요, 소림 씨."

"아니에요. 시나리오 보고 있을게요."

제작사 대표를 기다리는 동안 윤소림은 시나리오를 들여다봤다.

이미 몇 번이나 본 거지만, 눈썹을 살짝 찌푸리고 흘러내린 귀밑머리를 쓸어 올리며 집중해서 살펴본다.

이럴 때면 배우들이 부럽다. 또 다른 삶을 사니까. 새로운 가족, 새로운 친구, 새로운 세상을 연기라는 미명하에 자유롭게 누리니까.

나는 턱을 괴고 윤소림을 바라봤다.

이 녀석의 머리에는 지금 온통 명희뿐이겠지?

그래서 영화의 주인공인 서명희를 윤소림에게 덧칠해 봤다. 연필로 스케치를 하듯. 간밤에도 시나리오를 훑어봤기 때문에 어렵지 않은 일이었다.

내 머릿속에는 이미 명희가 있으니까.

관객은 명희의 20대부터 30대의 시간을 공유한다.

학창 시절, 취직과 연애, 사업과 성공 같은 과정들이 그 시간에 속해 있다.

명희의 곁에는 좋은 선배 한 사람이 있다.

명희는 바쁜 일상에 치여서 힘들 때나 위기를 맞을 때면 어김없이 선배에게 도움을 청한다.

그때마다 선배는 그녀의 얘기를 들어주고 위로해 준다.

선배 덕분에 명희는 외롭지 않았고, 도전할 용기를 잃지 않았다.

마침내 성공해서 하루하루가 행복하기만 하던 어느 날.

동창회 날을 손꼽아 기다리던 명희는 선배의 소식을 듣게 되고……

툭.

시나리오에 눈물 한 방울이 떨어졌다. 윤소림의 보조개가 젖어 있었다.

"이 장면은 몇 번을 봐도 눈물이 나요."

울먹이는 그녀에게 냅킨을 건네주려 할 때 회의실 문이 열렸다.

백 감독이 그녀보다 한 뼘은 작은 중년 남성과 함께 문 앞에 서 있었다.

남성은 윤소림을 보면서 잠깐 넋 나간 듯 서 있다가 미소를 보이고 속삭였다.

"백 감독, 여기 있었네. 우리 명희."

*　　　　　*　　　　　*

미팅이 시작되고 나는 잠깐 자리를 피해 회의실 밖으로 나왔다.

저 안에 내가 있어봐야 시선만 분산될 뿐이다. 지금은 윤소림이 혼자 싸워야 할 시간이었다.

프로덕션에서 제작한 영화 포스터며 등신대가 사무실 구석을 차지하고 있다.

테이블 위에 낙엽처럼 수북하게 쌓여 있는 시나리오를 살짝 밀어내고 앉았다.

단발머리 여직원이 눈웃음과 함께 커피 한 잔을 내줬다.

한 모금 마시며 회의실을 바라봤다.

통유리 너머에 윤소림이 곧은 자세로 앉아 있었다.

눈은 그 모습을 바라보면서 손은 방금 전까지 그녀가 쥐고 있었던 시나리오를 매만졌다. 온기가 여전히 남아 있었다.

한 모금 마신 커피를 내려놓고 한 장 넘기려는데, 눈앞에 그림자가 내려앉았다.

저승이었다.

"너 요새 어딜 그렇게 쏘다녀?"

힐끗 주위를 살피고 속삭여 물었다.

잿밥에 정신이 나갔는지 아니면 요즘 대한민국에 사건 사고가 늘어났는지 한동안 저승이가 보이질 않았었다.

[제가 공사가 다망합니다.]

저승이가 턱을 괴고 날 쳐다보며 빙긋 웃는다.

커튼처럼 내려온 곱슬머리 사이로 실실 웃는 눈이 보인다.

[근데 윤소림 곁에 있어야 하는 거 아니에요? 매니저가 노네.]

"윤소림이잖아."

[전에는 방 국장 찾아가서 땡깡도 부리고 평 피디한테 가서 알

랑방귀도 뀌면서 열심히 하더니.]

"배우가 성장할수록 매니저는 일하기 편해지는 법이거든."

나는 느긋하게 시나리오를 넘기며 대답했다.

고개를 들지 않아도 저승이가 콧잔등을 찌푸리고 있을 게 뻔했다.

[그래도 궁금하지 않아요? 안에서 무슨 얘기를 하고 있을지.]

조금?

[이따가 짬뽕 곱빼기 사시는 거예요?]

귀찮아서 고개를 살짝 끄덕이자 저승이가 목소리를 가다듬는다. 큼큼.

[윤소림이 웃고 있네요.]

그건 말 안 해도 안다.

바람 한 점 없는 회의실에서 윤소림의 머리칼이 코스모스 나부끼듯 흔들리고 있으니까.

[평소 쉬는 날에는 뭐 해요?]

[집순이라서 주로 집에만 있어요. TV 보고 영화 보고 전화도 하고요. 침대를 벗어나지 않는 것 같아요.]

커피 향보다 진한 여자 방의 화장품 냄새가 기억난다.

나는 얼마 전에 들렀던 윤소림 방을 떠올렸다.

책장에 빼곡히 꽂혀 있는 책이며 앨범들, 선반에 놓인 아기자기한 소품이며 시계, 벽에 걸린 타공판에 붙은 메모지들.

―내일은 대표님에게 고맙다고 말해야지.

―소영이 선물 고르기

―대표님이 살 빼라고 했다. ㅠㅠ

—엄마 아빠 결혼기념일 챙겨 드리기.

—대표님이 요즘 환이 오빠를 많이 챙긴다. 섭섭……

—지연이 옷 사주기. 할머니한테 안부 전화 하기.

—LA에서 본 영화, 해변, 대표님 등… 아, 또 가고 싶다. 미국.

윤소림이 볼펜으로 꾹꾹 누른 메모지들이 보물단지처럼 가득했다.

그리고 작은 수납장이 있었고, 침대 옆에는 취침 등이 있었다.

아, 발에 걸렸던 속…….

[이 아저씨 엉큼하네!]

'속초 해수욕장 전단지!'

그게 왜 방바닥에 있었는지는 모르겠지만.

바다가 보고 싶었나. 아니면 회가 먹고 싶었는지도.

[넷플렉스 다큐멘터리도 촬영한다고 들었어요. 어떤 다큐예요?]

[제 솔직한 모습을 담고 싶다고 하시더라고요. 그래서 요즘 들어 생각이 많아요. 어떤 것이 저에게서 솔직한 모습일지, 지금의 내 모습은 솔직하지 않은 건지, 아니면 나조차도 모르고 있던 내 모습이 있는지. 그런 거요.]

[당사자조차도 모르는 모습이라.]

문득 그런 생각이 들었다.

나는 소림이에 대해서 얼마나 알고 있을까.

[차기작 선정에 고민이 많았다고 들었어요. 저희 작품이 소림 씨의 눈과 마음을 어떻게 사로잡았는지 궁금하네요.]

윤소림이 손가락을 꼼지락거린다. 손안에 생각을 모으는 것처럼. 이윽고 입술이 떼어지고 생각이 술술 나왔다.

[시나리오를 한 장 한 장 넘길 때마다 명희의 시간들이 제 안에 쌓이는 기분이었어요. 스무 살의 명희가, 스물다섯 살의 명희가, 서른두 살의 명희가… 그렇게 넘긴 시나리오가 두꺼워질수록 제 안의 명희도 단단해지더라고요. 물론, 벌써 이만큼밖에 안 남았나 싶어서 슬프기도 했고요.]

[명희의 선배에 대해서 어떻게 생각해요?]

[너무 멋있죠. 속상할 때도, 힘들 때도, 좋은 일이 있을 때도 언제든 재잘거리면서 얘기해도 말없이 들어주는 사람이니까요.]

[복두장이가 대밭에서 임금님 귀는 당나귀 귀라고 소리치는 것처럼?]

중간에 백 감독이 끼어들고 깔깔 웃는다.

덕분에 초겨울 날씨 같던 분위기가 한층 살아났다.

윤소림의 붉은 입술이 기분 좋게 올라간다.

더 안 들어도, 더 안 봐도 걱정하지 않아도 되겠구나 싶다는 생각이 들 때쯤, 나는 회의실에서 눈을 떼고 시나리오를 살펴봤다.

씬마다 윤소림이 적은 생각들과 체크한 부분들이 보인다.

어지간히도 시나리오가 마음에 들었던 모양이다.

백영옥 감독은 촬영 직전까지 대본을 고치는 타입이라서 나중에 후회할 텐데.

크랭크인 날짜도 아직 멀었고.

아니지, 그 전에 이 작품을 할지 말지부터 결정해야 한다.

[소림 씨 주위에도 그런 선배가 있나요?]

질문이 또 이어졌고, 대답이 없길래 나는 시나리오를 덮고 고개를 들었다.

그러자 나를 바라보고 있는 윤소림과 눈이 마주쳤다.

미소를 보이길래, 나는 손을 살짝 흔들었다.

＊   ＊   ＊

윤소림을 먼저 보내고, 키 프로덕션 장명 대표와 백 감독을 만나 따로 저녁 자리를 가졌다.

매일 먹는 밥은 대충 해치우고 회사원들로 북적이는 파전집으로 자리를 옮겼다.

테이블에 앉자마자 백영옥 감독이 두툼한 파전을 헤집는다. 볼이 불룩 튀어나올 정도로 파전을 입에 욱여넣고 나서 동동주 한사발을 거하게 들이켰다.

거친 촬영 현장을 진두지휘한 십수 년 세월이 그녀를 술꾼으로 만들어 버렸다.

장명 대표가 혀를 끌끌 차며 그녀의 잔을 채워준다.

"적당히 마셔, 또 지난번처럼 잔뜩 취해서 내 머리로 연주하지 말고."

"그냥 양보 좀 해라. 장 대표 머리가 맨들맨들해서 손이 찰싹 찰싹 달라붙는다니까?"

"이 여자가 진짜!"

"최고남, 잘 봐라. 반년 안에 황야가 될 예정인 속이 텅 빈 머리, 대화 중 잠깐만 정신을 놓쳐도 존댓말이 절로 나오게 만드는 노안, 그렇지만 영화로 세계를 제패하겠다는 얼토당토아니한 포부가 담긴 탐욕스러운 이 눈빛!"

백 감독은 장 대표를 실컷 놀려놓고 숨을 껙껙대며 한 잔 더 마셨다.

장 대표가 어깨를 으쓱한다.

"내가 이러고 살아요."

"부럽습니다. 사이 좋아 보여서."

"그치? 부럽지?"

백 감독이 장 대표의 어깨를 끌어안는다. 장 대표는 좋은 건지 싫은 건지 발버둥 쳐서 그녀를 뿌리치고 말했다.

"화음 민 대표한테 얘기 많이 들었습니다."

"민 대표님 덕에 소림이가 빨리 자리 잡을 수 있었습니다."

"에이, 민 대표가 뭐 한 게 있어요? 소 뒷걸음질 치다가 쥐 잡은 거지."

그건 맞는 얘기다.

내가 다 했지, 뭐.

"야, 최고남. 윤소림 개런티 얼마 생각하고 있어?"

"제법 생각하고 있습니다만."

나는 재킷을 벗어서 옆에 두고 목을 가볍게 풀었다.

미팅 장소가 윤소림의 전쟁터였다면, 여기는 내 전쟁터다.

몸값 제대로 받고, 요구 조건 제대로 관철해서 제비 새끼들처럼 입 벌리고 있을 회사 직원들한테 한 아름 선물 안고 가야 한다.

"너무 그러지 마라. 장 대표, 최고남 네 팬이야."

이건 또 무슨 소리야.

동동주가 입으로 들어가는지 코로 들어가는지 모르겠다.

옆에서는 저승이가 혀를 날름거리며 입맛만 다시고 있었다.

"내가 너에 대한 얘기를 엄청 해줬거든."

나와 백 감독은 9년 전에 처음 만났다.

당시는 또 다른 N탑 배우의 매니저였고, 그때 얘기를 하자면 밤을 새워야 한다.

백 감독이 또 실실 웃는다.

"그러니 그런 얘기를 실컷 들은 장 대표 마음이 어떻겠어? 잠들기 전 머리맡에서 부모님이 읽어주신 동화에 매료된 어린아이처럼, 장 대표 역시 너에게 흠뻑 빠져들 수밖에."

"이 여자가 진짜 주책이야!"

장 대표가 펄쩍 뛰었다. 그런데 볼이 제법 불그스름해졌다.

왠지 가까이 가면 안 될 것 같은데, 장 대표가 술 한 잔을 더 입에 털어 넣고 입술을 소매로 훔쳐냈다.

안주 한 젓가락을 입에 욱여넣고 거칠게 씹은 다음에야 부풀었던 볼이 바람 빠진 풍선처럼 가라앉았다.

"그래, 좋아! 나 최 대표 팬입니다! 개런티? 팍팍 불러요! 우리 이번 영화로 칸 휩쓸어 버리면 되지, 뭐!"

"봐봐, 고남아. 이 탐욕스러운 눈빛 봐. 자기가 10년 내에 칸을 휩쓸 영화를 제작하겠대. 이게 말이 되냐?"

백 감독이 침을 튀겨가며 묻길래 나는 진지하게 대답했다.

"내기할까요? 전 가능하다에 걸게요."

구부러진 장 대표의 눈꼬리가 치켜올라 갔다. 술에 젖은 입술이 미소 짓는다.

"이거 오늘 집에 못 들어가겠네."

"집에 들어가실 생각이셨습니까?"

나는 술과 웃음을 듬뿍 담아 장 대표의 잔을 채웠다.

한 잔 술에 서로가 못 본 시간들을 얘기하고, 두 잔 술에 개인사가 이어진다.

별거 아닌 얘기에도 깔깔 웃느라 백 감독의 눈가 주름이 펴질 기미가 안 보였다. 초승달이 어디 갔나 했더니 여기 있었다.

덕분에 밝은 기운 두둥실 떠오른 테이블에서 비로소 영화 얘기가 이어졌다.

"야, 꼭 하자. 여기까지 왔는데 안 하면 손모가지를 확 그냥!"

백 감독은 취기가 제법 올라온 것 같다.

"제안이에요, 협박이에요?"

"제안이지. 공짜로 일할 거 아니잖아? 그리고 천하의 최고남이 협박이 먹혀?"

"저 이빨 다 빠진 지 오래예요."

나는 멀쩡한 이를 씨익 드러내며 말했다.

"아니던데? 나 아까 네 영상 봤어. 등에서 막 불꽃 나오고……."

"거기까지."

주머니에서 핸드폰을 꺼내려는 백 감독을 말리느라 잠깐 실랑이가 있었다.

나는 진이 빠져서 한숨 쉬고 얘길 계속했다.

"시나리오 좋더라고요. 감독님의 담담한 연출 스타일이랑 딱이에요. 솔직히 기뻤습니다. 감독님이 예전 폼을 찾으신 것 같아서."

"입바른 소린 거 아는데도 기분은 좋네. 천하의 최고남이 칭찬해 주니까."

"원하시면 밤새도록 해드릴게요."

백 감독과 싱거운 농담을 주고받는 이때, 잠잠히 있던 장 대표가 젓가락을 내려놓았다.

"개런티는 소림 씨 급에 맞춰 드릴게요. 문제는 명희의 선배 역인데, 생각해 둔 배우 있습니까?"

"제작사에서 캐스팅 논의 중인 배우는 없나요?"

"이건혁과 강현준을 고려했는데, 아시잖아요? 둘이 날아간 거."

날아갔지. 내가 날렸지.

왠지 찔려서 동동주를 홀짝거리며 말했다.

"톱급 배우가 하면 저희야 좋죠. 그래야 짧은 등장에도 임팩트도 있고, 소림이가 부담이 덜합니다."

관객들의 공감을 얻으려면 누가 봐도 톱급이며, 뭇 여성들의 마음을 설레게 만들 수 있는 남자 배우여야 한다.

"한동안 국내에서 작품 활동을 하지 않은 배우였으면 좋겠고, 그렇게 오래 쉬었어도 사람들이 반기는 배우였으면 좋겠고, 당연히 윤소림이랑 이미지가 잘 어울려야겠죠?"

나도 취한 모양이다.

혼잣말하듯 의견을 내비쳤더니, 백 감독이 어깨를 쓸어내리며 중얼거린다.

"뭘 고민하고 있어. 윤소림 캐스팅 기사 나면 기어 나오지 않겠어?"

기어 나온다는 표현이 좀 그렇지만, 상대 배우를 보고 영화를 결정하는 배우도 있으니 틀린 말은 아니다.

문제는 돈인데.

피식 웃은 장 대표가 웃옷을 벗는다. 그러더니 백 감독에게 툭 던지듯 건넸다.

"옷을 왜 그렇게 얇게 입고 다녀서 추위에 떨어."

"가려워서 긁은 거야!"

"때 떨어져. 빨리 입어."

"아이, 여기 왜 이렇게 추워?"

백 감독이 구시렁거리며 옷을 걸쳐 입는다.

장 대표는 그 모습을 끝까지 지켜보고 나서 말했다.

"그래요, 한번 두고 보자고요. 어떤 배우가 기어 나올지."

"정말 나올까요?"

내 질문에 백 감독이 씨익 웃으며 속삭인다.

"안 나오는 게 바보지."

$$*\qquad\qquad*\qquad\qquad*$$

"형, 아무리 생각해도 나 그거 할 걸 그랬나 봐."

제작사와 미팅을 앞두고 공수호가 입맛을 다시며 아쉬워했다.

얼마 전에 공수호의 팬이라고 자처한 캐스팅 담당자가 몇 번이나 연락을 해왔지만 장고 끝에 고사한 적이 있는데, 그 일이 아직까지 아쉬움이 남은 모양이었다.

"캐디님이 되게 섭섭해하시던데."

"야, 내가 몇 번을 말했냐? 백영옥 감독 한물갔다니까?"

매니저는 몇 번이고 한 말을 또다시 해야 했다.

"시나리오가 너무 괜찮아서 그렇지. 심지어 그거 실화래."

"그래서 문제야. 요즘 그런 게 먹히는 줄 알아? 뻔한 클리셰잖아?"

"언제는 뻔한 게 통하는 거라며?"

"뻔해도 너무 뻔해."

스토리는 맹숭맹숭하고 명희라는 캐릭터 외에는 딱히 두드러지는 역이 없는 시나리오.

공수호가 만약 그 제안을 받아들였다면 명희를 짝사랑하는 친구 역을 맡을 예정이었다. 주변을 맴돌면서 그녀만 바라보는 해바라기 같은 존재.

뭐, 그것도 나쁘진 않지.

여배우가 누구냐에 따라서 캐미도 느껴질 수 있고.

하지만.

"수호야, 형이 누구냐?"

매니저는 제 가슴을 툭툭 두드리며 공수호를 바라봤다.

녀석은 얼마 전까지 JBC 연속극에서 친일파 혈통의 남주를 보좌하는 비서로 활약했었다.

비서이지만 실은 독립운동가의 후손이었기 때문에 언제든 친일파를 처단하려고 기회를 엿본다는 설정이었다.

내용은 막장 드라마였지만, 그렇기에 전개는 시원시원했다.

매일 아침이면 주부 시청자들은 욕을 하면서도 TV 앞에 앉았고, 공수호는 현장에서 실제로 스태프들에게 욕을 먹어가면서 촬영을 했다. 연기를 못했으니까.

아무튼.

그나마 작가가 좋게 봐줘서 점점 분량이 늘어났고 마지막에 이르러서는 자갈치 시장에서 대한 독립 만세를 외치다가 교통사고로 사망, 극에서 하차했다.

어쨌든 가능성이 있는 신인 배우란 얘기다.

"나 한채희 매니저야. 그런 내가 널 찍었다고. 내 선택이 틀린 적 있어?"

"없지."

"KIS 드라마 누가 물어 왔냐?"

"형이지. 근데 캐디님이 진짜 후회할 거라고 그랬단 말이야."

"그거 다 싸게 부려먹으려고 수작 부리는 거야. 스토리가 좋아야 한다, 상대 배우가 좋아야 한다, 작품 고르는 데 출연료 신경 쓰면 안 된다. 뭐 이런… 엄마야!"

큰소리치던 매니저가 소스라치게 놀라서 손에 쥐고 있던 핸드폰을 떨궜다.

"왜?"

"한채희야. 오우, 십년감수했네."

매니저는 핸드폰을 줍지도 못했다.

"형, 나 언제까지 채희 선배님 피해 다녀야 해?"

"너 애꾸눈 화투쟁이 역할 하고 싶어?"

"아니."

"그러면 계속 피해 다녀. 〈이대 나온 여자 2〉 크레딧에 네 이름 올라가는 순간, 네 필모는 아작 나는 거야."

매니저는 전화가 끊어지길 기다리면서 다시 속삭였다.

"한채희는 지금 돌았다구."

다행히 전화가 끊어지고.

매니저는 안도의 한숨을 쉬면서 습관적으로 인터넷 기사를 확인했다.

그런데.

[단독] 배우 윤소림 차기작은 백영옥 감독의 '나는 사랑을 몰랐다'

"…수호야."

"응?"

"그거 작품 이름이 뭐라고 그랬더라?"

"뭐?"

"우리가… 깐 거."

"백영옥 감독님의 〈나는 사랑을 몰랐다〉."

매니저는 저도 모르게 입을 쩍 벌렸다.

"왜 그래?"

"아, 아니야. 아무 일도 아니야."

쿵쾅거리는 심장을 부여잡고 재빨리 핸드폰을 주머니에 쑤셔 넣을 때였다.

사무실 문이 벌컥 열리더니 화음의 민대용 대표가 박차고 나왔다.

멧돼지 같은 인상이라더니, 소문이 정확하다.

"대표님, 고정하세요!"

제작 피디로 보이는 여자가 민 대표를 따라 나오며 고함치듯 그를 말렸다.

"내가 지금 진정하게 생겼어? 그동안 내가 밥을 산 게 얼마고,

술을 산 게 얼마냐?"

"많긴 하죠."

"윤소림 매니저가 어디 보통 식성이야?"

"그래도 아직 모르는 거잖아요? 미팅한다고 바로 계약하는 것
도 아니고."

"야, 네가 백 감독이면 안 잡겠냐? 싱크로율 200프로 배우가
나타났는데?"

"대표님은 시나리오 어떤 건지도 모르시잖아요?"

"바보야, 윤소림이 그냥 한다고 했겠어? 자기한테 딱 맞으니까
한다고 하지! 최고남이 괜히 한다고 했겠냐고!"

민 대표는 그 이름을 되뇌더니 헛웃음을 흘렸다.

"와, 어제 통화할 때도 시치미 뚝 떼더니만. 솔직히 말해보라
고, 윤소림 차기작 정해졌냐고, 내가 몇 번이나 솔직히 말해보라
고 그랬는데. 이게 솔직한 거냐, 최고남!"

멧돼지가 포효한다.

*　　　　*　　　　*

"솔직히 말해서, 내가 키운 거나 다름없지."

소파에 느긋하게 등을 기울인 방 국장은 국장실을 찾아온 소
속사 대표와 배우를 여유롭게 바라봤다.

얼마 전 종영한 JBC 드라마에서 친일파 후손 역으로 열연을
펼친 배우 서재호였다.

아직은 톱급에 미치지 못하지만 작품 하나 잘 만나면 날아오

르는 것도 순식간일 터.

"윤소림이 여기 왔을 때가 생각나네."

방 국장은 고개를 돌려 국장실 문을 바라봤다. 정확히는 최고 남이 뛰쳐 들어왔던 기억이다. 어디서 싸구려 담금주를 사 들고 와서는 말이야, 그거 마시고 다음 날 숙취로 고생한 걸 생각하 면.

"국장님?"

"아, 그때 생각이 나서."

"얼마나 인상적이었길래 주먹을 꽉 쥐고 계세요?"

서재호의 소속사 미르 엔터 대표의 시선에 방 국장은 기침을 한 번 하고 주먹 쥔 손을 폈다. 하얗던 주먹이 제 색을 찾아간다.

"인상적이었지, 난 딱 보자마자 알았어. 쟤, 된다."

"역시 국장님이세요. 그리고 보면 퓨처엔터의 강주희도 국장님 과 인연이 있죠?"

"말해 뭐 해. 강주희는 지금도 명절이면 연락이 와요. 선물 꾸 러미며 잔소리며."

"잔소리요?"

"아니아니, 건강 챙기라 이거지."

"아, 두 분 사이가 각별하네요."

"각별할 수밖에. 허구한 날 나한테 은인이라나 뭐라나. 낯간지 럽게."

방 국장은 얼굴에 손부채질을 하며 껄껄 웃었다.

만약 강주희가 옆에서 이 얘기를 듣는다면… 상상하기도 싫은 일이지만.

"국장님이 보시기에 저희 재호, 어떻습니까?"

"글쎄."

방 국장의 그윽한 시선이 닿자 서재호가 자세를 고쳐 앉았다.

조각 같은 외모며 팔다리 길쭉한 거며 외모 면에서는 배우의 느낌이 제대로 난다.

퓨처엔터의 윤환이랑 비교해도 우열을 가리기 힘들 것 같았다.

하지만 윤환은 〈장산의 여인〉에서 보디가드 같은 비서 역할로 여성 팬들을 쓸어 담은 반면, 서재호는 친일파 후손으로 그 사실에 괴로워하면서 갈등하는 주인공의 모습으로 주부 팬들의 심금을 울렸다.

작품 때문에 둘의 포지션이 극명히 갈린 것이다.

더구나 장산의 여인은 여우주연상까지 배출한 작품.

아침드라마와는 비교할 수가 없지.

그러니 이건 주연 욕심 때문에 미르 엔터 대표가 잘못된 선택을 했다고 봐야 한다.

"재호 씨는 말이야, 이제부터 작품 선택에 신중해야 해."

방 국장은 눈에 힘을 주고 말했다. 마주한 두 사람이 진지하게 경청한다.

"작품을 구분하는 게 좋은 태도는 아니야. 하지만 우리나라 인식이 좀 그렇잖아? 아침드라마는 급 낮은 배우나 중견 배우들이 출연한다는 뭐, 그런 거."

윤소림이 아침드라마에 출연하겠는가.

최고남이 출연시키겠는가.

"저도 고민이 많았습니다. 하지만 일단 은호 얼굴이라도 알려야겠다는 생각에 그만……."

"그러니까 이제부터가 중요하다고. 크게 되려면 자잘한 것에 욕심내지 말고 멀리 봐. 작품만 생각하라고. 출연료나 인기, 그런 거 따지지 말고, 좋은 스토리, 좋은 배우, 좋은 감독. 이게 기본이 잖아?"

"그래서 국장님 찾아온 것 아닙니까."

미르 엔터 대표의 살랑거리는 모습에 방 국장은 미소를 끄덕였다.

'거의 다 넘어왔군.'

배우 몸값은 부지런히 깎아둬야 하는 법.

이번 드라마는 자회사에서 제작하기 때문에 한 푼이라도 아껴야 한다.

"이번 작품도 그래, 맘 같아서는 개런티 확 안겨주고 싶은데, 상한선이 있다 보니까. 알지?"

"얼마나……."

아직 약발이 덜 먹혔는지 소속사 대표가 넌지시 묻는다.

이럴 때는 한발 빼야 한다.

"그 부분은 추후 얘기하고, 작품 얘기를 더 해보자면 말이지……."

이때, 소속사 대표의 전화가 요란하게 울린다.

"아, 죄송합니다."

"받아, 받아."

"아닙니다."

전화를 받지 않는 소속사 대표.

그런데 핸드폰을 슬쩍 보더니 얼굴이 심각해졌다.

"왜 무슨 일 있어?"

"아, 아무 일도 아닙니다."

"그래? 아무튼 말이야, 백유미는 도장 찍었어. 재호 씨가 도장 찍으면 백유미랑 호흡 맞추는 거야. 이런 얘기는 좀 그렇지만, 재호 씨 급이 백유미에 맞춰 올라가는 거지."

비장의 카드인 백유미를 언급하고 소속사 대표의 얼굴을 봤다.

근데 뜨뜻미지근하다.

자리에서 일어날 때까지 그 모양이었다.

"그러면 고민 좀 해봐."

"연락드리겠습니다."

밖으로 나가는 걸음도 빠르고.

뭐지, 이 찜찜한 기분은?

그때였다. 씨피 하나가 헐레벌떡 뛰어온다.

"국장님, 기사 보셨어요?"

"뭐가?"

"윤소림이 백영옥 감독 작품을 한대요!"

"그게 무슨 소리야?"

"갑자기 남자 배우들이 줄줄이 고사하길래 뭔가 했더니, 윤소림이랑 호흡 맞출 기회라고 다들 스케줄 조정하고 난리 났어요! 심지어 조한경 쪽은 백영옥 감독 작품에 오디션 보겠다고 우리 드라마 하차한다고 연락 왔다니까요?"

그럼 아까 그 두 놈도?

방 국장은 서둘러 핸드폰을 꺼냈다. 최고남, 최고남을 되뇌며 기사를 검색. 윤소림 기사가 딱!

"젠장! 지금 도장 찍을 남자 배우들 몇이나 있어?"

"박신혁하고, 조한경하고, 아, 조한경은 날아갔고……."

"아무튼 남자 배우들 오늘 안에 도장 받아! 알았지?"

그리고 어김없이 이어지는 포효.

"최고남!"

*   *   *

배우가 작품을 선택했다면 회사가 해줄 것은 연기에 도움이될 만한 것을 최대한 제공하는 것이다.

액션 영화를 준비한다면 액션 스쿨을 끊어주든가, 살을 빼야한다면 다이어트 식단을 짜준다든가, 외모에 변화를 줘야 한다면피부과를 알아봐 주는 식이다.

당연히 의상 콘셉트도 준비해야 하고.

그러기 위해서는 직원들도 연기자 이상으로 시나리오를 꼼꼼히 살펴봐야 한다.

한적한 오후.

나와 직원들은 가로수가 잘 보이는 카페에서 백 감독의 시나리오를 살펴보는 시간을 가졌다.

영화의 도입부는 시간이 흘러서 노인이 된 명희의 모습으로 시작된다.

단풍잎 가득한 아름드리나무 아래서 휠체어에 의지해 앉아 있던 명희는 우연히 어떤 이의 모습에서 추억을 되새긴다.

"난 이런 거 보면 신기하더라."

차가희가 시나리오를 보다 말고 고개를 갸웃한다.

"과거의 일이 몇십 년 뒤에 갑자기 팍 떠오를 수 있나?"

"왜요? 저는 밥 먹다가도 중학교 시절 떠오르는걸요?"

김승권이 촉새처럼 끼어들었다.

"하지만 그렇게 떠올린 기억은 안개 같잖아. 그냥 그런 색이었구나, 그냥 그런 향수였구나, 그냥 그런 날씨였구나 싶지. 어제처럼 생생하진 않지."

"그런 생생함을 떠올리게 하는 키워드가 있겠지."

유병재가 케이크를 가르며 속삭였다.

"키워드?"

"어떤 단어일 수도 있고, 습관일 수도 있고, 어쩌면 찰나의 순간이 과거와 겹쳐 보일 수도 있지. 매일 이어지는 인생에서 특별함으로 남는 것은 대개는 아주 작은 것들이니까."

중얼거리듯 말을 마친 유병재가 케이크를 입에 쏙 넣고 눈을 지그시 감는다.

아마 저 인간은 몇십 년 뒤에 오늘 저 케이크 맛이 떠오를지도 모르겠다.

"대표님도 그렇게 생각하세요?"

직원들의 시선이 내게 넘어왔다.

"글쎄."

오늘 이 순간의 기억이 몇십 년 뒤에 갑자기 떠오를 수 있을까.

살면서 과거를 회상하는 일은 많았지만 바람처럼 훅 들어와서 과거를 느끼게 하는 순간은 그리 많지 않았다.

하지만 유병재 말도 일리는 있다.

"윤 배우, 여기야!"

생각 중에 차가희가 손을 번쩍 들었다.

고개를 돌려보니 카페에 막 도착한 윤소림이 환하게 웃으며 다가온다.

걸음걸이에 머리카락이 흔들린다. 창 너머 불어온 바람에 그녀의 옷깃이 펄럭거린다. 카페 천장에서 울려 퍼지던 노래가 다음 곡으로 넘어간다. 구두굽 소리가 경쾌하다. 익숙한 향기가 확 다가온다.

"대표님!"

내 키워드였다.

제3장
—
좋아해

　자리에 앉은 윤소림은 가방에서 시나리오를 꺼내 테이블에 올려놓았다.

　미리 도착한 대표님과 직원들은 햇볕이 잘 드는 자리에 모여 그녀를 위해 머리를 맞대고 있었다.

　오랜만에 보는 그들의 모습에 윤소림의 입꼬리가 기분 좋게 올라갔다.

　스케줄을 소화하고 자기 관리 시간까지 가지려면 하루를 쪼개고 또 쪼개야 해서, 예전처럼 직원들을 자주 볼 수 없기에 이런 시간은 너무도 소중했다.

　"확실히 영화가 드라마보다 일하기가 편해. PPL 신경 안 쓰니까 일이 너무 편해!"

　차가희의 목소리는 언제나 한 톤 높았다.

"그래도 성 대리는 뭐라도 하나 넣어보려고 오늘 제작사 미팅 한다고 하더라고요."

늘 그렇듯 김나영 팀장의 스카프는 흔들림 없이 꼿꼿했고.

"백영희 감독님 성격에 PPL 걸기 쉽지 않을걸?"

심드렁한 유병재의 말투는 어제처럼 익숙했다.

"그래도 일단 찔러보는 거지. 나는 성 대리 그런 점이 좋더라."

혼잣말하듯 속삭이는 최고남에게 윤소림의 시선이 머물렀다.

그가 물었다.

"씬 하나 맞춰볼까?"

"잠시만요."

"천천히 해."

최고남이 미소 한번 슬쩍 보이고 핸드폰을 들여다본다.

윤소림은 서둘러 시나리오를 넘겼다. 깨알 같은 글씨가 낙서같이 적혀 있었다.

원체 대본이란 것은 깨끗하게 쓰려야 쓸 수가 없는 물건이었다. 볼 때마다 생각이 덧붙으니까.

어디서부터 시작할까 고민하는 중에 동그란 표시와 별 표시가 적힌 대사 한마디가 눈에 들어왔다.

"혹시 저 좋아하세요?"

순간, 최고남이 핸드폰에서 눈을 떼더니 그녀를 잠시 마주 보다가 피식 웃는다.

"좋아하지, 넌 내가 아끼는 후배니까."

한적한 오후의 카페에서 대본 리딩이 시작됐다.

대표님의 목소리가 바람을 타고 들려온다. 가로수의 나뭇잎이

사르르 떨린다.

*   *   *

가을바람이 슬며시 들어오는 KIS 국장실.

방기룡 국장과 김재하 피디는 머리를 맞대고 백영희 감독의 시나리오를 살펴봤다.

〈나는 사랑을 몰랐다〉

살펴보는 목적은 왜 최고남이 이 작품을 선택했는지, 과연 이번에도 녀석은 홈런을 칠 것인지, 그놈이 의기양양해하는 꼴을 또 봐야 하는 건지.

"작품은 괜찮은데… 하필 멜로 영화람."

김 피디는 시나리오를 덮은 뒤 고개를 갸웃했다.

윤소림의 몸값과 대중의 기대치가 더할 나위 없이 높아진 지금 같은 상황에서 최고남이 선택한 작품이라고 하기에는 아리송했다.

막대한 자본이 투입된 텐트폴 수준의 영화도 아니고, 그렇다고 관객이 미어터질 만한 스토리라고 보기에도 어려웠다.

매운맛도, 짠맛도 없이 담백하기만 하다. 뭐랄까, 흔하다고 할까.

물론 백영희 감독의 연출력과 배우 윤소림이 만났다는 것만으로도 영화 팬들의 기대치는 수직 상승 하겠지만, 좋아하는 배우나온다고 영화 보러 가는 팬이 과연 몇이나 될까?

"후하게 쳐도, 백영희 감독 이름값에 윤소림 이름값 합쳐 100만

명 정도 보려나. 장고 끝에 둔 한 수치고는 아쉽네요."

어쩌면 최고남이 속도 조절을 하는지도 모른다.

라이징스타에서 여우주연상을 수상하기까지 윤소림의 행보는 그야말로 순식간이었으니까.

그래서 그동안 미디어에 윤소림의 이미지는 너무 쉽게, 너무 많이 노출되기도 했다.

"아니, 나는 오히려 신의 한 수라고 본다."

의외의 말에 김 피디는 미간을 찌푸렸다.

"예? 왜요?"

"스토리가 담백하다는 건, 스토리 외적으로 오로지 배우에게 기댄다는 얘기야. 그 말인즉, 이번 영화로 윤소림 그 자체의 흥행성을 보여줄 수 있는 거지."

하물며 극의 전반적인 흐름은 여주인공의 성장 서사로 흘러가는 스토리였다. 대학을 졸업하고, 일을 하고, 사랑을 하는 일련의 과정에서 여성 관객들은 공감을, 남성 관객들은 윤소림에게 온전하게 빠져들 것이다.

"김 피디야, 넌 아직 최고남을 몰라. 그 자식이 100만 명 정도로 만족할 놈일 것 같아? 그 탐욕스러운 놈이?"

방 국장은 코웃음으로도 모자란지 실없이 낄낄거렸다.

그러더니 갑자기 눈을 부릅뜨고 시나리오를 획획 넘겨서 등장인물 페이지에서 어느 한 부분을 탁 집어냈다.

그것은 마치 꽉 막혀 있던 바둑판에서 신의 한 수를 찾은 듯한 표정이었다.

"명희의 선배 역. 이 역을 누가 하냐에 따라서 관객 100만 명이 더 움직일 거다."

신내림 받은 듯한 방 국장의 행동을 잠시 보던 김 피디가 고개를 끄덕인다. 저 말을 이해해서가 아니라 말 같지도 않은 얘기라서 그냥 한 귀로 흘리기로 한 것이다.

방 국장이 다시 물었다.

"선배 역은 아직 배우 안 정해졌지?"

"병재한테 듣자니, 볼륨이 작아서 A급 남자 배우들이 하겠다고 뛰어들었다가 도로 나가는 모양인가 봐요. 제작비가 80억 정도라는 것 같더라고요."

"배우들 개런티에 이것저것 빼면 순 제작비는 50억 정도, 손익분기점이 200만 명이라."

국장 자리에 가만히 굴러 들어온 것이 아니라는 듯 순식간에 영화의 손익분기점을 유추하는 방 국장의 모습에 김 피디의 눈빛이 달라졌다.

"역시 국장님이십니다. 알파고가 따로 없네."

엄지를 척 내미는 김 피디를 보면서, 방 국장은 아침에 인터넷에서 본 기사를 떠올렸다.

[연예가소식] 키 프로덕션, '윤소림' 합류로 제작비 재산정 고민 중

—영화는 당초 총 제작비 80억에 손익분기점 200만 명의 규모였지만 윤소림의 영향으로 투자사와 제작사는 제작비 재산정 여부를 고심하고 있다. 제작비가 올라가면 톱급 배우를 캐스팅할 여력이 생기기 때문에 감독이 배우를 선택할 수 있는 범위도 넓어질 수 있다. 한편 백영희 감독도 본격적으로 제작팀를 꾸리고 배우 캐스팅을 서두르는 것으로 전해졌다.

역할마다 두세 명의 배우를 선정하고 바로 오디션에 들어갈 예정……

그걸 봤으니 아는 거지, 알파고는 무슨.

"그래서 너는 선배 역에 누가 될 것 같냐?"

"예상하는 배우라도 있으세요?"

"글쎄, 잘생긴 놈이거나 연기 잘하는 놈이거나 둘 중 하나 아니겠냐?"

한마디로 모른다는 얘기였다.

"둘 다일 수도 있지 않겠습니까? 잘생기고 연기 잘하는 놈."

일리 있는 의견이지만 방 국장은 고개를 가로저었다.

대한민국에 널리고 널린 것이 배우이고, 잘생기고 연기 잘하는 배우들이 차고 넘친다는 사실을 누구보다 잘 알고 있음에도 방 국장은 고개를 가로저었다.

"왜요?"

"잘생기고 연기 잘하는 배우는 우리가 가져올 거니까."

"예?"

"예전에 최고남이 시골에서 미꾸라지 잡는 얘기를 한 적이 있었지. 언 땅을 삽으로 파서, 미끄덩거리는 미꾸라지를 잡으면 쏙 빠져나가기 일쑤였다고 말이야."

건치를 드러내고 웃는 방 국장.

"그게 왜요?"

"난 그때 말했지. 나라면 네가 잡은 미꾸라지를 빼앗을 거라고. 멍청한 놈! 추워 뒤지겠는데 왜 언 땅을 삽으로 파고 있어? 흐흐."

저 말인즉, 윤소림 영화에 출연하려는 남자 배우를 뺏어 오겠다는 의미였다.

그중에는 방 국장이 KIS 드라마에 캐스팅하려고 손을 뻗었던 배우도 있을 거다.

이런저런 핑계를 대며 고사했던 배우가 윤소림 영화에 출연한다? 방 국장이 곱게 지켜볼 리가 없다.

김 피디는 뒤늦게 방 국장의 의도를 눈치채고 마른침을 삼키며 물었다.

"왜 이렇게까지… 하시는 겁니까? 요즘 최고남하고 사이 좋으셨잖아요?"

"이유는 더 이상 중요한 게 아니야."

창가로 다가가 등을 보이는 방 국장의 모습을 보면서, 김 피디는 최고남에게 문자를 보냈다.

[야, 국장님 삐졌다.]

윤소림이 KIS 드라마 안 하고 영화 해서.

*   *   *

김재하 피디가 방 국장이 삐졌다는 소식을 최고남에게 전했을 즈음 키 프로덕션은 본격적인 프리프로덕션 작업에 들어갔다.

스태프를 꾸리고, 장소 헌팅을 하는 등의 사전 작업이 신속하고 분주하게 이어지면서 조단역 배역을 캐스팅하기 위한 오디션도 진행됐다.

이미 기사를 통해 윤소림의 캐스팅 소식이 전해졌기 때문에 오디션 열기는 전에 없이 뜨거웠다.

기자들의 관심도 뜨거워서 제작사 앞에 선팅을 진하게 한 차한 대만 서 있어도 누구 차인지 추측 기사가 올라올 정도였다.

물론 늘 그렇듯 퓨처엔터가 뒤에서 열심히 부채질을 한 결과이기도 했다. 기자들은 배 채워서 좋고, 퓨처엔터는 윤소림을 띄울 수 있는, 서로가 윈윈하는 결과였다.

"생각한 이미지에는 딱이었는데."

배우 신준기와 미팅을 마친 백 감독은 무거운 한숨을 내쉬었다.

작년 MNC 드라마 〈한밤의 엽서〉에서 주이래와 호흡을 맞췄던 신준기는 이미지도 인성도 좋은 배우였지만, 백영희 감독의 성에 차지는 않았다.

눈매가 날카로운 외모가 명희의 선배 역할에는 어울리지 않았기 때문이다.

"이제 누가 남았더라."

백 감독이 흰머리 숲을 헤집으며 머리를 쓸어 올리자, 눈 밑 다크서클이 짙어 보이는 인물조감독도 제 머리를 볼펜으로 헤집으며 배우 프로필들을 뒤적거렸다.

"윤선준 어때세요?"

"걔는 안 돼. 전작이 불륜남 역이었잖아."

"김성민은… 안 되겠네요, 나이 차이가 너무 나서. 아, 박동관 어때세요?"

"동관이는 내가 직접 물어봤어. 군 문제 얽혀서 작품 활동 계획이 없대."

도저히 답이 없어서, 백 감독은 담배 한 대를 입에 문 채로 프로필 뭉치를 두드리며 이미지를 떠올렸다. 윤소림에게 잘 어울릴 상대 배우를.

"키는 윤소림보다 머리 하나 정도 더 올라왔으면 좋겠고. 그래야 명희가 선배 어깨에 머리맡을 기대지. 그리고 미소는 햇살처럼 따뜻하고 휘핑크림처럼 푹신했으면 좋겠고, 눈빛에 여유가 있었으면 좋겠어. 그래야 선배 같으니까. 그리고 얼굴은 당연히 잘생겨야 하고. 아, 목소리도 좋아야 하지. 선배와의 전화 통화가 우리 영화의 포인트니까."

백 감독이 그리는 명희의 선배 이미지는 딱 그 정도였다.

백마 탄 왕자 같은 건 필요 없다. 누구에게나 하나쯤 있을 법한 좋은 선배. 딱 그 정도면 되는데, 그렇기 때문에 되레 쉽게 정할 수가 없는 것이었다.

"강현준이 정말 딱이었는데⋯⋯."

천 번쯤 되뇐 것 같은 아쉬운 소리를 또다시 내뱉을 때였다.

문득 사무실 입구를 바라보던 백 감독은 눈을 연거푸 깜빡거렸다.

사무실을 찾은 최고남이 보였기 때문이다.

웃으면서 들어오는 모습이 꽤 그럴듯해 보여서, 백 감독은 저도 모르게 두 손을 들어 손가락 앵글을 그려봤다. 네모난 프레임 안에 잡힌 최고남의 모습이⋯⋯.

"저 새끼를 캐스팅할까."

한쪽 눈을 찡그린 채로 중얼거리는 그녀에게 최고남이 곧장 다가오더니 회의실 문을 열고 들어오자마자 대뜸 묻는다.

"신준기로 결정하신 거예요?"

고개를 가로저었더니 오히려 다행이라는 듯한 표정이었다.

그러더니 빈 의자에 털썩 앉고 생각에 잠긴다.

다른 놈이 저러면 걱정하질 않겠는데, 톱급 여배우의 소속사 대표가 저러고 있으면 눈에 거슬릴 수밖에 없다.

"어차피 명희 선배 역할은 통화 씬만 간간이 있고, 몽타주 좀 따고 그게 전부야. 그러니까 너무 걱정하지 마. 금방 캐스팅될 거야. 밥 짓는 거 어디 하루 이틀이냐? 정성스럽게 쌀겨 씻어내고 돌 골라내야 이 안 다치게 맛있는 밥 먹지."

혹여, 퓨처엔터가 출연 의사를 번복할까 봐 어르고 달래는데, 최고남이 미간을 살짝 찌푸리고 속삭인다.

"감독님 말씀대로 간간이 촬영해도 된다면, 굳이 한국에 없어도 되겠네요."

"상관없지."

더 나아가 전 세계를 싸돌아다녀도 된다.

초반에 몰아 찍든 후반에 몰아 찍든 순식간에 해치울 수 있는 분량이니까.

"왜? 생각해 둔 배우 있어?"

"확답은 못 드리는데, 감독님만 괜찮으시면 제안은 해보려고요."

"누군데?"

기대 없이 묻고 프로필을 다시 들추던 백 감독은 다음 순간 재빨리 고개를 추켜들었다.

최고남이 뱉은 배우의 이름을 듣는 순간 그녀의 머릿속에서 지금까지 오디션을 본 남자 배우들은 모두 사라져 버렸다.

"그 이름 다시 말해봐."

재촉하자, 최고남이 배우의 이름을 또박또박 얘기했다.

"최.서.준."

＊　　　　＊　　　　＊

"우리 영화에… 최서준이?"

회의실 안에 있던 사람들이 잠깐 동안 얼떨떨한 표정으로 날 바라봤다. 그렇지만 곧 하나같이 미소가 떠올랐다.

"최서준이 한국 활동은 한동안 아예 배제한다고 해서 생각도 못 했는데……."

"맞아, 최 대표님이 예전에 최서준 씨 매니저였죠? 이야, 역시!"

"감독님에 소림 씨, 그리고 최서준의 조합이라면… 대박!"

너 나 할 것 없이 벌써 최서준이 캐스팅이라도 된 듯 흥분하는 이때, 캐스팅을 전담하는 인물조감독이 고개를 갸웃하며 손을 들었다.

"저기, 최서준은 곧 크랭크인 하는 영화에 캐스팅이 됐다는 얘기가 돌고 있는데요?"

들떴던 분위기가 찬물 끼얹은 듯 순식간에 가라앉았다.

인물조감독이 눈치를 보며 얘기를 이어갔다.

"원재룡 감독이 최서준을 직접 캐스팅했답니다."

"원재룡 감독이면, 그 영화?"

백 감독이 눈살을 찌푸렸다.

좋아해 91

"예, 이대 나온 여자2요."

한채희가 제작하는 문제의 그 영화.

모두의 시선이 다시 나한테 모여서 나는 별수 없이 볼을 긁적이며 말했다.

"그 영화… 어쩌면 안 될지도 모릅니다."

"최서준이 안 한다는 얘기야?"

백 감독의 검은 눈동자를 보며 나는 고개를 가로저었다.

"아니요, 제 말은 그러니까… 크랭크인 자체가 안 될 수도 있습니다."

                    *   *   *

탕!

도마 위의 생선이 칼질 한 번에 머리가 날아가 버렸다.

매니저 상준 씨는 싱크대에 서 있는 한채희의 뒷모습을 긴장하며 바라봤다.

앞치마 끈이 여배우의 가는 목과 잘록한 허리를 감싸고 있었다.

요리의 요 자도 모르는 그녀지만, 가끔 스트레스가 극에 달하면 저렇게 칼을 들고는 했다.

탕탕!

몸이 갈라진 생선이 냄비에 아무렇게나 담긴다.

수저로 고추장을 다섯 번이나 퍼서 넣는다. 유튜브에서 두 숟가락이라고 했던 것 같은데.

다진 생강도 다섯 번, 미원도 다섯 번, 소금과 설탕도…….

"그래서, 공수호는 못 한다?"

"그게, 너도 알겠지만 스케줄이라는 게 한참 전부터 정해지는 거니까……."

"백영옥 감독님 작품 오디션 본다는 소리는 뭐야?"

아뿔싸.

상준 씨는 저도 모르게 마른침을 삼켰다. 목울대가 파르르 떨린다.

한채희가 그걸 어떻게 알았지?

아무래도 회사에 스파이가 있는 것 같다.

"그, 그건… 그쪽 제작사에서 하도 부탁을 해서……."

"아."

한채희가 머리를 끄덕인다.

상준 씨가 안심하는 찰나, 통통 튀는 목소리가 이어졌다.

"나도 부탁을 했어야 했는데. 우리 영화 같이 찍자고, 무릎도 꿇고 그랬어야 했는데. 그렇지?"

"아, 아니지! 네가 하자면 하는 거지. 다만 스케줄이……."

탕!

굉장한 소리에 흠칫 놀라서 잠깐 어깨를 움츠린 상준 씨는 실눈을 뜨고 한채희를 바라봤다.

그런데 그녀는 보이지 않고 도마에 꽂혀 있는 시퍼런 칼날만 눈에 들어온다.

고개를 두리번거리는 그때, 옆에서 한채희가 불쑥 나타났다. 생선 냄새와 향수가 뒤섞여서 비릿한 냄새가 확 다가왔다.

"왜 그렇게 식은땀을 흘려?"

"더, 덥네?"

"에어컨 틀어줄게."

"아니야, 괜찮아."

손사래 치자 한채희가 어깨를 으쓱하고 의자에 앉았다. 그 상태로 앞치마를 벗더니 제 무릎 위에서 곱게 접으며 속삭인다.

"공수호가 그렇게 바쁘면 어쩔 수 없지. 이해해."

"역시, 채희 너는 참 이해심이 남달라."

"근데, 오빠는 어떻게 할 거야?"

"뭘?"

"나, 영화 들어가면 바쁠 텐데 계속 공수호 쫓아다닐 거야? 걔스케줄도 많다며?"

"아휴, 나 한채희 매니저야. 대한민국에서 제일 바빴던 톱스타의 매니저였다고. 공수호가 바빠봤자 그 시절 스케줄의 10분의 1도 안 되지."

상준 씨는 일부러 떵떵거리며 말했다.

그런데 한채희의 옆모습이 왠지 쓸쓸하다.

"바빴던 그 시절… 하긴, 그때는 그랬지."

필리핀만 가지 않았더라면, 도박 자금을 빌리지 않았더라면, 댕기열 주작만 벌이지 않았더라면.

톱스타 한채희는 아직도 그 시절의 영광을 누리고 있었을 터.

"아니, 배우가 어떻게 항상 바쁘겠어? 쉴 때도 있는 거지."

"위안은 되네."

"아무튼… 그래서 너 서포트하면서 공수호는 내가 옆에서 봐

주려고. 일에 지장 안 가게끔 매니저도 하나 더 뽑았어. 아, 걔는 오늘 바로 영화 사무실로 갔어."

"알아서 해."

허락이 떨어지자 상준 씨는 소리 없이 긴 한숨을 내쉬었다.

아직 한채희의 문제가 해결된 것은 아니었지만.

한채희가 투자하는 영화에 배우들이 출연을 기피하고 있다. 해외 원정 도박으로 물의를 일으킨 배우가 제작, 주연까지 맡는 영화에 출연하면 이미지에 타격이 올 것은 불을 보듯 뻔한 일이기 때문이다.

그래서 요즘 한채희의 속은 말이 아니었다.

'아무튼, 한고비 넘겼네.'

오늘도 어찌어찌 살아남는구나 싶어 안도하는 상준 씨.

그때, 한채희가 벌떡 일어나며 말했다.

"밥 먹자."

"뭐, 뭐?"

"난 다이어트 중이니까, 오빠 먹는 모습 볼 거야. 맛있게 먹어."

세상에나.

아직 관문이 하나 더 남아 있었다. 저 맛없는 요리를 먹어야 한다.

무엇보다 한채희가 차린 밥은 왠지 독약이라도 탄 것 같아서 먹을 때마다 식은땀이 흐른다.

상준 씨는 찜찜한 얼굴로 수저를 들었다. 그리고 한 수저를 입에 가져간 순간, 굳게 다짐했다.

머지않은 시일에 공수호를 데리고 독립할 것이라고.

다시 한번 다짐을 가슴에 새기며 국물을 한 수저 떠먹을 때였다.

한채희가 소름 끼치는 미소를 띠고 속삭였다.

"뭐 공수호가 다른 영화 해도 상관없어. 내 영화에는 최서준이 나오니까. 원 감독님 없었으면 어쩔 뻔했어?"

처음 한채희가 최서준을 캐스팅한다고 했을 때 상준 씨는 코웃음을 쳤다.

그런데 그 말도 안 되는 일이 일어나 버렸다.

원재룡 감독이 무슨 수로 구워삶았는지 최서준이 출연 의사를 밝힌 것이다.

그래서 원재룡 감독이 지금 미국으로 날아갔다. 출연 계약서에 최서준의 도장을 찍겠다고 말이다.

'소 뒷걸음치다가 쥐 잡은 격이지. 최서준도 참, 재수가 옴 붙어서… 응?'

핸드폰이 울렸다. 원재룡 감독 사무실로 먼저 출근한 신입 직원의 전화였다.

전화받을 핑계로 밥을 안 먹어도 되겠거니 싶어서 얼른 수저를 놓고 일어났다.

그런데, 전화를 받은 상준 씨는 몇 걸음 못 가서 우뚝 멈춰 섰다.

"뭐라고? 사무실이 비어 있다니? 그게 무슨 소리야?"

신입의 말인즉, 영화사 사무실이 집기며 가구며 아무것도 없이 텅 비어 있다는 말이었다.

그게 무슨 개소리란 말인가.

"너 사무실 잘못 찾아간 거 아니야? 호수 정확해?"

재차 물었고, 재차 같은 답이 돌아왔다. 한채희의 고운 얼굴이 찌푸려진다.

　두 사람은 그길로 한달음에 영화사 사무실로 달려갔다.

　"뭐야……."

　신입의 말은 사실이었다.

　책상과 컴퓨터는 물론이고, 한채희 취향에 맞춰 들여놨던 소파며 인테리어 소품들이 눈을 씻고 찾아봐도 보이지 않았다.

　텅 빈 사무실에 벽 거울 하나만 달랑 있었다.

　그때, 사무실에 발소리가 들렸다.

　전에 봤던 부동산중개인이었다. 손님과 함께 들어오던 그가 놀란 얼굴로 물었다.

　"아직 계셨네? 뭐 놓고 가셨어요?"

　"그게, 무슨 소리예요?"

　상준 씨의 질문에 부동산중개인이 되레 물었다.

　"급하다고 사무실 다시 빼달라고 하셨잖아요? 연예인이서서 안 되는 거 해줬건만."

　"누가, 사무실을 빼달래요?"

　"그 감독님이라는 분이요."

　"그게 무슨 말도 안 되는……."

　치솟던 상준 씨 목소리가 사라졌다.

　"채희야?"

　사무실 바닥에 산산조각 난 유리 조각들과 한채희의 핸드폰이 뒹굴었다.

　"하아, 하아, 원 감독 개새끼… 죽여 버릴 거야!"

숨을 쌕쌕거리는 그녀의 모습을 보면서 상준 씨는 머잖아 포털사이트 메인을 차지할 기사 타이틀을 떠올렸다.

*   *   *

[단독] 배우 한채희, 사기당했다!

나는 포털사이트 메인 기사를 보면서 혀를 내둘렀다.

댓글 반응이 차마 더 볼 수가 없을 정도로 난장판이었기 때문이다.

앱솔** 10분 전 [좋아요 1231 싫어요 231]

도박으로 뜨고 도박으로 망하더니, 이대 나온 여자 감독한테 슈킹당했네. 이게 다 자숙하지 않고 설친 업보!!

답글 닫기

ㄴ마, 이게 바로 한국 연예계 클라쓰다!

ㄴㅋㅋㅋ 이 정도면 한채희 인생 스토리로 영화 찍어도 되겠네. 천만 관객 보장!

ㄴ사기꾼 지금 강원랜드에 있다는 데 내 손목을 건다!

ㄴ벌써 오링났을 거임

ㄴ연탄가스 피웠을지도

결국 일어날 일은 일어나고 말았다.

<이대 나온 여자2>로 화려하게 복귀하겠다는 한채희의 야심

찬 계획은 원재룡 감독이 제작비를 들고 튀면서 무산돼 버렸다.

지금 한채희가 어떤 상황일지는 보지 않아도 알 것 같다.

원 감독을 찾으려고 혈안이 됐겠지. 그녀가 결국 원 감독을 찾 아냈는지 어쨌는지까지는 나도 모르겠지만, 어쨌든 한채희는 이 번 일로 제대로 코너에 몰려 버렸다.

포커한 사건으로 광고주들에게 줄소송을 당하고 있는 상황에 서 카운터펀치를 제대로 맞아버렸으니 말이다.

이로써 최서준이 〈이대 나온 여자2〉에 출연할 가능성은 0프로 가 됐다.

사실 처음부터 말도 안 되는 얘기였다.

최서준이 머리에 총 맞은 것도 아니고 거길 왜 출연한단 말인 가.

[쯧쯧, S급 운명까지 이르러 놓고 그 노력이 결국 헛되이 됐네요.]

내 기억에 의하면 한채희는 이후에도 몇 차례 복귀 시도를 하 지만 결국 실패하고 만다. 몇 년 후에 예능에 나가지만 포커한을 기억하는 대중의 반발을 사기도 했다.

이후에 사업으로 방향을 튼 것 같은데, 내 관심사는 아니었다.

[아저씨가 한채희 매니저였으면 어땠을까요?]

"내가 왜?"

우린 그럴 만한 접점이 없었다.

한채희가 눈부신 재능을 가진 것도 아니고.

[주이래도 아저씨가 키웠잖아요?]

"비슷하지만 다른 케이스지. 주이래는 어쨌든 N탑에 들어왔었 고."

[하지만, 둘 다 아저씨가 싫어하는 타입이었잖아요?]

재능은 별로 없어 보이는데, 끝까지 포기하지 않는 눈을 가진 여배우.

9년 전 봤을 때도 그랬고, 얼마 전에 봤을 때도 한채희는 여전히 짜증 나는 눈빛을 가지고 있었다.

그러게 점만 찍으라니까.

아무튼 이제 최서준을 캐스팅해야 한다. 직접 연락을 해볼까 했지만, 최서준 소속사인 N탑을 거치기로 했다.

겨우 연 대표와 화해했는데, 괜히 심기 건드릴 이유는 없으니까.

"뭐, 까똑 정도는 상관없겠지?"

서둘러 짧은 메시지를 보냈다. 별거 아닌 내용이었다.

우리가 그날 민속촌에서 운명같이 만났던 얘기부터, 내가 최서준을 위해서 어떤 노력을 했었는지, 얼마나 고생을 했었는지, 뭐 그런 내용?

정말 별거 아니네.

생색내자는 것도 아니고, 부담 가지라는 것도 아니고.

[좀 구차한데요?]

"야, 우리 사이에 이 정도 문자는 보낼 수 있잖아?"

핸드폰을 내려놓으려는데 문자가 도착했다. 최서준이 벌써 답문을 보냈나 싶었는데……

[고남아, 늦은 밤에 문득 네가 국장실 문을 활짝 열고 들어오던 순간이 떠오르는구나. 환한 얼굴로 사랑한다고 외치던 너의 목소리가 생생해. 우리가 처음 만났던 날을 기억하니? 강주희가 카랑카랑한 목소리로 '내 매니저예요!'라며 널 소개시켜 줬지. 넌

모르겠지만 그때 나는 느꼈어. 우리의 인연이 길어지겠구나 하는 것을. 고남아, 유채꽃 쫑파티 기억나니? 노을이 지기 시작한 바닷가에서……]

나는 문자를 읽고 나서 말없이 까톡을 열어 좀 전에 보낸 메시지를 서둘러 지웠다.

다행히 최서준이 읽기 전이었다.

"구차하네, 구차해."

그런 뒤에 오늘도 내게 교훈을 준 방 국장에게 고마움을 담아서 문자를 보냈다. 하트도 듬뿍 담아서.

[사랑합니다, 국장님.]

핸드폰을 끄고 쌓여 있는 일거리를 처리하기 시작했다.

윤환의 드라마 촬영 진행 상황을 확인하고, 강주희의 스케줄을 체크했다. 릴리시크 앨범 녹음 상황도 훑어보고 은별이의 유튜브 영상도 챙겨 본다.

"대표님, 퇴근 안 하세요?"

"먼저들 가."

"그러면 저희 가보겠습니다. 아, 복도 센서 등 고장 났으니까 퇴근하실 때 조심하세요. 비 온다니까 우산 챙기시고요."

"역시, 나영 씨밖에 없다니까."

직원들이 모두 퇴근하고 밤이 깊어갔지만 일에 빠져 시간 가는 줄도 몰랐다.

자정이 가까워 백 감독의 시나리오를 챙겨서 일어날 때였다.

쿵!

느닷없는 소리가 계단에서 들렸다. 저승이가 눈이 동그래져서

날 쳐다본다. 녀석 꼴이 겁먹은 토끼 같아서 피식 웃음이 새어
나왔다.

"저승사자란 놈이 은근히 겁이 많아. 복도에 센서 등도 있는
데."

아차, 고장 났다고 했지.

나는 조심스러운 걸음으로 사무실 문을 열고 밖을 확인했다.

고장 난 센서 등이 켜질 리는 없고, 어둠 속에서 눈을 두리번
거렸지만 아무것도 보이지 않았다. 때마침 하늘의 구름이 걷히고
복도 창을 통해 달빛이 스며 들어왔다.

[저, 저기요.]

저승이가 달달 떨며 손가락을 내밀었다. 무심코 고개를 돌렸다
가 나는 흠칫 놀라고 말았다. 계단에 어두운 그림자가 움츠리고
있었다.

사람인가. 귀신인가.

"누구… 세요?"

물었더니, 그림자가 꿈틀거린다. 이때 고장 난 센서 등이 깜박
거리면서 잠깐 동안 환해졌다.

"…한채희?"

그녀였다. 한채희는 비 맞은 짐승처럼 계단 옆에 주저앉아 있
었다.

술을 얼마나 마셨는지 얼굴이 붉었고, 울었는지 눈가에 마스
카라가 잔뜩 번져 있었다. 그 얼굴로 나를 바라보며 말했다. 그날
처럼.

"잠깐만… 시간 좀 내주시면… 안 돼요?"

습기 가득한 그녀의 목소리를 듣자마자 등줄기에 식은땀이 줄줄 흘렀다. 마침 센서 등도 다시 꺼졌다.

"어… 안 되겠는데요?"

서둘러 문을 닫으려는 순간 하늘에서 벼락이 내려쳤다.

복도는 환해졌고 귀는 멍멍해졌다. 이어지는 벼락 소리에 절로 목이 움츠러드는 그때였다.

[아저씨, 문 닫아요!]

저승이의 외침, 그리고 눈동자를 희번덕거리며 네 발로 기어 오는 한채희의 모습.

그것은 마치 바퀴벌레 수백 마리가 기어 오는 것 같았다.

탁!

빨간 매니큐어를 칠한 손톱이 문을 붙잡은 순간, 희번덕거리는 한채희의 눈을 내려다본 순간, 나는 뭔가가 잘못되고 있다는 것을 깨달아 버렸다.

*   *   *

"찬물 좀 섞어서 주지. 센스 없게."

한채희가 꿀물 담긴 종이컵을 받아 들고 입술을 동그랗게 말며 투덜거렸다.

이봐요, 내 몸무게의 99프로가 센스야.

소림이에게 줄 거면 호호 불어가며 식혀서 줬겠지.

[아저씨, 이 여자 악만 남았어요. 어두운 기가 너무 세서 속마음을 알 수가 없네.]

한채희는 차기작을 공포영화로 정했어야 했다.

댕기열 바이러스에 감염돼서 좀비가 되는 설정이면 괜찮지 않을까?

넷플렉스에서 얼른 만들자고 달려들 것 같다.

가뜩이나 심근경색으로 죽어서 심장 소리에 예민한데, 아까는 정말 놀라 자빠지는 줄 알았다.

"차, 고마워요."

한채희가 고개 숙이고 꿀물을 홀짝거린다.

"다 마시고 돌아가요."

"할 얘기 있어요."

일어서려는데, 한채희가 찻잔을 탁 내려놓았다.

"대표님도 아시죠? 나 사기당한 거."

그렇게 떠들썩하게 당했는데, 모를 리가 있나.

도박 용어에 비유하자면 제대로 설계당했다고나 할까.

"원재룡 감독 찾는 거 도와달라고 온 겁니까?"

"그걸 왜 그쪽에게 도와달라고 해요? 경찰에게도 얘기 안 했어요. 내가 잡아서 내가 처리할 거예요."

뭘 어떻게 처리한다는 건지 모르겠지만, 생각하는 방식이 역시나 비정상이다.

"그럼 뭣 때문에… 아니, 다 마셨으면 빨리 일어나요."

하여간 이놈의 호기심이 문제다. 하마터면 질문을 던질 뻔했다.

"날 왜 그렇게 싫어해요?"

오해도 이 정도면 병이다.

"싫어한 적도 좋아한 적도 없습니다. 나는 한채희 씨에게 관심이 없어요."

"관심이 없는데, 내 드라마를 기다렸다는 듯이 가져가요?"

"그건 타이밍이죠."

"그래요, 타이밍. 그 타이밍이 참 기가 막혀요? 마치 미래를 보고 온 사람처럼 움직이셨더라고요? 필리핀 기사 최초 보도한 기자도 대표님이 잘 아는 기자였고!"

조금 찔리긴 하지만, 그래 봐야 한채희의 의심은 모두 심증일 뿐이다.

나는 짧게 한숨 쉬고 분명하게 말했다.

"한채희 씨, 모든 잘못은 한채희 씨 스스로 저질렀고, 소림이는 타이밍 좋게 당신의 공백을 채웠을 뿐입니다."

"어쨌든 내 덕을 본 거잖아요? 소림 씨가 이렇게 빨리 스타 반열에 오른 건."

"그게 어떻게 한채희 씨 덕입니까? 내 배우가 알아서 잘한 거지!"

기회를 잡았어도 연기가 엉망이었으면 윤소림의 500살 마녀 캐릭터가 그만큼 사랑을 받을 수 있었을까?

절대 아니다.

윤소림이 준비가 돼 있었기 때문에 기회를 온전히 손에 쥘 수 있었던 거다.

"차 한 잔 더 줘요."

날 노려보던 그녀가 빈 종이컵을 내밀었다.

그냥 꿀을 병째로 줘버릴까?

잠깐 그런 생각을 하면서 종이컵을 받아 들고 정수기로 향했다.

종이컵에 물이 차는 동안 한채희의 목소리가 들렸다.

"어떻게 하면 날 도와줄 거예요?"

"그런 건 소속사에 얘기하세요."

"이미 소속사에서도 백방으로 알아보고 있어요. 새로운 감독, 새로운 영화사. 어떻게든 영화 살리려고 알아보고 있다고요!"

급기야 신경질까지?

이쯤에서 나도 인내심에 한계를 느꼈다. 꿀물 잔뜩 부은 뜨거운 종이컵을 그녀 앞에 탁 내려놓았다. 오랜만에 악덕 매니저 소환이다.

"내가 왜 한채희 씨를 도와줘야 합니까?"

쏘아보며 물었더니 한채희의 눈동자가 한층 커졌다.

그런데 이상한 일이다. 날 비치고 있는 저 눈을 보니 쓸데없는 기억들이 되새겨진다.

[당신은 저들 중 누구도 친구로 생각한 적이 없어. 왜냐하면 당신은 한 번도 저들을 인간으로 대한 적이 없으니까. 그저 상품일 뿐이었지.]

[저기 있는 남자애 보여?]

[그 오디션 프로그램 조작이었지, 아마?]

[저 작가는 어떤 것 같아?]

[이 자리에 없는 친구들도 얘기해 볼까? 정신병원을 들락거리는 어느 꼬맹이의 얘기는 어때?]

[당신이 신인 애들 끼워 넣기 한 탓에 기회를 잃은 사람들의 얘기는?]

[처음이군. 오늘 당신을 위해서 울어준 사람.]

장례식장에서 날 실컷 조롱한 저승사자의 말들이 토씨 하나 빠지지 않고 떠올랐다.

내가 얘한테 죄책감이라도 느끼는 건가.

설마, 이건 경우가 다르지.

한채희는 지가 지 몸뚱이를 시궁창에 밀어 넣은 케이스잖아?

그 일에 나는 어떤 영향도 끼치지 않았다.

과거 비가 추적추적 내리던 어느 날의 인연은 바람에 나부끼는 종잇장이 스친 정도일 뿐이었다.

[아닌데. 정말, 한채희와 인연이 없어요?]

'무슨 소리 하는 거야?'

[명부는 다르게 말하고 있거든요.]

가만히 있던 저승이 불쑥 끼어들어 참견하는 통에 나도 모르게 눈살을 찌푸렸다.

딱 한 번 호기심이었다.

눈을 부릅뜨고 날 멈춰 세웠던 무명 배우가 과연 내가 준 팁을 잘 활용했는지 궁금했을 뿐이었다.

—캐스팅은 얼추 끝나가요. 다만 조연급 역할 하나가 있는데, 극의 분위기를 바꾸는 역이라서. N탑 배우 쓰기에는 과하고. 아, 최 팀장님은 무명 배우들도 많이 아신다면서요? 괜찮은 애 못 봤어요?

—괜찮은 친구들이야 많죠. 근데 역할에 딱 맞는 옷걸이를 찾으려고 하니까 문제지.

—그러니까요.

—실은, 전에 백영옥 감독님 오디션장에서 본 배우가 하나 있

는데요…….

―그래요? 누군데요?

허리 바싹 숙이고 실실 웃던 제작사 직원의 얼굴이 흐려지면서 한채희의 눈이 다시 보였다.

"잊혀간다는 게… 어떤 건지 알아요?"

호수처럼 투명한 눈에서 눈물이 또르르 흘러내렸다.

"사람들의 기억에서 내 이름이 지워지는 것을 지켜만 봐야 하는 게 어떤 기분인지 알아요?"

굵은 눈물이 매끄러운 볼을 타고 뚝뚝 떨어진다.

"겁이 나서 잠을 못 자요. 이러다가 팬들마저 날 잊어버릴까 봐. 내가 잘못한 거 아는데, 반성할 기회조차 없어서 답답해 미칠 것 같다고요."

나는 한숨을 쉬었다. 꿀물 다 식었겠네.

"연기 그만하고 꿀물이나 마저 마셔요."

한채희가 눈을 몇 번 깜빡이더니 얼른 눈물을 훔쳐내고 중얼거린다.

"오랜만이라서 티 났나. 나 우는 연기 진짜 잘하는데."

"꿀물 마시면서 잘 들어요."

나는 종이컵에 진하게 묻은 립스틱 자국을 바라보면서 다시 얘기를 꺼냈다.

"한채희 씨는 도박 사건도 문제지만, 댕기열 쇼까지 펼치면서 팬들을 기만한 거예요. 이건 어쩔 수 없어요. 욕먹어가며 살아야 합니다."

한채희의 도톰한 입술이 불룩 나왔다.

"방송국도 한채희 씨 쉽게 못 씁니다. 그런 상황에서 영화 제작하는 거, 솔직히 괜찮은 생각이에요. 내가 투자하고 내가 만드는데 누가 뭐라고 그러겠어요?"

남들에게는 무모한 도전처럼 비칠 수도 있지만, 한채희는 그 방법밖에 없다는 사실을 잘 아는 것이다.

다른 건 다 까여도 연기는 못 까는 배우로 남는 것이 한채희로 살아갈 수 있는 유일한 방법이란 것을 말이다.

"그렇지만, 영화는 혼자 만드는 게 아닙니다."

기획, 제작, 극본, 연출, 스튜디오 등등.

기본적인 틀을 갖추는 데만도 준비해야 할 게 산더미다.

돈은 한두 푼인가.

촬영 스태프들과 배우들만 해도 백 명이 훌쩍 넘는 인원들인데, 조직 하나를 만들고 잘 굴리려면 가만히 있어도 돈이 줄줄샌다.

물론 한채희가 그런 것도 모르진 않았을 것이다.

연기 생활 하며 보고 들은 것이 있을 테니까.

그랬기 때문에 제일 먼저 원 감독을 찾아갔을 테고. .

"지금 가장 큰 문제가 뭡니까?"

"당연히 돈이죠! 원 감독이 들고튀었는데."

돈 잃어 열받은 마음은 알겠으나, 더 큰 문제는 영화를 제작하려면 필수인 이것이 없다는 사실이다.

"출연하겠다는 배우는 있어요?"

포커한이 제작하는 영화에 출연하고 싶은 배우 말이다.

혜선 : 근데, 선배 여자 친구 없겠지?

명희 : 그걸 내가 어떻게 알아?

혜선 : 너랑 선배랑 친하잖아!

명희 : 별로.

혜선 : 무슨 소리? (흘겨보며) 1학년 때는 너 소문났었어, 선배랑 사귄
다고. 물론 네가 남자 친구 생기면서 바로 무죄 판결 받았지만.

명희 : (찌푸린 얼굴) 헐, 선배랑 사귀면 유죄야?

혜선 : 당연한 소리를 왜 해? 선배들 얘기 못 들었냐? 은혁 선배는 아
무도 터치하지 않기로 협정 맺은 거? 바라만 보겠다 이거지. (깔깔 웃는다)

명희 : 그래서, 너는 지금 죄를 범하겠다는 거야?

혜선 : 사람이 어떻게 죄 안 짓고 사냐? 저지를 거 확 저지르련다.
(명희의 팔을 제 것처럼 끌어안고) 진짜 선배 여자 친구 없는 거지?

명희 : (잠깐 생각하고) 없는 것 같아. 아니, 없어.

혜선 : (세상 다 가진 것처럼) 아싸! 그럼 선배 내 거다?

명희 : 네 거 하시든지.

신이 난 친구가 아이스크림 가게로 뛰어가고, 명희는 혼자 남아 모래
묻은 제 발을 바라본다. 씻어내려고 파도에 가까이 간다. 파도 거품이 밀
려와 명희의 발을 적신다.

하늘에서는 뙤약볕이 내리쬐고 있지만 해변가는 사람들로 북새통을
이룬다.

명희가 파도를 벗어나 다시 백사장을 밟는다. 모래가 발가락 사이를
파고들고, 바람 한 점이 불어와 땀에 젖은 머리카락을 나부낀다.

저 멀리 바다에 카약 한 대가 유유히 떠가는 게 보인다.

그런데 그때, 누군가 큰 소리로 외친다.

남자 : 피해요!

하늘에서 포물선을 그리며 공이 떨어지고 있다. 명희는 피하지 못하고 눈만 질끈 감는다.

잠시 뒤 명희가 실눈을 뜨자, 선배의 그림자가 그녀 앞을 막아주고 있다.

선배 : 괜찮아?

한채희는 한숨 쉬며 시나리오를 덮었다. 알코올 냄새가 시나리오에 밸까 봐 손을 휘휘 젓는다.

〈나는 사랑을 몰랐다〉

물어물어 구한 시나리오지만, 어쩌면 제 것이었을지도 모를 일이다.

오래전 백 감독 영화의 오디션에서 떨어졌을 때 다짐했었기 때문이다.

언젠가는 저 감독 영화에서 주연을 맡을 거라고, 저 감독이 와서 간절하게 부탁하게 만들 거라고.

그런 꿈으로, 악으로 여기까지 왔건만.

"괜찮아… 그렇게 말하면 어디가 덧나나."

정신을 차려보니 퓨처엔터 사무실 앞이었다.

그 사람은 무척 놀란 얼굴이었다. 생경한 표정을 다시 떠올리니 미소가 나온다.

"오늘은 기분이 괜찮으신가 봐요?"

하이볼에 쓸 얼음을 다듬고 있던 바텐더가 넌지시 물었다.

한채희는 대답 대신 거의 비워진 유리잔을 가리켰다.

"서비스예요. 기분 더 좋아지시라고요."

"고마워요."

바텐더의 태도에 기분이 한결 나아진다.

아닌가.

꿀물 한 잔 얻어먹으면서 오랜만에 그 얼굴을 실컷 봐서인지도 모르겠다.

비록 아픈 말만 잔뜩 들었지만.

'출연하겠다는 배우는 있어요?'

없지.

뭐, 어떻게든 되지 않을까 싶었던 마음도 있었고.

그 사람에 대해 떠올렸던 생각이 다시금 영화로 이어지자, 한채희는 또다시 한숨을 쉬고 잔을 비웠다.

"원 감독 개새끼!"

바닥에 떨어진 얼음 조각처럼 심장이 제멋대로 튀어 오른다.

하지만 그 사람 말대로 돈은 진짜 문제가 아니다. 어차피 다시 톱스타 한채희로 돌아가면 돈은 알아서 쫓아올 테니까.

그러니 영화는 무조건 해야 한다. 영화만 잘되면 사람들은 도박 사건을 잊어버릴 것이다.

〈이대 나온 여자〉의 명대사처럼.

'패를 섞을 때는 흐린 날의 구름처럼 유유히 섞어야 하지. 구름이 있는지도 모르게, 언제 흘러갔는지도 모르게……'

나 한채희야, 한채희라고!

빈 잔을 노려보며 소리 없이 울부짖는 그때였다.

앗, 소리와 함께 바텐더가 다듬던 얼음 조각이 한채희를 향해 날아들었다.

한채희는 본능적으로 눈을 질끈 감았고, 다행히 아무런 느낌도 없자 천천히 눈을 떴다. 그리고 볼 수 있었다. 곁에서 담이 되어준 그 사람을.

"괜찮아요?"

한채희가 고개를 끄덕이자 그 사람이 옆자리에 앉았다.

놀란 바텐더가 숨을 고르며 담이 되어준 그 사람에게 말했다.

"고맙습니다. 큰일 날 뻔했네요."

"저도 같은 걸로 한 잔 주세요."

바텐더가 정성껏 만든 하이볼을 내밀자, 그가 단숨에 들이켠다.

그러더니 큰 결심을 한 듯 말했다.

"캐스팅까지만 도와주겠습니다."

"왜요? 그렇게 정색하더니."

"어쨌든 이 영화에도 스태프들 일자리가 걸렸을 거 아닙니까."

그가 눈살을 찌푸린다.

그러더니 더 얘기하기 싫다는 듯 되묻는다.

"제작비는 어떻게 할 겁니까? 원 감독 찾으려면 세월아 네월아 일텐데."

제작비?

제작비 그까짓 거 신사동 빌딩 팔아버리면 그만일 뿐.

다만 그걸 팔면 알거지가 된다.

"제가 카지노 테이블에서 흔하게 뱉은 말이 뭔지 아세요?"

한채희는 코웃음을 치고 속삭였다.

"올인."

*   *   *

―회사에 못 오시면, 소림이 대본은 제가 맞춰볼까요?

당분간 한채희 일로 자리를 비울 것 같아서 유병재에게 전화를 해 이것저것 당부를 했다.

"전화하라고 해."

―전화요?

"명희가 선배와 어떤 식으로 얘기하더라?"

두 사람은 영화 내내 전화 통화로 소통한다. 명희가 선배에게 가볍게 안부를 묻는 것으로 시작되는 통화는 항상 시시콜콜한 이야기까지 이어지곤 했다.

―아, 무슨 말인지 알겠습니다.

"앞으로 소림이는 나한테 연락할 때 명희야. 명심하라고 해."

신신당부를 하고 나서 전화를 끊고 한채희 소속사에 발을 들였다.

유리문을 열기 무섭게 대형 화보가 날 반겼다.

챙이 넓은 모자를 쓴 한채희가 옥수수밭을 배경으로 밝게 웃고 있는 사진이었다.

무슨 광고였더라. 다이어트 음료 광고였었나.

근데 저때는 몰랐겠지? 댕기열로 훅 갈지.

피식 웃는 이때, 옆에서 짜증 섞인 목소리가 불쑥 끼어들었다.

"이 사진 아직도 안 치웠네? 소송 들어간 거 다 치우라니까."

이해가 가질 않는다. 예쁜 얼굴을 메이크업으로 더 예쁘게 만들어놓고 저렇게 오만상을 찌푸릴 수 있을까.

"치운다고 소송 걸린 게 없던 일이 되나. 그냥 둬요, 예쁜데."

"그럼 그쪽도 그 예쁜 거 보면서 인상 좀 그만 써요. 누가 보면 꼭 끌려온 줄 알겠네."

한채희가 얄미운 여자아이처럼 입꼬리를 올렸다.

"아차, 택배 올 게 있었는데 그냥 가야겠다."

발을 휙 돌리자, 핏줄 서린 하얀 손이 내 팔을 탁 붙잡았다.

"우리 대표님 지금 안에서 기다리고 계시거든요? 오매불망."

한채희는 눈동자에 힘을 잔뜩 준 채로 날 대표실로 안내했다.

머스크 향이 밴 대표실 안에 유넥스트엔터 대표와 한채희의 매니저가 살짝 상기된 얼굴로 앉아 있었다.

"맹정배라고 합니다."

수염이 덥수룩한 얼굴이 활짝 웃으며 날 맞이했다.

"퓨처엔터 최고남입니다."

"아침 식사는 하셨습니까?"

"오면서 먹고 왔습니다."

인사를 주고받고, 한채희는 자리를 비켜 밖으로 나갔다.

그녀가 사라지자, 맹 대표가 기다렸다는 듯이 자리에 털썩 앉았다.

먼지처럼 그의 목소리가 붕 떠올랐다.

"채희가 최 대표님 찾아갔다는 소리 듣고 깜짝 놀랐습니다. 정말 면목이 없습니다. 넌 뭐 하고 있었어? 말리질 않고."

"채희가 말린다고 말려져야 말이죠."

한채희 매니저가 웅얼거리며 변명하자, 맹 대표가 한숨 쉬고 다시 말했다.

"염치없지만 저희가 상황이 이렇습니다. 원 감독, 그 새끼 때문에."

"경찰에 신고는 안 했다면서요?"

"사실, 채희는 원 감독이 처벌받을까 봐 신고 안 한 겁니다."

"예?"

뜻밖의 얘기에 놀라서 나도 모르게 목소리가 어긋났다.

맹 대표가 이해한다는 듯이 고개를 끄덕였다.

"우리 채희가 알고 보면 애가 여립니다."

저 말은 '우리 개는 안 물어요'와 같은 의미인 걸까?

게슴츠레해진 내 시선에 맹 대표가 재차 강조했다.

"믿기 힘들겠지만 진짭니다."

"그래도 신고가 우선입니다. 흐지부지 넘어가면 주작 소리 나옵니다."

도망친 놈 잡는 것은 둘째 치고 괜한 오해를 받기 싫으면 절차대로 움직여야 한다. 가뜩이나 한채희를 향한 여론이 좋지 않은 시기다. 피해를 입었으면 피해자처럼 행동해야 한다.

아무튼 원 감독 얘기는 이쯤이면 됐고.

"일이 어느 정도 진행되고 있던 겁니까?"

"합작 법인 세우고, 촬영감독이며 뭐며 스태프들 모으고… 프로덕션 단계에서 어그러졌습니다. 스태프들은 다시 뿔뿔이 흩어졌고요."

생각보다 더 엉망이다.

오히려 이 상태면 영화 제작을 포기해도 될 법한데.

"영화 꼭 해야 합니까?"

현실적인 질문을 해봤다. 한채희가 당장 굶어 죽는 것도 아니니까.

"해야 합니다. 이 상태로 멈추면 우리 채희는 더 이상 재기하기 힘드니까요."

맹 대표의 미소가 힘에 부쳐 보인다.

그래도 대표는 대표인 모양이다.

문득 궁금해졌다. 한채희가 잘해서일까, 아니면 주변 사람들 인성이 좋은 걸까.

결심이 확고하다면 해야 할 일은 정해져 있다.

새로운 영화 제작사와 원 감독의 자리를 대신할 연출을 찾아야 한다.

머릿속에서 제작사 리스트를 하나둘 떠올리는데, 맹 대표가 중얼거리는 소리가 들렸다.

"그래도 점이 맞긴 맞나 보네."

"그게 무슨 소립니까?"

"아, 실은 며칠 전에 답답해서 무당을 찾아갔는데, 귀인이 찾아온다고 했거든요. 모든 일이 술술 풀릴 거라고요."

"그 무당 엉터리네요. 이번 일 술술 풀리지 않을 겁니다."

걸릴 것도 많고 얽힐 것도 많다. 한채희 영화를 제작한다는 것부터 구설수에 오를 일인데 선뜻 하겠다고 나설 제작사도 없을 테고. 쉽게 술술 풀릴 리가 있나.

그나저나 지금 상황에서 점 타령이라니. 꼭 누구 같네.

한채희라면 자다가도 벌떡 깨는 사람 말이다.

*　　　　*　　　　*

민 대표는 어이없다는 듯 유병재를 바라봤다. 저 돼지는 앉은
자리에서 평양냉면을 세 그릇째 먹고 있었다.

"아니, 최 대표는 대체 무슨 생각이래?"

아직도 포커한만 떠올리면 자다가도 벌떡 일어나는 그였다.

결과론적으로 보면 500살 마녀에 윤소림이 캐스팅된 게 신의
한 수였긴 하지만, 그 과정에서 얼마나 마음고생이 심했던가.

그때를 되새기니 입맛이 싹 사라진다.

"한채희가 회사까지 찾아와서 부탁하는 바람에 어쩔 수가 없
었던 모양입니다."

"그러면 유 팀장이라도 말렸어야지!"

"대장이 한다면 하는 거죠. 저희 대표님이 은근히 마음이 여려
요."

"최 대표가 마음이 여리면, 내 가슴은 유리야."

멧돼지도 때려잡을 것 같은 남자가 제 가슴을 두드린다.

유병재는 다시 면발을 빨아들이는 일에 집중했다.

"그러면 하나부터 열까지 다 도와준다는 거야?"

"그럴 리가요. 대표님은 어드바이스만 해주는 겁니다. 제작사,
스태프, 배우 리스트만 뽑아주고 나머지는 그쪽에서 알아서 해

야죠."

말도 해야 하고 냉면도 넣어야 한다. 유병재의 입이 부지런히 움직였다.

"이거 백 프로 안 돼, 원 감독 도망갔잖아? 〈이대 나온 여자〉 저작권은? 원 감독한테 있을 거 아니야?"

"원 감독이 가지고 있었는데, 합작 법인 만들면서 그 문제는 해결했다고 하더라고요."

"시나리오는?"

"그것도 문제없대요. 원 감독이 시나리오는 놓고 갔거든요."

"뭐야? 마지막 양심 뭐 그런 거야?"

마치 원 감독이란 알맹이만 쏙 빠져나간 것처럼, 원 감독은 저작권도 시나리오도 남겨놓은 채 돈만 들고 튀어버렸다.

"어휴, 내가 진짜… 최 대표라서 참는다."

한숨 쉰 민 대표는 갑자기 핸드폰을 꺼냈다. 그러더니 날짜를 헤아리며 중얼거렸다.

"오늘이 며칠이야? 시간이 되나 모르겠네."

"약속 있으세요?"

"최 대표가 제작사를 떠올리면 우리 화음이 제일 먼저일 텐데, 한채희 생각하면 열은 받지만 내가 최 대표 부탁인데 얘기를 안 들어줄 수가 있나. 시간 좀 내지 뭐. 단, 듣는 거만!"

유병재가 젓가락질을 멈추고 물끄러미 쳐다본다.

"글쎄요. 화음에서 영화를 제작한 적은 없지 않나요? 대표님이 굳이……"

"굳이 뭐?"

"저희 대표님 발 넓거든요."

무심한 유병재의 말에 민 대표의 눈이 팍 얇아졌다.

이 새끼가?

배알이 꼴리니 빈정거리는 말투가 냉면 면발처럼 쏟아진다.

"쉽지 않을걸? 지금 누가 한채희 영화를 하고 싶겠어?"

"뭐 안 되면 마는 거죠."

유병재는 대수롭지 않게 얘기하고 남은 냉면을 단숨에 흡입했다.

일이 어떻게 되든 최고남이나 퓨처엔터가 손해 볼 일은 없으니까.

그저 최고남이 다시 제자리로 돌아올 뿐이다.

직원들과 윤소림이 기다리는 퓨처엔터로.

"이모님, 냉면 한 그릇 더요!"

민 대표가 노려본다.

"아, 만두도요!"

*　　　　*　　　　*

쓱 미디어 박철 대표는 요즘 입을 귀에 걸치고 다녔다.

〈K라는 여자〉가 손익분기점을 훌쩍 뛰어넘는 관객 수 6백만을 기록하고 극장에서 내려온 것도 모자라 IPTV 등의 2차 판권 시장에 풀리면서 돈을 쓸어 담고 있었기 때문이다.

"아직도 그날을 잊을 수가 없어."

박 대표는 게슴츠레 눈을 뜨고 사무실 문을 바라봤다.

저 문으로 퓨처엔터 최고남이 걸어오던 모습을 되새긴다.

그는 행운의 신이었고, 영웅이었으며, 배우 강주희를 데려온 것도 모자라 투자까지 한 귀인이었다.

물론 유재하 감독이라는 훌륭한 씨앗이 존재했기 때문에 이 모든 기적이 가능할 수 있었다.

"유 감독, 앞으로 최고남 대표 생일이 쏙 미디어의 창립일이다!"

"오버하지 좀 마세요."

"오버라니! 가만 보자, 이러고 있을 게 아니라 진짜 최 대표님 생일 한번 물어봐야겠는데?"

유 감독이 고개를 절레절레 흔든다.

"생일 알면 파티라도 열어주려고요? 괜히 사람 부담 주지 말아요. 우리한테야 기적이었지, 최 대표님한테야 특별한 일이었겠어요? 우리와 보는 시각이며 행동이며 질적으로 다른 사람입니다."

"그러니까, 더 챙겨야지!"

좋은 인연은 놓치면 안 되는 법.

자주 안부 전화도 하고, 밥도 먹고, 술도 마시고.

"놓치지 않을 거야!"

오늘따라 기분이 업된 박철 대표의 모습에 유 감독도 입꼬리가 자연스레 올라간다.

돌이켜 보면 정말 박철 대표 말처럼 잊을 수 없는 날이었다.

투자와 캐스팅 문제로 골머리를 앓고 있던 날, 티브이에서 윤소림을 보며 얼토당토않게 캐스팅에 욕심을 내고 있을 때 그가 나타났다.

마치 선물 꾸러미를 짊어지고 온 산타 할아버지처럼 말이다.

"아, 근데 한채희 기사 봤지? 원 감독이 돈 들고 나른 거."

"봤죠."

유 감독은 굳어버린 얼굴을 간신히 끄덕였다.

원재룡 감독과 인연이 깊은 건 아니었지만 업계 선후배로 근황 정도는 전해 듣는 관계였다. 워낙 다이내믹한 사연을 가지고 있는 선배라서 측은지심을 가지고 있었는데, 이번에 안 좋은 소식이 들려왔다.

한채희 돈을 들고 날랐다는······.

"도대체 왜 그랬을까? 돈 욕심은 차치하고, 한채희가 주연 맡고 한채희가 투자까지 하는 마당에 왜 스스로 동아줄을 잘라 버리는 미친 짓을 한 걸까?"

"글쎄요."

사람 속을 어찌 알까. 하물며 도망간 사람 마음을.

"한채희도 바보지. 차라리 우리한테 왔어야지."

"대표님은 한채희하고 일하고 싶으세요?"

"당연하지. 한채희의 연기, 외모, 캐릭터. 뭐 하나 빠지는 게 없잖아? 도박? 뭐, 그거야 잘못은 잘못이지만 사람 죽인 것도 아니고 남 해친 것도 아니잖아? 개인 양심과 국민 정서의 문제지. 나는 한채희가 그걸 커버할 수 있는 스타라고 생각해."

"정말 그렇게 생각하세요?"

"그렇다니까? 하물며 빌딩 팔아서 자기 돈으로 제작비 충당한다잖아. 우리야 품만 조금 팔면 곳간 채울 수 있는데 안 할 이유가 없지."

박 대표는 자기 생각을 단호하게 말하고 입맛을 다셨다.

"이왕 빌딩 하나 판 김에 하나 더 팔 생각 없나? 한채희 쪽에 연락해 볼까?"

"말도 안 되는 소리 마세요."

유 감독은 손을 휘젓고 소파에 등을 기댔다.

그날도 이런 시시껄렁한 농담이나 하고 있었는데.

그때 미다스의 손이… 지금처럼 나타났었다.

"아니, 최 대표님!"

박 대표가 자리에서 벌떡 일어났다. 최고남이 반갑게 인사하며 들어왔다.

"안녕하십니까!"

"어쩐 일이세요, 연락도 없이?"

더구나 혼자가 아니었다.

.

.

.

얘기를 모두 들은 박 대표는 이맛살을 잔뜩 찌푸리고 생각에 잠겼다.

맹 대표는 털이 수북한 손등을 연신 쓸어내렸고, 나는 박 대표의 결정을 기다렸다.

한참 만에야 눈을 뜬 박 대표가 조심스럽게 입을 열었다.

"그럼, 소송은요? 한채희 씨 기사 보니까 소송 걸린 게 좀 있던데. 법인 돈은 건들지 못하겠지만, 그래도 만에 하나 압류라도 잡히면 그날로 끝입니다."

"그 점은 걱정할 필요 없습니다. 한채희가 광고주들 만나서 정리하고 있습니다."

그렇게 박 대표가 문제 될 것을 묻고 맹 대표가 문제없음을 확인하면서 대화가 오갔다.

한 시간 뒤 할 말 다 마친 맹 대표가 돌아가고, 박 대표가 숨을 길게 내쉬며 나를 바라봤다.

"최 대표님도 잘 아시겠지만, 잘되면 쏟아붓는 돈의 몇 배를 벌지만 망하면 부은 돈이 모두 빚이 되는 게 영화 제작입니다."

"돈 걱정은 한채희한테 떠넘기세요."

"근데, 최 대표님은 왜 이 일에 끼신 겁니까?"

"업보라고 해두죠."

"업보요?"

나는 피식 웃고 다시 말했다.

"내키지 않으시면 안 하시면 됩니다. 쏙 미디어에서 제작할지 말지는 오로지 대표님 결정이니까요."

박 대표가 좀 더 고민할 동안 나는 유 감독을 돌아보고 물었다.

"감독님은 어떠세요?"

"솔직히 말해서, 사실 한채희 씨와 언제 한번은 작업해 보고 싶었습니다. 다만 제 이야기가 아니라서 확신이 서지 않네요. 시나리오를 봐야 할 것 같습니다."

유 감독이 깍지 낀 제 손을 만지작거리며 생각을 얘기하자, 이번에는 박 대표가 내게 물었다.

"최 대표님은 어떻게 보세요? 이게 될 것 같습니까?"

"포커한 사건만 아니면 한채희 자체는 검증된 브랜드죠."

정상적인 상황이었다면 한채희 주연에, 한채희가 제작비까지 가져왔으니 쌍수 들고 반길 일이지 바보 같은 고민을 할 게 아니었다.

하지만 포커한 사건 때문에 그 바보 같은 고민을 할 수 밖에 없는 상황이다.

"신중하게 생각해 보세요."

일어나려는데, 박 대표가 눈을 번쩍 뜨고 말했다.

"하죠!"

"예?"

"합시다."

"좀 더 생각해 보고 결정하세요."

"결정했습니다. 하기로."

"그래도 한 번 더 생각해 보세요."

재차 말했더니, 박 대표가 개구리처럼 눈을 깜빡이며 다시 말했다.

"한다니까요?"

*   *   *

다음 날 쓱 미디어 제작부장이 유 감독과 함께 아침 일찍 한채희 소속사를 찾아왔다.

두 사람은 율무차 한 잔을 앞에 두고 원 감독의 시나리오를 찬찬히 뜯어봤고, 결론적으로 쓱 미디어에서 제작을 맡기로 결정이 났다.

생각보다 수월하게 말이다.

"무당 말이 맞았네."

입을 살짝 벌린 채로 나를 바라보는 여자 때문에 한숨이 절로 나온다.

"한채희 씨, 무당이 그런 얘기는 안 했습니까?"

"뭘요?"

"그 귀인이 화가 많다고."

면박을 주면 움찔하기라도 해야 하는데, 한채희는 눈썹만 까딱 움직일 뿐이다.

어쨌든 제작사 선정이 끝났으니 다음 일을 해야 한다. 하지만 그 전에, 궁금한 게 하나 있었다.

"맹 대표님이 그러던데, 광고주들 만나서 정리한다는 게 무슨 얘기예요?"

"소송한 광고주들 찾아가서 소송 취하해 달라고 부탁하고 있어요."

"어떻게요? 쉽지 않은 일인데."

"무릎 꿇는 방법밖에 더 있어요?"

툭 던지듯 뱉은 한채희의 말이 진심인지 말장난인지 알 수가 없다.

어쨌든 그녀도 발버둥 치고 있다는 얘기 같아서, 하던 얘기를 계속했다.

"그럼, 이제 캐스팅을 해야 하는데."

"최서준?"

돌았나.

"한채희 씨, 지금 우린 A급이 아니라 B급이 와도 감사하게 생각해야 합니다."

"그 말 좋네요."

"뭐가요?"

"우리라는 말."

한채희의 눈과 입이 생글생글 웃는다. 나도 질세라 능청스러운 미소로 대응했다.

"장난은 이쯤하고, 정말 A급 배우가 아니라 B급이 와도 감지덕지해야 하는 상황이라고요."

물론 이 영화에 출연하고 싶은 배우가 아예 없는 것은 아니다.

기회가 간절한 자들은 항상 존재하니까.

하지만 이 영화를 무명 배우들의 꿈의 장으로 만들기 위해 많은 사람들이 뛰어다니는 것은 아니다.

"부탁할 사람이 아주 없진 않아요. 얘기 중인 배우도 있고."

"리스트 작성해서 유 감독한테 줘요. 그리고 유 감독과 캐스팅 관련해서 얘기를 나눠봤는데, 한채희 씨 의견을 좀 들어보고 움직이려고요."

"무슨 의견이요?"

얘기하기 앞서 나는 한 발짝 물러났다.

한채희가 고개를 가웃하고 날 의심스럽게 쳐다본다.

"어차피 이 영화는 문제작이 될 겁니다. 포커한이 출연하니까요."

"상관없어요. 난 이미 악당이 되기로 각오했으니까."

"그러면 더 잘됐네요."

"대체 하고 싶은 얘기가 뭐예요?"

"악당의 주위에는 악당이 있어야 한다는 말입니다."

*   *   *

삐걱삐걱.

늦은 밤의 놀이터에서 송연우가 처량하게 그네를 타고 있었다.

공서를 촬영한 때가 작년 4월.

1년하고 반이 훌쩍 지나간 현재, 함께 출연한 윤소림은 신인연기상도 모자라 여우주연상까지 수상하며 명실공히 톱스타가 됐다. 그야말로 혜성이다.

하지만 같은 날, 같은 공간에서 연기 호흡을 맞췄던 송연우는 여전히 오디션을 기다리던 선택을 기다리는 신세였다.

얼마 전에는 결국 우려하던 일도 터져 버렸다.

호빠에 다녔다는 사실을 기자가 알아낸 것이다.

그나마 다행인 것은 별로 유명하지 않아서 기자가 기사를 안 내기로 했다는 건데, 그건 그거대로 상처였다.

삐걱삐걱.

그네가 움직일 때마다 찬바람이 얼굴에 와 닿는다. 몸도 마음도 움츠러든다.

"그때는 금방 뜰 줄 알았는데."

공서가 끝나고 윤소림과 함께 〈연예가 소식〉에 출연했을 때가 떠오른다.

카메라 앞에서 엄마에게 사인 열 장 보내겠다고 큰소리칠 때만 해도 금방 톱스타가 될 줄 알았다.

그네의 삐걱거림이 멈추자 송연우는 핸드폰을 들었다.

─웬일이야?

"아직도 나 찾는 손님 많지?"

─왜? 돌아오려고? 너 오면 내가 만수르 세트 한번 돌릴게.

송연우는 대답 대신 한숨을 내쉬었다.

─연우야, 송충이는 솔잎을 먹고 살아야 하는 거야. 너 잘생긴 거 아는데, 배우가 외모로만 배우 하는 거 아니다? 운도 따라야 하지, 회사도 잘 만나야 하지, 별의별 게 다 맞아야 하는 거야.

"우리 회사 좋은 회사야."

─말이 그렇다는 거지. 아, 연우야 너 차 팔 생각 없어? 빨간색 페라리. 그거 내가…….

"벌써 팔았어."

싹 다 정리해서 생활비로 쓰고, 나머지는 어머니 집 옮기는 데 썼다.

─어쩌다 그렇게 됐니? 너 그럼 뚜벅이야? 참 나. 야, 그럼 한 달만 뛰어. 너 한 달만 뛰어도 페라리 정도는 껌이잖아.

"생각해 볼게."

전화를 끊은 송연우는 한숨을 쉬며 핸드폰을 만지작거렸다.

그리고 습관처럼 검색창에 제 이름을 입력했다.

이제는 관련 기사도 없고 반응도 없겠지만 그래도 혹시 몰라 서, 누가 블로그에 〈공서〉 감상 평이라도 올렸을까 봐.

그나마도 낯선 발소리에 관둬야 했다.

송연우는 눈앞에 드리워진 그림자에 천천히 고개를 들었다. 그리고 마침내 보고 말았다.

"오랜만이다."

눈이 마주친 순간 첫 만남의 기억이 파노라마처럼 스쳐 간다.

화장실에서의 기억, 치명적인 고통을 안겨준 사람, 윤소림 매니저, 퓨처엔터 대표, 미다스의 손.

그가 말했다.

"너, 스케줄 없으면 영화 할 생각 없냐?"

"영화요?"

넋을 잃고 되물은 송연우는 곧이어 최고남의 등 뒤에 서 있는 남자 둘을 볼 수 있었다.

매니저 형과 소속사 대표가 붕어처럼 입을 벙긋거리고 있었다. 그러니까 뭐라고 하냐면⋯⋯.

―해!

―무조건!!

그런 것 같았다.

"무슨 역이죠?"

배우라면 당연히 짚고 넘어가야 할 문제.

"애꾸눈 화투쟁이. 조연급이야. 작품은 '이대 나온 여자2', 주연은 한채희."

문제의 그 작품?

송연우가 눈을 두 배로 키웠을 때, 매니저 형과 소속사 대표도 더 열심히 입을 벙긋거렸다.

―닥치고 한다고 해!

―무조건!!

그렇다. 이건 처음부터 거부할 수 없는 제안이었다.

"할게요. 하고 싶어요!"

벌떡 일어나자, 최고남이 손을 내밀었다.

송연우는 흠칫 한번 놀랐다가 그의 손을 잡았다. 미다스의 손을 말이다.

.

.

.

"일 년하고도 반이 걸렸네."

N탑 엔터테인먼트 본부장실에 돌아오기까지 걸린 시간이었다.

졸지에 아카데미로 쫓겨나서 기약 없는 세월을 보냈다.

누구 때문에?

"최고남……."

백대식은 갈아 마셔도 시원찮은 그 이름을 읊조리며 책상으로 걸어갔다. 손수 명패를 갈아 치우고, 품에 안고 온 성모마리아상을 내려놓고, 의자에 털썩 앉았다.

"그래, 이거야. 내 의자."

최신 안마 의자도 한 수 접고 들어갈 아늑함이 온몸을 휘감자, 지난 1년 반의 시간이 주마등처럼 스쳐 간다.

아카데미 원장 자리는 정말이지, 너무나도 재미가 없었다.

백대식이라는 남자가 있기에는 너무도 작고 보잘것없는 세상이었다.

그러나 움츠리고 버텼다.

다시 돌아오게 될 날을 손꼽으면서 음지에서 숨죽였다.

그렇게 돌아온 자리였다.

"최고남!"

또다시 포효할 때, 핸드폰이 진동했다.

─삼촌!

자리에 앉은 지 5분도 지나지 않아서 아카데미로 쫓겨나게 만든 원흉의 등장에 백대식은 오만상을 찌푸렸다.

"무슨 일이야?"

─나 다시 N탑으로 가면 안 돼요? 나 정말 잘할게.

"아이고, 우리 조카가 삼촌이 아카데미에서 N탑으로 돌아와서 많이 들떴나 보다. N탑으로 다시 기어 올 생각을 하고… 야!"

─아, 왜 소리를 질러? 여기 일 진짜 못한단 말이야!

"너 유튜브 한다며? 그거 잘되고 있잖아?"

연예인 깜냥이 안 돼서 그렇지 끼는 있는 아이였다.

거기다가 타고난 멘탈로 중무장한 아이라서 채널을 개설하자마자 두근두근 썰로 가볍게 1만을 넘겼고, 연습생 시절 썰과 악플로 고소당한 썰을 풀면서 순식간에 5만을 넘겨 버리는 기염을 토해냈다.

─노딱 붙어서 수익이 안 난다고! 윤소림 팬들이 신고한단 말이야!

참, 할 말이 없었다.

─다른 연예인들은 자숙한다고 잠깐 쉬었다가 문제없이 잘만 나오던데… 삼촌이 대한민국 최고 엔터테인먼트 회사의 본부장인데 조카가 이렇게 살아야겠어?

쩍쩍거리는 목소리를 듣고 있으니 두통이 밀려오고 이마가 지

끈거린다.

백대식은 이마를 꾹꾹 누르고 말없이 전화를 끊어버렸다.

방금 전까지 기쁨과 은혜로움이 충만했는데, 전화 한 통으로 모든 것이 엉망이 되어버렸다.

"하, 방법이 없네, 방법이."

그라고 조카에 대한 생각을 안 해봤겠는가.

"최고남이 고소 취하만 해줬으면… 최고남!"

모로 가도 결국에는 또 그 이름이 튀어나온다.

바늘로 찔러도 피 한 방울 나오지 않을 인간. 꼴 보기 싫은 그 인간.

하지만 최고남은 너무 잘나가고 있었다.

미다스의 손? 브래드톰? 등짝?

지금 세상은 최고남의 손아귀에 놀아나고 있다.

가면을 쓰고, 온갖 술수를 쓰는 악귀 같은 놈이라는 것을 아무도 모르고 있었다.

아, 생각했더니 속이 끓는다.

"기다려라, 최고남. 나 백대식이 꼭 네 가면을 벗겨줄 테니까."

각오를 다지는 이때, 노크 소리가 들렸다.

"왜?"

당연히 비서겠거니 생각하며 고개를 든 백대식은 순간 눈을 부릅떴다.

비서였다.

"뭐야?"

"저, 최고남 대표님이 이걸 놓고 가셨는데요."

"뭐?"

비서가 다가와 내민 것은 두툼한 시나리오였다.

"이대… 나온 여자2?!"

*　　　*　　　*

"채희 씨, 오늘 기분이 좋은가 봐?"

"그래 보여요?"

"어, 그래 보여. 사람이 기분 좋으면 화장도 잘 받거든. 오늘 채희 씨 피부 완전 스펀지야."

한채희는 미소 띤 얼굴을 찬찬히 가로저었다.

어제처럼 일어나 세수를 하고, 어제처럼 숍에 와 메이크업을 하고 있을 뿐이었다.

하지만 원장의 말을 듣고 보니 거울에 비친 제 모습이 조금은 달라 보인다.

신경이 쓰이던 눈가 주름도 오늘은 순하고 부드러워 보여서 나쁘지 않다는 생각이 든다.

"무슨 좋은 일 있어?"

"좋은 일은 무슨."

"아닌데, 뭐가 있는데. 연애해?"

"나 원래 연애 거르지 않고 꼬박꼬박 해요. 연애도 안 하면 무슨 재미로 살아."

"부럽다, 나도 채희 씨 얼굴로 살면 연애 실컷 할 텐데."

타인의 넋두리를 듣는 사이 어느덧 메이크업이 끝났다.

한채희는 거울에 비친 제 모습을 만족스럽게 바라봤다. 특히 눈가의 점…….

'그 정도 포인트는 있으면 좋을 것 같고, 눈은 쌍꺼풀은 없지만 커서 나쁘지 않고, 코도 오뚝한 편이고, 피부 관리에는 돈 좀 써야겠네. 피부 톤이 한 톤만 밝아져도 사람이 달라지는 거 몰라요? 화장법도 바꾸고, 눈썹은 어디서 한 거지? 눈썹도 본인한테 맞는 걸로 바꿔요. 배우 강주희 알죠? 그 누님은 데뷔 초에 자기한테 맞는 눈썹 모양 찾겠다고 하루가 멀다 하고 눈썹을 민둥산으로 만든 사람이에요. 그리고 표정도 연습…….'

"너도 참 많이 변했다."

"응?"

"혼잣말. 고생했어요, 언니."

한채희는 자리에서 일어났다. 그녀가 일어나자 숍에 있는 여자들의 시선이 달라붙는다. 저 시선 어디에도 조롱이나 질투는 느껴지지 않았다. 그저 경이롭게 바라볼 뿐이다. 여배우 한채희를.

그래서 한채희는 오늘도 당당하게 어깨를 펴고 회사로 향했다.

평소보다 몸도 마음도, 심지어 발걸음도 가벼웠다.

"채희야, 너 최 대표님한테 살갑게 좀 굴어라. 괜히 삐딱선 타지 말고. 너, 내 말 듣고 있는 거야?"

매니저의 잔소리는 그냥 틀어놓은 라디오 같았고.

─야, 운전 똑바로 못 해?

누군가의 자동차 경적 소리는 클래식 음향 같았다.

"오셨어요?"

"좋은 아침!"

반기는 직원들에게 반갑게 인사를 하고, 그 사람에 대해 물었다.

"어디 계셔?"

"회의실에요."

그가 창가에 위치한 햇볕 잘 드는 회의실에 있다는 소리에 그녀도 바로 걸음을 옮겼다.

오늘은 또 어떤 삐딱선을 탈까, 그 사람은 또 어떤 표정을 지을까.

궁금해서 빨리 보고 싶다.

'아닌데, 뭐가 있는데. 연애해?'

문고리를 잡는 순간 원장의 말이 불쑥 떠올랐다.

그래서 잠깐 머뭇하고 회의실 문을 열었는데…….

"어, 난 회사에 출근했지. 넌 밥은 먹었어?"

최고남이 누군가와 전화 통화를 하고 있었다.

"건강 챙겨, 타지에서 혼자 생활하면 스스로 더 잘 챙겨야 해."

다정한 목소리, 다정한 말투, 다정한 뒷모습.

"잠깐만, 나 스피커폰으로 좀 돌릴게. 칠칠맞게 커피 흘렸어."

그가 핸드폰을 내려놓고 냅킨을 뽑는다.

─물어볼 게 있었는데, 나 물어봐도 돼요?

"결국 물어볼 거잖아?"

여자 웃음소리. 그리고 질문.

─선배…….

"응?"

─혹시, 저 좋아하세요?

여자의 목소리는 떨림이 묻었고, 그는 모든 행동을 멈췄다. 소리도 멈췄다.

그저 회의실 문이 삐걱거리는 소리만 들릴 뿐이었다.

*   *   *

"썸이야, 썸이 분명해."

"아까부터 뭔 소리야?"

"썸이라고!"

매니저 상준 씨는 오늘도 괜히 입을 놀렸다가 본전도 못 건지고 한채희의 매서운 눈초리를 받아야 했다.

그럼에도 불구하고 궁금한 것은 못 참는 상준 씨였다.

"썸? 누구랑?"

"뭘 누구야. 다른 사람 얘기야."

상준 씨는 입을 비죽거렸다. 한채희가 언제는 연애하면 한다고 이실직고했던가. 혼자서 빨빨 돌아다니면서 연애하다가 사고 터지면 그제야 매니저 찾지.

"그래? 그게 누군데?"

"오빠, 왜 그걸 궁금해해?"

"아니, 그냥, 난 그냥 호기심에. 그래서 누군데?"

싱글벙글 웃으며 물었는데, 한채희의 얼굴이 구겨진다.

아차, 너무 까불었나.

"오빠, 아침 안 먹었지?"

"아, 아니야! 나 배 안 고파!"

"아니야, 저번에 먹던 생선찌개 남았어. 오빠 그때 맛있게 먹더라. 금방 데워줄게."

한채희는 전자레인지에 찌개가 담긴 그릇을 돌리면서 생각에 잠겼다.

분명 썸이 맞는데. 딱 그 정도의 통화 내용이었고, 일단 호칭부터가 선배였으니까.

누구와 통화를 한 걸까. 둘의 관계가 얼마나 깊은지, 또 어떤 서사가 있는지… 너무 궁금한데 알 길이 없다.

띠, 띠, 띠.

전자레인지에서 찌개가 다 익었음을 알리는 소리가 울렸다.

생각에 잠겨 있던 한채희는 그 소리 때문에 더 깊은 생각에 잠겼다.

.

.

.

「8년 전 어느 편의점」

띠, 띠, 띠.

전자레인지가 멈췄다. 안에 있는 컵라면이 펄펄 끓고 있었다.

"앗, 뜨거."

모자를 푹 눌러쓴 여자가 전자레인지에서 컵라면을 빼고 뜨거워진 손가락을 식히려고 제 귓불을 붙잡았다.

컵라면에서는 김이 모락모락 피어올랐다.

나무젓가락을 쪼개 면과 국물을 잘 섞은 후에 국물을 한 모금 마셨다.

편의점 밖은 눈이 내리고 있었다.

"역시, 겨울에는 라면이지."

재빨리 라면 한 젓가락을 먹고 인터넷에서 연예면 기사를 보던 여자는 반가운 기사에 젓가락질을 멈췄다.

[이슈] N탑 엔터테인먼트의 최고남 팀장을 만나다!

여자는 핸드폰에서 눈을 떼지 못한 채 젓가락질을 했다.

다람쥐처럼 빵빵해진 볼을 움직이는 동안에도 눈은 기사에 머물렀다.

기사 내용은 N탑이 새로운 보이 그룹을 만든다는 내용과 아시아 시장을 이끄는 N탑의 변화에 관한 내용이었다. 기사 말미에는 그 선봉에 '최고남 팀장'이 있고, 그를 지켜보면 대한민국 연예계의 변화를 한눈에 볼 수 있을 것이라고 했다.

"오케이, 이것도 프린트해야지."

집에 가면 할 일이 생겼다.

오늘 올라온 새로운 기사를 프린트하고, 책꽂이에서 '최고남' 바인더를 꺼낼 것이다.

생각만 해도 흐뭇해서 싱글벙글 웃던 입꼬리가 문자를 확인하고는 놀라서 벌어졌다.

[저희 지금 감독님 오셨거든요? 지금 당장 와주세요!]

"뭐야, 늦는다고 밥 먹고 오라더니."

여자는 라면을 대충 먹고 편의점을 나섰다. 하늘에서는 눈이 펑펑 내리고 있었다. 그래서 눈을 맞으며 달렸다. 하지만 얼마 못 가 빙판길에 미끄러지고 말았다.

엉덩이며 손이며 통증에 이마가 절로 찌푸려졌지만, 머뭇거릴 틈이 없었다.

오뚝이처럼 벌떡 일어난 여자는 절뚝거리며 약속 장소에 도착했다.

차가운 철제문을 열자 훈훈한 열기와 사람들의 시선이 그녀에게 향했다.

얼굴이 새빨갛게 상기된 여자가 들어왔으니 그럴 만도 했다.

머리에 묻은 눈송이를 털어내던 여자는 그제야 손바닥이 까져 있음을 깨달았다.

그렇지만 태평하게 반창고나 찾고 있을 수는 없었다. 그래서 주먹을 한 번 폈다가 꾹 쥔 다음 모두가 들을 수 있도록 큰 소리로 외쳤다.

"안녕하십니까! 배우 한채희라고 합니다!"

한채희는 허리를 힘껏 접었다가 펼쳤다.

상기된 얼굴은 환하게 웃고 있었고, 눈동자는 눈처럼 하얗고 호수처럼 맑았으며, 가슴은 뜨거웠다.

*   *   *

다시 돛을 올린 〈이대 나온 여자 2〉는 순풍을 타고 나아가기 시작했다.

한 주간 시나리오 점검을 마친 쏙 미디어는 본격적으로 프리

프로덕션 단계에 들어갔다. 제작진이 구성됐고, 로케이션팀이 촬영지를 물색하기 시작했다.

언뜻 보면 날림공사 같아 보여도 수십억이 들어가는 영화에서 대충이란 있을 수가 없다.

본 촬영 때 발생할 수 있는 리스크를 최소한으로 줄이려면 사전 준비를 철저히 해야 하기 때문에 촬영 스케줄, 예산, 콘티 작업 등등, 어느 하나 소홀할 수가 없었다.

[안타깝도다. 한때는 열정 가득 생이었건만. B등급으로 태어나 S급이 될 정도였으니.]

"지금도 열정은 넘치던데? 눈빛 못 봤냐? 이글이글 타더만."

창밖은 어느덧 밤.

연기자 리스트를 살펴보느라 시간 가는 줄도 몰랐는데, 하릴없이 명부를 넘겨보던 저승이가 한채희 얘기를 꺼내서 정신을 차렸다.

[사람은 참 알다가도 모르겠어요. 힘든 시절에는 아등바등 살았으면서 먹고살 만하니까 사고를 치네. 오히려 여유가 생기면 더 즐겁게 일할 수 있는 거 아닌가요?]

"고생했으니까."

처음에는 고생한 자신에게 주는 보상이라고 여겼을 거다.

실제로 스트레스도 풀렸을 테고.

하지만 점차 통제할 수 없었을 테고, 정신을 차렸을 때는 돌이킬 수가 없었을 것이다.

[근데 아저씨도 의외네요.]

저승이가 애굣살 두툼한 눈으로 나를 음흉하게 쳐다본다.

"뭐가?"

[예전의 아저씨였으면 한채희를 도와주지 않았을 테니까. 대가를 받았다면 또 모를까. 이건 아주 좋은 변화입니다.]

"대가를 왜 안 받아?"

[응?]

"B급으로 태어나서 혼자 S급이 된 여자야. 지금은 도로 B급 신세지만, 잘되면 또 S급으로 치고 올라갈걸? 그렇게 되면 앉은자리에서 형광 구슬 하나 획득!"

[형광 구슬 아니라니까요!]

뭐가 됐든.

태생이 S급 운명이 아닌 자를 S급으로 만들면 보상을 받을 수 있다.

나는 이미 성지훈이 S급이 되면서 보상을 받았고, 강주희가 S급이 되면서 또 하나를 받았다.

[근데 왜요? 아저씨는 보상에 별로 관심없었잖아요? 첫 번째 것도 아이한테 줘버렸고, 강주희로 받은 것도 아직 안 썼고.]

"부자로 환생하려고 그런다. 다음 생은 두바이 왕자 같은 걸로 태어나게."

실없는 농담을 하고 싱겁게 웃었다.

[말은 그렇게 해도, 아저씨는 변하고 있어요. 남여울에게 캐스팅을 제안했잖아요?]

"아니."

나는 이번에도 저승이의 추측을 무시했다.

남여울이 윤소림에게 한 짓을 어떻게 잊을 수가 있나. 악플까지 남기는 천하의 못된 짓을 했는데.

[그럼 왜 캐스팅 제안을 했는데요?]

"아무리 봐도 걔가 딱이니까."

감정을 빼고 보면 남여울에게 제격인 역할이었다.

한마디로 정의하자면 씹다 버리는 껌 같은 역할이라고 할까.

비중은 있지만 마지막에 뒤통수를 치는 캐릭터기 때문에 관객에게 욕을 바가지로 먹게 될 것이다.

"하지만, 그럼에도 불구하고 남여울에게는 기회가 될 수 있어."

어떤 연기, 어떤 인상을 관객에게 심어주냐에 따라서 남여울의 미래가 변할 수도 있다.

작은 배우는 있어도 작은 배역은 없다는 말이 있는 것처럼 말이다.

[정말 그렇게 생각하세요?]

"흐흐, 전혀 아니지."

걔는 연예인 될 애가 아니라니까?

내가 괜히 연습생 생활 쫑 내고 학교로 돌려보냈겠냐고.

하물며 한채희처럼 노력을 한 것도 아니고, 무슨 연기를.

관객에게 인상을 심어줘? 기적이 일어나면 또 모르겠네.

[아저씨는 변한 게 아니라… 더 악덕이 됐군요! 이러다 나 명계 끌려가는 거 아니야?]

끌려가면 나야 땡큐지!

저승이 때문에 소비지출이 엄청나다. 요즘에는 매운맛에 중독이 됐는지 허구한 날 '불'이 붙은 것만 찾아서 내가 저놈하고 반빙의 한번 하고 나면 아주 피똥을 싼다.

아무튼.

"백대식한테 슬슬 연락 올 때가 됐는데."

[오겠어요?]

"연락 올 거야. 대식이가 그래도 N탑 본부장 꽁으로 먹은 건 아니니까."

시나리오를 읽어보면 알았을 것이다. 이 영화가 남여울에게 기회가 될 것이란 걸.

"쥐약이어도, 먹을 수밖에 없을걸?"

흐흐.

.

.

.

N탑 엔터테인먼트 본부장 백대식.

그는 퇴근도 않고 물끄러미 케이블 방송만 보고 있었다. 범죄 느와르 장르에서 아주 유명한 영화였다.

기업형 조직인 '골드바'를 차지하기 위한 2인자와 3인자의 다툼과 '골드바'를 손안에 넣고 싶은 경찰의 작전.

경찰이 판 함정이라는 사실을 알지만 어쩔 수 없이 2인자를 치기로 결심한 3인자의 그 유명한 독백이 이어졌다.

─이거 쥐약이다. 먹으면 아마도 다 뒈질 거야. 근데 씨발, 나로서는 안 먹을 수가 없네…….

대사에 울림을 주는 연기를 목도한 백대식은 리모컨을 들어 TV를 끄고 중얼거렸다.

"저 친구 참 나 닮았단 말이야."

중후한 목소리며 카리스마며, 어쩌면 N탑 본부장이 아니라 배우 백대식이 될 운명이었는지도 모르는 일.

"그나저나 이걸 해? 말아?"

최고남이 남여울에게 제안한 역은 비너스 김.

강남 불법도박장에서 VIP 손님들 비위 맞춰주고 꽁지를 받는 여자인데, 영화에서 한채희와의 인연은 도박 빚에 팔려 갈 뻔한 것을 한채희가 구해주면서 시작된다.

조연이지만 꽤 비중이 있는 역할인데······.

"끝이 마음에 안 드네."

한채희의 뒷통수를 치고 결국 악역으로 남는다.

시나리오 속 활자로만 보는데도 짜증이 나는 여자다.

하지만 진짜 문제는.

"여울이가 이걸 할 수 있겠어?"

못 하지. 절대 못 한다.

"하지만 크랭크인 전까지는 시간이 있으니까."

그때까지 가르치면 어찌어찌 될 것도 같다.

문제는, 진짜 문제는······.

"최고남이 이걸 왜?"

남여울에게 제안했냐 이거였다.

의심스러워서 확인을 해봤지만 정말 한채희가 영화를 준비하고 있고, 원 감독이 돈 들고 튀었지만 쓱 미디어에서 제작을 맡았다는 팩트를 확인할 수가 있었다.

그 확인에만 오늘 하루 반나절을 썼다.

"근데 얘는 왜 안 와?"

백대식은 남여울에게 회사로 찾아오라고 했다.

시나리오를 보여주고 생각을 들어볼 요량으로 퇴근도 않고 기다리는 중이었다.

"감기 기운이 있나. 왜 이렇게 으슬으슬해."

그놈의 혈육이 뭐라고.

콧물 훌쩍거리면서 조카를 기다리는 제 신세가 기가 막힌다.

하지만 조카가 온다 해도 뭘 알겠는가. 사고만 칠 줄 알지.

결국 결정은 그가 내려야 했다.

마음은 얘기한다. 불안하다고. 최고남은 절대 천사가 아니라고.

그러나 머리는 말한다. 이게 조카에게 찾아온, 어쩌면 마지막 기회일지도 모른다고.

"이거……."

입을 열다가 문득 방금 전 본 영화 장면이 떠오른 백대식은 목을 한 번 가다듬었다. 심호흡을 후, 하고.

"이거, 쥐약이다. 먹으면 아마도 다 뒈질 거야. 근데 씨발, 나로서는 안 먹을 수가 없네……."

꽤 그럴듯하게 소화하고 피식 웃는데 문득 이상한 느낌이 든 백대식은 고개를 휙 돌렸다.

분명 사무실에는 아무도 없는데 시선이 느껴진다.

그것도 아주 불쾌한, 왠지 자신을 한심하게 보는 것 같은 시선이라고나 할까.

"거기 누구야!"

버럭 소리를 지르며 벌떡 일어났지만 대답이 들릴 리가 없다.

사무실에는 분명 아무도 없으니까.

*   *   *

"채희야!"

차에 올라탄 매니저 상준 씨는 양손에 든 검은 봉지를 흔들었다.

맛집에서 사 온 따끈따끈한 통닭이 봉지 안에 담겨 있었다.

겉은 바삭하고 속은 촉촉한 한방 통닭!

절로 입에 침이 고이게 만드는 고소한 냄새에 정신이 혼미해질 정도다.

"사는 김에 내 것도 하나 샀다? 내가 요즘 몸이 말이 아니야. 감기 기운도 좀 있고."

한채희 카드로 긁은 것이 못내 마음에 걸린 상준 씨는 쓸데없는 말을 중얼거리며 제 것을 냉큼 뒷좌석으로 옮겼다.

"출발할까?"

빨리 집에 가서 통닭 먹을 생각에 싱글벙글한 상준 씨였지만, 한채희는 그런 마음도 모르고 핸드폰에 빠져 있었다.

"도대체 뭘 보고 있는 거야?"

스윽 곁에 다가가서 핸드폰 화면을 본 상준 씨.

"최 대표님이잖아?"

상준 씨의 눈이 휘둥그레졌다.

핸드폰 화면에 최고남이 나오고 있었기 때문이다.

"이거 뭐야?"

"홈 카메라. 샤미 거 가져다가 회의실에 하나 놨거든."

상준 씨는 뜨악해서 할 말을 잃었다.

한채희가 키우는 고양이 샤미.

평소 샤미를 혼자 두는 게 마음 아파서 홈 카메라를 집에 둔 그녀였다.

보이스 기능도 있어서 고양이 대화도 할 수 있는 꿀템인데, 그걸 회의실에 뒀다고? 근데 그걸로 왜 최고남 대표를 보고, 아니, 훔쳐보고 있는 건데?

"채희야, 이거 범죄야!"

"오버하지 마! 그냥 제작회의 하는 거 보고 싶어서 둔 거니까."

거짓말, 새빨간 거짓말!

"그리고 훔쳐보긴 뭘 훔쳐봐? 테이블에 떡하니 놓여 있는데."

"근데 이건 소리도 다 들리는 거잖아. 최 대표님도 그건 모르… 시진 않겠지. 알 거야, 아마."

싸늘한 눈빛이 자신을 말없이 응시하자, 상준 씨는 곧바로 입을 다물었다.

다시 찾은 고요속에서 한채희는 이어폰을 귀에 꽂았고, 화면 속 최고남은 누군가에게 걸려온 전화를 받고 있었다.

그런데…….

한채희가 귀에 꽂았던 이어폰을 급하게 도로 뺐다.

"왜 그래?"

"아, 귀 찢어질 뻔했네."

그 말대로 이어폰에서 삐, 소리가 울리고 있었다.

거기다가 핸드폰 화면은 노이즈가 잔뜩 낀 것처럼 엉망이었다.

"뭐야? 오빠, 이거 왜 그런 거야?"

핸드폰을 탁탁 치는 한채희.

하지만 다음 순간 상준 씨는 눈을 부릅떴고, 입은 쩍 벌어졌다.

"채, 채희야… 저거 보여?"

상준 씨는 사시나무 떨듯 몸을 부들부들 떨며 핸드폰 화면을 노려봤다.

"뭘?"

"저… 거."

"뭘?"

"저… 저… 저 남자애."

"남자애가 어디 있다고 그래? 노이즈만 보이는데. 아, 진짜."

"아니야, 남자애가… 노려보고 있단 말이야… 으어!"

"오빠!"

그렇게, 상준 씨는 한방 통닭을 남겨두고 기절했다.

*   *   *

상준 씨는 회의실을 뚫어지게 바라봤다. 안에서 유재하 감독과 최고남 대표가 대화 중이었다.

얼마나 더 시간이 흘렀을까.

두 사람이 회의실을 나와 밖으로 나가자, 상준 씨는 재빨리 회의실로 들어갔다.

구석에 놓인 커다란 상자 곁으로 다가간 그는 주위를 두리번거리면서 상자를 향해 속삭였다.

"채희야, 최 대표님 나갔어."

문제적 그녀의 이름을 부르고 상황을 알려주자, 부스럭거리면서 상자 뚜껑이 열리고 안에 숨어 있던 한채희가 벌떡 일어났다.

"아, 다리 저려."

코에 침을 찍으며 제 다리를 두드리는 한채희.

상준 씨는 재빨리 그녀를 가려주며 말했다.

"이제 그만하고 나가자."

"아직이야."

"언제까지 하려고?"

"밀폐실에 갇힌 사람의 심리를 느끼는 중이라고 했잖……."

짜증을 내던 한채희가 다시 상자 속으로 쏙 들어갔다.

상준 씨는 마른기침을 콜록거리며 상자 뚜껑을 닫고 뒤를 돌아봤다.

최고남 대표가 돌아오고 있었다. 상준 씨는 뒷머리를 긁적이며 사람 좋은 웃음과 함께 물었다.

"하하, 감독님은 어디 가셨어요?"

"일이 있어서 먼저 가셨네요. 저도 정리만 하고 가려고요."

"그렇구나. 아, 대표님도 이제 오실 일 없겠네요. 캐스팅도 거의 마무리됐으니까."

"그러게요."

최고남이 빙긋 웃었지만, 상준 씨는 회의실을 나가지 않고 서성거렸다.

"할 얘기라도?"

"아닙니다, 그동안 수고 많으셨습니다."

손사래 치며 나가려는데.

"상준 씨."

"예?"

"저 상자는 뭐예요?"

"아, 이거요? 별거 아니에요, 버리는 비품 담아둔 거지. 쓰레기 같은 거요. 하하! 근데… 왜요?"

"어디서 향수 냄새가 나는 것 같아서요."

바보, 한채희 이 바보!

"아아, 제가 치우다가 향수를 좀 쏟았지 뭐예요. 심해요? 창문 좀 열까요?"

"아닙니다. 곧 갈 건데요, 뭐."

"그러면, 나가보겠습니다."

상준 씨는 상자를 흘깃 보면서 회의실을 서둘러 빠져나왔다.

닫히는 회의실 문 틈새로 핸드폰 벨 소리가 들렸다.

"여보세요?"

최고남은 의자를 빼고 앉아 전화를 받았다.

상대방과 서로의 안부를 묻고, 일상적인 얘기를 하면서, 간간이 웃기도 했다.

그렇게 별것 아니면서 별것인 이야기가 회의실을 가득 채우는 동안 상자 안의 한채희는 어느덧 회상에 잠겨 있었다.

.
.
.

「7년 전」

"채희야, 나 궁금한 거 있는데… 물어봐도 돼?"

"뭔데?"

"왜, 다른 회사 매니저 기사를 스크랩하는 거야?"

"이건, 이정표 같은 거야."

"어디 이정표?"

"스타가 되는 길."

매니저는 여전히 이해하지 못하는 것 같았지만, 한채희는 미소만 빙긋이 지었다.

처음에는 단지 궁금해서 그에 대해 찾아보기 시작했다.

그러다 보니 어느 순간부터는 그의 소식이 기다려졌고, 그가 나온 기사를 하나둘 모아놓았던 스크랩북은 어느덧 배가 빵빵해져 버렸다.

그래서 힘이 들 때면, 혹은 지칠 때면 그걸 보면서 힘을 냈다.

오디션에 떨어져서 엉엉 울고 나서도, 어느 여름날 감독한테 혼나고 코를 훌쩍거린 날도, 첫 CF 촬영을 한 날도……

"오빠, 나 이번 드라마 진짜 잘할 거야."

"그래, 이번에 확 떠서 중국도 가고 일본도 가고 상도 타고, 흐흐. 나도 톱스타 매니저 되고!"

매니저의 웃음소리에 한채희의 미소가 딱딱하게 굳었다.

"미안하네, 아직 톱스타가 아니라서. 톱스타 매니저가 그렇게 되고 싶으셨던가 본데."

"아니, 그런 얘기가 아니라… 어이쿠, 벌써 도착했네. 내리자!"

서둘러 차에서 내린 매니저는 유난을 떨며 차 문을 열었다.

"조심히 내려, 조심히!"

"오버하지 마."

"어이쿠, 오버라니요? 매니저로서 소임을 다할 뿐인데."

입만 산 매니저의 에스코트를 받으면서 드라마 현장에 도착하자, 그녀를 본 방송국 조연출이 헐레벌떡 뛰어왔다.

"저기 매니저님, 대본 수정됐는데 보셨어요?"

"예? 무슨 수정?"

"이 씬이요, 이거 채희 씨가 뛰어야 해요."

조연출이 다짜고짜 들이민 씬을 본 매니저의 미간이 찌푸려진다. 스타일리스트도 슬쩍 보자마자 대번에 얼굴을 찡그렸다.

"저희 오늘 구두밖에 안 가져왔는데."

"에이, 맞는 운동화 없겠어요? 스타일리스트님 발 사이즈 맞을 것 같은데?"

"근데 왜 바뀐 거예요?"

매니저의 질문에, 조연출이 턱을 긁적이며 중얼거린다.

"호연 씨 매니저분이 감독님한테 여주가 뛰어가서 남주에게 안기는 게 더 멋있을 것 같다고 하니까, 감독님이 그러자고 하셨어요. 저희가 봐도 그게 좀 멋있는 것 같고."

"호연 씨 매니저요? 그 덩치 산만 한 곰 같은 사람이요?"

"아니아니, 오늘은 다른 분이 왔어요. 팀장이라던데? 이름이 뭐라더라… 아, 최고남 팀장님!"

"근데 어쩌나, 채희가 어제 행사장에 갔다가 무릎을 다쳐서……."

라고 말을 하던 매니저는 벙찐 표정으로 한채희를 바라봤다.

그녀는 구두까지 벗어던지고 달려가고 있었다.

"되게… 잘 뛰네요?"

"그러게요. 아……."

중얼거리던 매니저는 이맛살을 찌푸렸다. 방금 전 조연출이 최고남이라고 했던 것이 떠올랐기 때문이다. 이제야 한채희가 뛰어간 이유를 알 것 같았다.

"그 최고남 팀장님이 또 뭐래요?"

"그 말만 하고 그냥 갔는데요?"

어깨를 으쓱거리는 조연출.

매니저는 멀어지는 한채희의 뒷모습을 보면서 입맛을 다셨다.

쩝.

.

.

.

"채희야."

최고남이 회사를 떠나기 무섭게 상준 씨는 회의실로 뛰어 들어와서 상자를 향해 속삭였다.

"채희야."

대답이 없다.

"얘가 자나."

정말 그런가 싶어서 조심스럽게 상자 뚜껑을 열었는데, 상준 씨는 푹 숙여진 정수리를 보고 멈칫했다.

한채희가 무릎에 얼굴을 파묻고 흐느끼고 있었기 때문이다.

"채희야, 왜 그래? 최 대표가 눈치챘어? 뭐라고 했어? 아무 일도 없었던 것 같은데? 아, 전화하면서 너 씹었어? 씹었구만! 씹었어!
이 양반을 확 그냥……."

"아니야."

눈물기 어린 목소리가 상자에서 들려왔다.

"그럼… 왜 그래?"

"미안해서 그래."

미안하다고?

"누구한테?"

대답은 돌아오지 않았고, 상준 씨는 더 묻지 않고 상자를 닫았다.

*   *   *

"요즘 최 대표랑 통화 자주 한다며? 거기 일은 다 끝났대?"

"예."

백영희 감독이 흐뭇해하며 묻자, 윤소림은 시나리오를 잠시 덮
었다.

"근데 어때? 명희의 마음이 좀 느껴져? 내가 썼지만, 진짜 명희
의 마음이 설레었을지 궁금하네."

"사실, 설렘보다는 편안한 느낌이었어요. 에너지를 모두 쏟아
부은 하루가 선배의 목소리를 듣는 동안에 위로받고 다시 채워지
니까요. 그래서 궁금해지더라고요. 기대도 되고."

"뭐가?"

"내가 정말 명희라면 선배에게 사랑을 느끼는 순간이 올 거잖
아요? 물론 시나리오상에서는 명확하게 드러나지만, 제 감정이 정

말 시나리오 문맥처럼 제때 찾아올지, 그런 게 궁금하더라고요."

물론 시나리오상에 과정과 결말은 도출돼 있기에 배우는 방향을 잡고 현재에 집중하면 된다.

하지만 작품 경험이 많지 않은 윤소림이었기에 계산과 분석보다는 캐릭터 자체에 동화되는 데 집중하는 모습이었고, 그런 모습은 백 감독의 눈동자에 호감으로 비치기에 충분했다.

"궁금하네. 명희가 아닌, 소림 씨가 추구하는 사랑은 뭐야?"

백 감독은 입꼬리를 부드럽게 말아 올리고 윤소림을 바라봤다.

눈앞의 여배우는 젊음 그 자체였다. 머릿결은 밤의 바다 같았고, 눈썹은 푸른 숲 같았다. 핏줄마저 비치는 하얀 피부는 주름 하나 없었다.

그래서 궁금해졌다. 이 아이는 어떤 사랑을 하는지.

"아직 잘 모르겠어요. 연애를 많이 해보질 않아서."

"그러면 내가 맞혀볼까? 따뜻하고 순수한 파스텔 톤 같은 사랑?"

그게 아니라면.

"살냄새 나는 진하고, 육체의 열감을……."

말이 떨어지기 무섭게 윤소림이 귀를 막자, 백 감독은 피식 웃고 말았다.

"최 대표는 참 복도 많아. 소림 씨 같은 인재가 곁에 있고."

"대표님이 제 곁에 있어주신 거예요."

윤소림은 지나온 날을 떠올리며 속삭였다. 고민 많고 힘들었던 시절이 파노라마처럼 스쳐 갔다.

컷과 컷에 항상 대표님이 있었다.

회사에 있는 매니저님들 중 하나로 여겨졌던 첫 만남도, 무서운 본부장님으로만 여겨졌던 시절도, 회사를 나와 둘이서 먼지 잔뜩 낀 사무실을 열심히 청소하고 짜장면을 먹었던 순간도.

"대표님이 있었기 때문에 제가 이곳까지 올 수 있었던 거예요."

"아니."

고백 같은 담담한 목소리를 귀담아들은 백 감독은 고개를 가로저었다.

그리고 윤소림의 손을 잡고 말했다.

"최 대표의 영향이 있었겠지만, 중요한 것은 소림 씨가 노력했기 때문에 모든 것이 이뤄졌다는 거야. 어제의 윤소림이 만든 거라고. 오늘의 윤소림이라는 존재는."

그러니까.

"고마워해야지. 미안해하지 말고."

"감사합니다, 감독님."

"감사하면 내 부탁 하나만 들어줄래?"

백 감독이 눈을 찡긋하고 물었다.

"부탁이요?"

"나 가끔 보육원 봉사활동에 나가는데, 거기 원생 하나가 소림 씨 기사를 보고 꿈이 배우가 됐대."

때로 노력은 타인에게 감동을 주기도 한다.

윤소림은 흔쾌히 고개를 끄덕였다.

"아이들이 뭐 좋아할까요? 맛있는 거 많이 사 갈게요."

*　　　　*　　　　*

"채희 씨, 앞으로 더 잘해야 합니다. 과거는 어쩔 수 없지만 미래는 달라질 수 있는 거니까."

아직 LA의 전설적 포커 승부사가 캐스팅되지 않았지만, 어쨌든 주요 배역 캐스팅이 모두 끝나서 내가 할 일이 없어졌다.

남은 문제는 한채희 소속사와 쓱 미디어가 앞으로 조율해 나갈 문제였다.

"알았다니까요, 너무 뭐라고 좀 하지 마요. 그쪽도 과거에는 나쁜 짓 많이 했으면서."

"야, 최 대표님한테 무슨 말을 그렇게……."

질겁하는 상준 씨와 투덜거리는 한채희를 보면서 나는 마지막으로 참을 인을 가슴에 새긴다.

이제 다시는 안 볼 거고, S급 되면 구슬이나 보내주길.

근데, 왜들 이렇게 다 나왔어?

맹 대표부터 시작해서 유넥스트 엔터 직원들이 모두 배웅을 나왔다.

"최 대표, 정말 고마워요! 내 이 은혜 잊지 않겠습니다! 우리 앞으로도 긴밀한 관계……."

나는 맹 대표의 손을 스윽 풀면서 말했다.

"긴밀한 관계 같은 거 옛날 말입니다. 요즘 시대에 무슨. 안녕히 계십시오."

나는 서둘러 차에 올라탔다.

시동을 걸려는데, 한채희가 눈에 들어왔다. 그냥 갈까 하다가 차창을 열었다.

"채희 씨."

"……."

"내가 별의별 짓 다 한 사람이었기 때문에 해줄 수 있는 말입니다. 노력해요, 그 시절의 한채희처럼."

"그래서 나 도와준 거예요?"

"그건……."

차는 출발했고, 룸미러에 비친 한채희의 모습이 점점 작아진다.

궁금해졌다. 그녀의 운명이 정말 바뀔지.

물론 그날을 내가 보지는 못하겠지만.

[다시 퓨처엔터로!]

저승이가 기지개를 쭉 펴며 외친다.

"솔직히 말해봐, 너 중국집이 그리운 거지?"

[불짬뽕!]

아무튼 이제 돌아간다. 퓨처엔터로.

할 일이 많다. 릴리시크 앨범 후반 작업도 신경 써야 하고, 권하준 데뷔 준비도 본격적으로 들어가야 하고, 강주희는 당분간 좀 놀고, 윤환은 이제 드라마 프로모션 들어가야 하고.

그 전에, 오늘은 은별이를 보러 갈까.

은별나라 스튜디오 가서 짜장면이나 시켜 먹지 뭐.

군만두를 오물거리는 은별이의 모습이 보고 싶다.

[불짬뽕!]

이 소리를 백 번쯤 들으면서 은별나라 스튜디오에 도착했다.

차에서 내리는 발걸음이 한결 가벼웠고, 날 발견한 은별이가 펄쩍 뛰며 달려왔다.

"대표님!"

힘껏 안아 올리자, 까르르 웃음소리가 하늘에 울려 퍼진다.

탁, 내려주자 은별이가 방긋 웃으며 말했다.

"대표님, 저 정말 좋아하는 것 같아요!"

"뭐가?"

"연기요! 너무 재밌어요!"

은별이는 〈내 매니저〉에서 김유리의 아역으로 나온다.

현장의 마스코트는 스태프와 배우들의 사랑을 독차지하고 있었다.

나도 그 귀여움을 눈에 잔뜩 담으려고 눈을 크게 떴는데, 익숙한 목소리가 들려서 고개를 돌렸다.

"잘 다녀오셨어요?"

윤소림이 서 있었다. 회사에 안 있고 왜 여기에 있는지는 모르겠지만 나는 미소와 함께 말했다.

"잘 다녀왔다."

[비하인드 Scene]

이 밤, 레스토랑을 찾은 사람들은 맛있는 음식과 좋은 와인을 나누며 담소를 나누고 있었다.

저마다의 테이블에 저마다의 이야기와 웃음이 이어졌다.

그 사이에 여배우 한채희가 앉아 있는 테이블도 있었다.

그녀는 혼자였고, 레스토랑을 떠도는 피아노 선율을 벗 삼아 와인을 홀짝이고 있었다.

[저녁 같이할래요? 별 뜻 없고, 고마워서요. 장소하고 시간 보

널게요.]

[미안해요, 그 시간에는 일이 생겨서 못 갈 것 같아요.]

[언제 괜찮아요?]

[글쎄요. 일이 쌓여 있어서.]

[그러면 늦게라도 봐요. 기다릴게요.]

[기다리지 마요. 미안해요.]

한채희는 문자를 다시 한번 눈에 담았다.

그래도 혹시나 했는데, 역시나……

"채희야, 뭘 기대한 거니."

속삭임을 끝으로 남은 와인을 모두 비웠다.

자리에서 일어나려는데, 빈자리가 들썩거렸다.

그러고는 달덩이 같은 얼굴이 환하게 웃고 있는 모습이 보였다.

"야, 너는 이렇게 맛있는 데를 혼자 오냐?"

"오빠가 여긴 웬일이야?"

"최 대표가 일 있어서 못 온다고, 너 혼자 맛있는 거 먹고 있으니까 나도 가서 먹으라고 아주 좋은 정보를 알려주데?"

매니저는 게슴츠레해진 한채희의 시선은 아랑곳 않고 메뉴판을 들었다.

'내가 별의별 짓 다 한 사람이었기 때문에 해줄 수 있는 말입니다. 노력해요, 그 시절의 한채희처럼.'

'그래서 나 도와준 거예요?'

'그건… 상준 씨가 찾아와서 부탁했어요. 아주 간절하게 말이죠. 채희 씨, 상준 씨는 좋은 매니접니다.'

그 좋은 매니저가 싱글벙글 웃으며 묻는다.

"나 비싼 거 시켜도 되지?"

"그래, 시켜라. 제일 비싼 거. 대신 나 거덜 나면 오빠가 책임져야 해?"

"어이쿠, 회사에 일이 있었는데 깜빡했네."

"앉아라."

"예!"

이제 한채희가 앉은 테이블에도 웃음소리가 들리기 시작했다.

[비하인드 Scene2]

"언니도 아까 대표님한테 달려가려고 그랬지?"

"아닌데?"

"에이, 언니도 좋아하잖아!"

…….

"난 다 알아. 언니도……"

…….

"연기 엄청나게 좋아하는 거."

휴.

제4장
—
소년이 어른이 되는 시간

「2020년 1월, 〈이대 나온 여자2〉 고사 현장」

    며칠 동안 내린 눈으로 온 산이 하얀 옷을 입고 있었다.
    다행히 바람은 세지 않았지만 이따금 불어올 때면 먼지바람 같은 눈보라가 일어났다.
    촬영장에도 어김없이 설원이 펼쳐졌다. 발이 푹푹 들어갈 정도로 눈이 쌓여 있어서 고사상을 준비하는 스태프들의 움직임이 굼떠 보였다.
    재래시장에서 사 온 돼지머리, 과일, 과자 등이 차례로 상에 올라온다.
    "아, 짜증 나."
    남여울은 짧게 자른 단발머리를 매만지며 인상을 썼다.

역할 때문에 싹둑 잘랐지만 여간 불편한 게 아니었다.

스타일링하기도 어렵고, 목도 간지럽다. 어느 때는 촌스러워 보이기까지 했다.

"여울아, 인상 좀 펴라!"

삼촌 백대식의 눈에서 레이저가 쏟아진다. 뭐만 하면 쥐 잡듯 휘어잡으려고 한다.

"내 말은, 요즘 시대가 어느 때냐고. 여주가 긴 머리라고 조연이 짧은 머리를 해야 하는 게 말이 돼?"

"시대 따지면 넌 지금도 자숙하고 있어야 해! 하여간 이게 불만만 많아서……."

"삼촌은 왜 만날 뭐라고만 해? 나 기죽어서 연기나 하겠어?"

"대체 너를 어떻게 해야 하냐."

입술을 빼죽 내밀고 뒤돌아선 남여울.

하지만 눈밭에 발이 푹 들어가면서 얼마 못 가 비틀거렸다.

고꾸라질까 봐 팔을 허우적거리다가 누군가의 어깨를 붙잡고 간신히 멈춰 섰는데… 한채희였다.

"앗! 선배님!"

화들짝 놀란 고양이처럼 뒤로 물러나던 남여울은 눈밭에 엉덩방아를 찧었다.

그 바람에 한채희를 아래에서 올려다보는 자세가 됐고, 한채희의 얼굴이 남여울의 눈동자에 선명하게 비쳤다.

가까이에서 본 여배우의 모습에 남여울은 순간 할 말을 잃어버렸다.

겨울바람에 흔들리는 이마의 잔머리, 눈이 스치는 얼굴의 솜털

마저도 눈을 뗄 수가 없었다.

그런 남여울에게 한채희가 손을 내밀었다.

붙잡고 일어나자 두 사람의 거리는 더욱 가까워졌다.

"깝죽거리지 마라."

남여울은 흠칫 놀라서 한채희의 손을 놓고 말았다.

얼음장처럼 차가운 얼굴을 코앞에서 보고서야 발견할 수 있었다. 포커한의 흔적을.

"여울 씨, 우리 앞으로 잘해보자. 알았지?"

"아, 예."

만족스러운 대답을 들은 한채희는 남여울을 뒤로하고 설원을 바라봤다.

끝없이 펼쳐진 눈밭을 보고 있으니 가슴 한편이 아련해지는 느낌이었다. 그래서 넋을 놓고 보고 있는데, 눈 밟는 소리가 곁으로 다가오더니 유 감독이 감탄하듯 속삭였다.

"꼭 영화 속 장면 같네. 채희 씨도 러브레터 보셨죠? 이츠키가 설원을 바라보며 죽은 남자에게 외치잖아요."

미장센, 공간, 대사, 배우 그 모든 것이 완벽했던 명장면은 이후로 다양한 영화에서 오마주로 등장하기도 했다.

"그 촬영 현장에 있던 스태프들은 얼마나 좋았을까. 명장면을 실제로 지켜봤으니."

영화 속 장면을 떠올리며 설원을 바라보는 유재하 감독.

그때였다. 갑자기 한채희가 앞으로 한 발 한 발 나가더니 두 손을 입에 모았다.

"잘 지내시나요!"

떨림이 묻은 목소리는 메아리가 돼 울려 퍼졌고.

"저는 잘 지내고 있어요!"

겨울 눈처럼 새하얀 볼에는 뜨거운 눈물 한 줄기가 흘러내렸다.

그래서 누군가는 그 모습을 보면서.

'이번 영화 재밌겠네.'

그런 생각을 했고, 또 누군가는 이런 생각을 했다.

'저거 돌아이 아니야?'

서로 다른 생각들이 모여서 시작된 영화, 〈이대 나온 여자2〉가 드디어 크랭크인에 들어갔다.

*   *   *

"나는 잘 지내고 있지. 어제 회식도 했어."

오랜만에 듣는 최서준의 목소리에 들떠서 일상 얘기부터 주고받으며 근황을 물었다.

―바쁘시죠? 릴리시크도 곧 컴백한다면서요?

"우리 퓨처엔터 이제 구멍가게 아니야."

웃음소리를 듣고 나서 최서준에게 물었다.

"미국 생활은 어때?"

―할리우드에 도전한다는 게 쉽지가 않네요.

자세히 듣지 않아도 최서준의 도전이 쉽지 않다는 것을 나는 잘 알고 있다.

상식적으로 할리우드에서 굳이 아시아인 배우를 두 팔 벌려

환영할 이유가 없다.

한국에서 톱스타였다고, 수많은 CF를 포기하고 왔다고 반겨줄 리가 없다.

최서준은 그곳에서 무명일 뿐이고, 그나마 소속사인 N탑과 미국 에이전시의 도움으로 유리한 위치에서 시작했을 뿐이었다.

"걱정 마라, 형한테 다 계획이 있으니까."

일단 공수표부터 날리고 소림이 영화 촬영 스케줄을 알려줬다.

"소림이 영화는 3월에 들어갈 거야."

─준비하고 있을게요.

"그래, 걱정하지 마. 최대한 네 스케줄 맞춰서 촬영할 거니까."

─걱정을 왜 해요. 형이 알아서 해주시는데.

자식.

"서준아."

─예, 형.

"어깨 펴고 다녀, 너 대한민국 톱스타야."

그리고 내 S급 연예인이기도 하고.

전화를 끊고 나서 자리에서 벌떡 일어난 나는 사무실을 한 바퀴 휘익 둘러봤다.

어제 회식의 여파가 군데군데 남아 있다.

"멀쩡한 사람은 병재하고 나영 씨밖에 없는 거야?"

김나영 팀장이 빙긋 웃으며 어깨를 으쓱한다.

"박하 씨하고 서희 씨는 출근 안 했나 보네?"

"저 여기 있는데요."

"저도요."

고개 숙이고 있던 막내들이 퀭한 눈으로 나를 바라본다.

"대표님은… 어떻게 그렇게 멀쩡할 수가 있어요?"

"자고로 숙취는 마신 양과 저마다의 간 해독 능력에 따라 결정되지. 그래서, 나는 어제 술을 안 마셨거든?"

씨익 웃고 이번에는 차 팀장에게 다가갔다.

시름시름 앓고 있는 차가희의 머리맡에서 검지를 빙빙 돌리며 주문을 외웠다.

"어지러워라, 어지러워라."

"으으, 그만… 그만……."

차 팀장은 괴로움에 몸부림쳤고, 마법의 주문을 좀 더 외운 뒤에 스케줄표를 살폈다.

릴리시크 컴백, 강주희와 윤환의 예능 나들이, 윤소림의 영화촬영, 그리고 김유리 스케줄까지.

열심히 보고 있는데, 위층에서 내려온 고석천 이사가 쪼르르 다가온다.

"최 대표, 어제 말한 것 생각해 봤어?"

"아, 그거요."

"우리도 오디션 열어야 할 거 아니야? JYP는 일본에서 오디션 프로그램 한다는데, 미다스의 손이 가만히 있으면 어떻게 하냐고!"

미다스의 손이 직접 뽑아서 데뷔까지 시키는 프로젝트.

과연 최고남 대표의 선택은?

뭐 그런 주제였다.

"하준이 데뷔도 이제 코앞인데 그럴 시간이 어디 있습니까. 저

빼고 하세요."

"요즘 왜 그렇게 빼는 거야? 전에는 이것저것 일 벌이고 잘만 해치우더니. 벌써 권태기야? 올해 빵빵 터뜨려서 내년에는 상장해 야지!"

"그러게요. 이사님만 믿습니다."

직원들과 고 이사를 놀리는 재미가 쏠쏠하다.

오늘 같은 날이 계속되면 얼마나 좋을까 하는 생각이 들 정도 였다.

하지만 늘 그렇듯 불행은 예고 없이 찾아온다.

영화나 드라마에서는 보통 이럴 때 전화벨이 울리곤 하던 데······.

띠리리.

마침 전화가 와서 권박하가 받았다.

"대표님, 은별나라 스튜디오인데요."

"스튜디오?"

전화를 받았는데, 은별이가 엉엉 우는 게 아닌가.

"은별아?"

―대표님, 멍구가요, 멍구가요······.

"멍구가 왜?"

―다리가 이상해요, 다리를 절뚝거려요!

.

.

.

나는 한달음에 은별나라 스튜디오로 달려가 은별이와 멍구를 태우고 동물 병원으로 향했다.

상태가 심각했는지 동물 병원 원장이 멍구를 한참 들여다봤고, 나는 흐느끼는 은별이를 달래며 기다렸다.

그러길 얼마나 시간이 흘렀을까.

동물 병원 원장이 일회용 장갑을 벗으며 우리에게 다가왔다.

"다행히 큰 이상은 없네요. 굳이 찾자면, 비만? 산책 좀 자주 시켜주세요."

"정말요?"

은별이가 눈물을 훔치며 물었고, 나도 걱정이 돼 물었다.

"정말 괜찮은 겁니까? 아까 보니 다리를 제대로 움직이질 못하던데."

몸을 가누질 못하고 앞으로 자꾸만 고꾸라질 정도였으니까.

그 얘기를 했더니 동물 병원 원장이 입맛을 다시며 말했다.

"그건 말이죠… 쥐가 난 겁니다."

"예?"

"쥐 났다고요. 동물도 자다가 다리에 쥐 나고 그래요."

흠.

[흠.]

나도 저승이도 할 말을 잃었다.

그래서 우리는 조용히 동물 병원을 나와서 멍구를 산책시켰다.

은별이는 언제 울었냐는 듯이 멍구와 뛰어놀았고, 나는 벤치에 앉아 나른한 오후의 햇살을 맞으며 그 모습을 지켜봤다.

"그런데, 저 개는 아까부터 쫓아오네."

동물 병원에서부터 따라온 누렁이 한 마리가 꼬리를 흔들며 나를 바라보고 있었다.

손을 흔들었더니 쪼르르 다가온다.

벼 이삭처럼 샛노란 강아지 털을 쓰다듬는데, 저승이가 한숨 쉬며 말했다.

[요즘 너무 자주 보는 거 아니에요?]

"보이는 것을 어떻게 하냐."

[산 자든 죽은 자든 떠도는 혼을 자주 접하는 것은 좋은 신호가 아니에요. 산 자는 이승에 남아 있어야 하기 때문에, 죽은 자는 떠나야 하기에.]

저승이의 눈빛이 차가워졌다. 누렁이가 저승이를 향해 으르렁 거리더니 껑충 뛰어 멀어진다. 그러더니 순식간에 흔적도 없이 사라졌다.

[해야 할 일이 있으면 서두르세요.]

저승이가 이렇게까지 얘기할 정도면 정말 시간이 얼마 안 남은 모양이었다.

"어서 하준이를 데뷔시켜야겠네."

퓨처엔터 소속 중 유일하게 데뷔를 앞두고 있는 권하준이 떠올랐다.

나머지 퓨처엔터 아티스트는 직원들이 있으니 걱정하지 않아도 잘 해내갈 것이다.

그리고 우리 직원들.

내가 없어도 각자가 열 사람 몫을 해내는…….

"아, 김승권."

나는 그 이름을 속삭이고 입맛을 다셨다.

*   *   *

"에취!"

김승권은 코를 훌쩍거리며 다시 핸드폰을 바라봤다.

[오빠, 무슨 일이야? 지진 났어?]

영상통화 중이던 소연우가 핸드폰 카메라에 얼굴을 바싹 붙이고 물었다.

"누가 내 욕 하나 봐, 갑자기 재채기가 나서."

[그러게 착하게 삽시다.]

"연우야, 네 콧구멍 보인다. 좀 떨어져."

[전화 끊을까?]

"미안, 미안!"

냉큼 사과를 하고 핸드폰을 스윽 움직여 주위를 핸드폰 카메라에 담았다.

"어때? 원석이 보여?"

[에이, 텄다. 텄다.]

"제대로 본 거 맞아?"

[어허, 그 의심의 눈빛, 좋지 않다!]

김승권은 어깨를 축 늘어뜨렸다.

엑스트라 중에 괜찮은 배우가 있을까 싶어서, 원석 한번 캐보겠다고 촬영 현장까지 돌고 있는데 딱히 눈에 띄는 사람을 찾을 수가 없었다.

[그러게 대학로에 가지. 대표님도 대학로에서 많이 캐스팅했다던데.]

"연우야, 나도 대학로 가서 길거리 캐스팅 하면 대표님 따라 하는 것밖에 더 돼?"

[오빠, 모방은 성공의 어머니라는 말 몰라?]

"요즘은 표절이라고 하더라. 아무튼 고마워."

[또 도움이 필요하면 언제든 연우 도사를 찾도록!]

"예예, 감사합니다!"

김승권은 허공에 고갯짓을 몇 번 하고 나서 입술을 푸르르 떨었다.

아무래도 그만 가봐야 할 것 같았다. 그래서 일어나는데.

"거기 엑스트라! 거기서 뭐 하고 있어? 빨리 와!"

"예? 저 엑스트라 아니에요."

"에이, 페이가 적어서 그래? 알았어, 알았어! 페이 따블로 줄게. 빨리 와요!"

얼떨결에 엑스트라 반장에게 끌려간 김승권.

얼떨결에 옷까지 갈아입고 카메라 앞에 선 그는 기겁을 하고 말았다.

페이를 따블로 주면서까지 엑스트라가 필요한 씬은 곤장 씬이었다.

.

.

.

늦은 밤, 김승권은 불이 난 엉덩이를 쓸어내리며 민속촌을 빠져나왔다.

미니버스가 있긴 했는데, 엉덩이가 아파서 앉을 수가 없었다.

"에이씨, 내가 미쳤지."

주제에 무슨 캐스팅이란 말인가.

날은 또 왜 이렇게 어두운지. 어둠 속에서 쩔뚝이며 걸으니 뒷목이 시리다.

차라리 잘됐다.

속이 부글부글 끓으니 밖은 시원해야 비율이 맞지.

"하."

벌써 몇 번째 한숨인지 모를 만큼 최악의 하루였다.

그런데, 한숨 한 번 더 쉬고 걸음을 내디디던 김승권은 어둠 속에서 들려오는 소리에 찌푸렸던 얼굴을 폈다.

"저는 말입니다, 입으로 하는 말은 안 믿어요. 이 서류, 이거만 믿는단 말이죠."

누구지?

"왜요? 제가 뭘 잘못했습니까? 사장님이 시키는 거 다 했는데… 죽이라면 죽이고, 파묻으라면 파묻고, 핥으라면 핥았는데!"

대화는 아니었다. 혼잣말인데, 전화 통화를 하는 것 같지도 않았다.

슬슬 호기심이 들 즈음 가로등에 정체가 드러냈다.

키가 제법 큰 남자였다. 몸이 호리호리해서 더 커 보였다.

그는 마치 가로등 불빛이 만든 공간을 카메라 동선처럼 찬찬히 맴돌며 연기를 했다.

칼을 찔린 상황인 듯 보인다. 비틀거리더니, 일그러진 얼굴로 어둠을 쏘아본다.

"내가, 이대로 죽을 것 같지? 개지랄 마! 이대론 곱게 못 가지, 네 목살이라도 찢어 삼키고 갈 거다!"

남자는 숨을 헐떡였다.

하지만 이내 얼굴을 찌푸리며 고개를 가로저었다.

"이게 아니지. 소리만 지른다고 되는 게 아니잖아."

제 마음처럼 되지 않는 연기에 아쉬워서 답답하기만 한데.

"저기요!"

"악!"

남자는 어둠 속에서 툭 튀어나온 사람 때문에 기절초풍하고 바닥에 주저앉았다.

"놀라지 마세요, 저 이런 사람이니까."

남자는 눈앞에 내밀어진 명함을 손에 쥐었다.

[퓨처엔터테인먼트 김승권 매니저]

남자는 명함에서 눈을 떼고 다시 앞을 바라봤다.

가로등 불빛이 내려앉은 매니저라는 사람의 얼굴은, 마치 저승사자 같았다.

*　　　　　*　　　　　*

"안녕하세요, 어머님!"

─대표님이 웬일이슈? 식사는 들었고?

은별이 할머니이자, 김승권의 어머니 목소리가 전화기 너머에서 정겹게 들려왔다.

"다른 게 아니고, 승권이가 전화를 안 받네요? 오늘 연차 내긴 했는데 뭣 좀 물어볼 게 있어서요."

—아침 일찍 나가던데? 뭐라더라, 괜찮은 배우를 발견해서 당분간 따라다니며 제대로 지켜보고 싶다나?

"그래요?"

길거리 캐스팅 한다고 여기저기 돌아다니더니 드디어 뭔가를 낚은 모양이었다.

"알겠습니다. 아, 그리고요. 제가 어머님 건강검진권 하나 보낼 거니까, 꼭 검사받으세요. 꼭입니다."

—뭘 그런 걸 보내고 그래. 비싼 걸.

"얼마 안 해요, 저희 애 중에 부모님이 의사인 분이 계셔서 할인 많이 받았습니다. 꼭 받으셔야 해요? 은별이 대학 가는 것도 보고 시집가는 것도 보셔야죠."

—그러는 대표님은 장가 언제 가슈?

"아, 손님이 왔네요! 그러면 또 연락드릴게요?"

나는 서둘러 수화기를 내려놓고 안도의 숨을 내쉬며 김승권의 빈자리를 바라봤다.

"요즘 낌새가 이상하더니만."

"그렇죠, 이상하죠?"

노랑머리가 불쑥 다가왔다. 파티션에 기대서 나를 보는 눈빛이 마치 불량 본드 같다.

"뭐가 이상한데?"

"서희요. 걔 오늘 연차 냈거든요. 승권 씨와 동시에. 대표님도 아시죠? 제 촉이 백만 불짜리 촉인 거!"

"잘 알지, 똥촉인 거."

그래서 똥독이 오를까 봐 한 발 물러나는데, 김승권 책상에서 툭 튀어나와 있는 시나리오가 눈에 띄었다.

나는 손을 뻗어서 그것을 집었고, 차 팀장이 옆에서 고개를 빠끔히 내밀고 나와 함께 시나리오 제목을 속삭였다.

"보로노… 스타?"

느낌이, 무척 좋지 않은 제목이었다.

*　　　　*　　　　*

"고마워요, 서희 씨!"

김승권은 합장을 하고 배서희의 눈치를 살폈다. 늘 보는 무미건조한 표정이 그에게 묻는다.

"배우 어땠어요?"

"아, 지금 감독님이랑 얘기 중이에요."

"계약하기로 한 거예요?"

배서희가 준비해 온 가방에서 브러시며 집게 핀이며 스타일링에 필요한 도구들을 꺼내며 물었다.

"아니요, 좀 더 지켜보기로 했어요. 사실 제 눈이 정확한지 확신이 안 서서요."

"괜히 사람 마음만 들쑤셔 놓는 거 아니에요?"

"그래서 도하 씨한테는 제가 이제 막 입사한 신입 직원이라고 얘기해 뒀어요. 너무 큰 기대 하지 말라고."

김승권이 고개를 저으며 속마음을 비치자 배서희가 콧바람을 내쉬며 속삭인다.

"그래도 이건 아니지 않나."

"오늘만 좀 도와줘요."

"도와주는 거야 좋은데, 영화 제목이."

"내용은 그렇게까지 선정적이지……."

이마를 긁적이던 김승권은 입을 쩍 벌리고 말았다. 목욕 가운을 걸친 여자 배우가 눈앞을 지나갔기 때문이다.

그래서 잠깐 눈이 두 배로 커졌다가 재빨리 시선을 피했다.

"도하 씨가 이걸 계약했더라고요. 주연이라서 탐났나 봐요. 성인 영화지만 엄청 야한 건 아니에요."

성인 영화도 영화.

성인 영화 배우도 배우 아닌가.

"서희 씨, 그거 알아요? 실베스터 스탤론도 무명 시절에 성인 영화 찍은 적이 있다는 거? 아놀드 슈워제네거는 게이 잡지에 실리는 사진도 찍었대요."

"여기가 할리우드는 아니지 않나."

"…그렇긴 하죠."

김승권은 입맛을 쩝 다시며 촬영 현장 한편에서 배우를 기다렸다.

메이저 영화 현장처럼 사람들로 붐비는 것은 아니었지만, 시끌벅적한 것은 별반 다르지 않았다.

내가 지금 여기서 뭘 하고 있나 하는 현타가 올 즈음 호리호리한 배우와 감독이 나타났다.

"너, 내가 이번에 스타로 만들어준다!"

"감사합니다, 감독님!"

"그러니까 잘해!"

"열심히 하겠습니다!"

배우 곽도하는 허리를 몇 번이나 숙인 뒤에야 김승권에게 다가 왔다.

"죄송해요, 오래 기다리셨죠?"

"아니에요, 감독님이랑 얘기하는 건데 기다려야죠. 여기는 스타일리스트 배서희 씨."

"곽도하라고 합니다. 잘 부탁드립니다!"

곧바로 메이크업이 시작되자, 김승권은 시나리오를 뒤적거렸다.

메이크업을 하는 동안 대본을 한번 맞춰보기 위함인데, 영화의 시놉은 대략 이런 내용이었다.

서른이 넘어서 집 한 채를 겨우 마련한 주인공 나대찬.

하지만 교통사고로 회사에서 잘리면서 대출금 갚기도 버거워 하던 어느 날, 사촌 형의 도움으로 일자리를 주선받게 된다.

#S5 건물 앞 / 낮

나대찬 : 뽕… 엔터테인먼트?

느낌이 좋지 않은 허름한 간판.

문을 열고 들어가자 담배 연기 가득하고, 담배 구멍 송송 뚫린 소파에 앉아 있는 사장이 보인다.

나대찬은 겨울철 논도랑처럼 휑한 사장의 머리에서 눈을 떼지 못하는데.

사장 : (반가워하며) 어? 자넨가?

그때, 또다시 사무실 문이 벌컥 열리고.

여자 : 사장 오빠, 나 샴푸 사게 돈 줘!

사장 : 이씨, 내가 무슨 물주냐? 그런 건 니 돈으로 해! (툴툴대며 만 원 짜리 한 장 던지고)

여자 : 에게.

사장 : (여자를 한 번 쏘아보고 나대찬을 돌아보며 어색하게 웃는다) 여기가 좀 자유로운 곳이야. 크허허!

나대찬 : (떨떠름한 표정으로) 예, 좋은 곳이네요.

사장 : 그래서 말인데, 내가 자네에게 제안할 일은 말이야.

나대찬 : 말씀하세요. (도망치기로 마음먹은 상태)

사장 : 자네 말이야.

노란 황달기 어린 눈동자가 누런빛을 발하며 나대찬을 쳐다본다.

사장 : 자네…….

나대찬 : (마른침을 삼킨다)…….

김승권은 이어지는 사장의 대사를 보며 잠깐 망설였다. 주인공 나대 찬의 마음이 어떨지 조금 짐작이 갔다.

그래도 여기까지 온 거 부딪칠 수밖에.

"자네… 보로노 스타가 돼보지 않겠나?"

.

.

.

"날 유혹한 건 너잖아!"

"이러지 마요. 남편이 눈치챈 것 같단 말이에요."

"사랑해!"

코털이 삐죽 나온 남자가 여자를 침대에 눕히고 거친 손동작으로 블라우스 셔츠를 찢어버린다.

"이리 와!"

여자는 거부하면서도 싫지 않은 얼굴이다. 아니, 오히려 코털의 다리에 자신의 다리를 휘감는다. 욕망의 갈증. 코털은 흡사 요구르트 껍데기를 핥아 먹듯 여자의 입술을 탐하려 했다.

그때였다.

"컷!"

감독이 신경질적으로 확성기를 내려놓았다. 그러더니 고개를 휙 돌렸다.

"거기 작은 토끼!"

극중에서 불리는 닉네임에 곽도하가 커튼 뒤에서 얼굴을 내밀었다.

"예, 감독님!"

"너 역할이 뭐야?"

"여자 남편입니다!"

곽도하는 침대에 드러누워 있는 여자를 힐끗 쳐다봤다. 그녀는 컷 소리가 난 순간부터 담배를 꺼내 물고 인상을 쓰고 있었다.

"그래, 인마! 그럼 지금 마누라가 바람을 피우고 있는데, 그것도 네가 밤마다 자는 침대에서 바람을 피우고 있잖아! 그럼 어떻게 해야 해? 연기 그거밖에 못 해!"

"죄송합니다."

"이거 이거… 똑똑한 놈인 줄 알았는데, 헛똑똑이였구만!"

"죄송합니다."

곽도하가 연신 고개를 숙인다.

"후배! 잘 좀 해봐요, 그거 하나 제대로 못 해요? 촬영 시간 길어지면 피부 푸석해진단 말이야!"

침대의 여자는 성인 영화 업계의 샛별이라고 불리는 유제니.

지난번 발매된 영화는 인터넷 다운로드 3만 건을 돌파했을 만큼 굉장한 인기였다고 한다. 제목은 '고추밭의 삽질'.

"도하 씨, 창의력을 가지라고."

"창의력이요?"

한숨 쉬며 담배를 입에 문 감독이 고개를 빠끔히 내밀며 말했다.

"저 둘이 저러는 걸 이렇게 보고 있으면 어떨 것 같아?"

"그야, 화나겠죠?"

"아니지."

재차 한숨 쉬고.

"흥분되지."

"예?"

"흥분되잖아! 안에서 저 지랄을 하고 있는 데 흥분이 안 돼? 작은 토끼! 너무 우리 일을 우습게 보는 거 아냐?"

곽도하도, 카메라 밖에서 지켜보던 김승권도 황당해서 할 말을 잃었다. 여기 사람들은 제정신이 아닌 것 같았다.

또다시 밀려온 현타에 비틀거리는 김승권.

곁에서 배서희의 속삭임이 저주처럼 들려온다.

"대표님이 알면, 승권 씨 잘릴지도."

*　　　　　*　　　　　*

"제가 가서 잡아 오겠습니다."

시나리오를 훑어본 유병재가 벌떡 일어났다.

"그냥 두자, 한번 지켜보게."

"그래도 이건……."

"이런 일 저런 일 경험해 보는 거지. 성인 영화는 영화 아닌가."

일단 좀 더 지켜보기로 하고.

유병재가 사무실을 나가자 저승이가 물었다.

[정말 그렇게 생각하세요?]

싱글벙글 웃던 나는 눈을 부릅떴다.

"아니, 당분간 김승권은 윤소림 곁에 얼씬도 못 하게 해야지."

배우 캐스팅을 위해서 성인 영화 촬영장에 갔다는 매니저가 있다는 소리는 들어본 적이 없다.

이건 정말이지 역대급이다.

도대체 그 배우가 얼마나 탐이 났길래? 전신에서 빛이라도 났나?

[내가 언제 한번 사고 칠 줄 알았다니까.]

저승이가 앞머리를 흔들어대며 혀를 찼다.

그렇지만 누구에게나 처음은 있다.

실수와 도전이 쌓이고 쌓여서 언젠가는 좋은 매니저가 되는 거 아닐까.

내가 그랬듯이 말이다.

[우리 아저씨… 정말 착해지셨네.]

나는 미소를 빙긋 짓고 마우스를 손에 쥐었다.

그런 다음 계산기를 클릭했다.

"가만 보자, 김승권이 퇴직금이 얼마나 되려나."

.

.

.

ㅡ무슨 영화데요?

"보로노……"

ㅡ보로노?

"아, 아니에요, 그게 아니고, 〈사계절〉이라는 영화예요. 조선시
대 배경인데, 거기서 단역으로 나옵니다."

곽도하가 출연하고 있는 또 다른 영화.

김승권은 민속촌을 둘러보며 핸드폰을 꼭 붙들었다.

"두 씬밖에 안 나오는 단역이지만……."

ㅡ그러니까, 두 씬밖에 안 나오는 단역배우의 기사를 내달라?

전화기 너머 한숨 쉬는 소리가 들린다.

ㅡ이거 최 대표님도 알아요?

"모르시는데……."

ㅡ모르는데, 최 대표님의 측근인 나 황 기자에게 이런 부탁을
하신다?

"부탁 좀 드릴게요, 황 기자님. 제가 기자님 말고 또 누구한테
이런 부탁을 하겠어요."

—오케이, 내가 한번 힘 좀 써볼게요!

"정말요? 감사합니다!"

—이렇게까지 부탁할 정도면, 그렇게 괜찮은 배우예요?

"예! 진짜 괜찮아요! 제가 장담하는데, 머잖아 혜성처럼 떠오를 겁니다!"

—혜성은 땅에 곤두박질치는데. 아무튼, 알겠어요! 아, 그리고 요즘 최 대표님 어때요? 나 안 찾아요?

"그게, 지난번 등짝 기사 이후로 찍히신 것 같은데요?"

—그래서 후속 기사 냈잖아요?

황 기자가 얼마 전 '최고남, 그의 등이 넓을 수밖에 없는 이유'라는 기사를 냈다.

최고남이 등에 짊어지고 있는 퓨처엔터 식구들과 아티스트에 대한 감동적인 스토리인데.

"아부성 기사 같다고 인상 쓰시던데요?"

—에잇, 뭘 해줘도 난리야!

짜증과 함께 전화가 끊겼다.

어쨌든 기사도 나올 것 같고, 좋은 소식을 빨리 알려줄 생각으로 김승권은 서둘러 곽도하에게 달려갔다.

그런데 그때, 현장 스태프가 손을 흔들며 그를 불러 세웠다.

"어이, 거기."

"예?"

"누구 매니저예요?"

"곽도하 씨 매니접니다!"

"잘됐네, 가서 음료수 좀 뽑아 와요."

스태프가 주머니에서 뭔가를 꺼내 내밀었다.

만 원짜리였다.

"음료수요?"

"왜요? 문제 있어요?"

꼬질꼬질한 지폐를 내려다보던 김승권은 다시 활짝 웃으며 외쳤다.

"아닙니다! 금방 다녀오겠습니다!"

*   *   *

영화 〈사계절〉의 촬영은 강원도 고성의 왕골마을에서 이어졌다.

곽도하의 등장은 겨우 두 씬, 그나마도 엑스트라가 우르르 나오는 떼 씬이었기 때문에 금방 끝날 것이라고 예상했지만 촬영은 더디게 흘러갔다.

지루한 기다림의 시간이 하염없이 이어지는 그때.

[현장의 스태프들을 내 편으로 만들어야 한다!]

놀란 김승권은 주위를 두리번거렸다.

그러나 곧 깨달았다. 그동안 귀에 또렷이 새겨 넣었던 최고남의 말이 환청처럼 들려온 것이다.

'그래, 대표님은 말씀하셨어⋯⋯.'

스태프들에게 잘하면 내 배우에게 반사판 하나라도 더 붙는다고.

[현장에서 멀뚱멀뚱 서 있는 매니저가 될지, 눈과 귀를 열고 기

회를 노리는 매니저가 될지는 너의 선택에 달렸다!]

[내 배우를 위해서라면 까짓것 죽는 시늉도 할 수 있다!]

[더러워도 참아라! 방송국 놈들은 내일 또 봐야 한다!]

[내 배우의 급은 매니저에게 달렸다! 매니저의 꿈의 크기가 곧 배우의 미래다!]

[차려입고 다녀라! 매니저도 꾸며야 하는 시대다! 〈3인칭 시점〉 같은 프로그램에 나가고 싶지 않나?]

그렇다. 뭐라도 해야 한다.

"저기……."

"예!"

무거운 장비를 옮기던 스태프가 입을 열기 무섭게 김승권은 쏜살같이 튀어 나갔다.

스태프를 도와서 장비를 옮긴 그는 허리를 펴기 무섭게 눈을 부릅떴다.

"또 도와드릴 건 없을까요?"

그렇게 의욕 충만한 매니저가 현장을 뛰어다니기 시작했고, 스태프들 사이에서 어느 순간부터 곽도하 매니저가 언급되기 시작했다.

"곽도하 매니저 사람 싹싹하네."

"누구?"

"방금 짐 날라준 사람이요. 곽도하 매니저래요."

미술팀 스태프에서.

"목검 보고 저렇게 신기해하는 사람은 처음 보네."

"누군데?"

"곽도하 매니저요."

무술팀 스태프에 이어.

"인마, 우리 팀도 아닌데 일 시키면 어떻게 하냐? 누구야, 저 사람?"

"곽도하 매니저요! 사람이 진짜 좋더라고요."

촬영 지원팀을 지나 조명팀, 세트팀, 심지어 밥차에서도 그 이름이 나왔으니.

"이모, 오늘 소시지볶음 되게 맛있네?"

"그거 곽도하 매니저가 볶은 거야. 일손 없어서 죽는 줄 알았는데 와서 거들었잖아."

그리고 곽도하 매니저가 언급될 때마다 사람들은 어김없이 고개를 갸웃했다.

"곽도하가 누구야? 우리 영화에 그런 배우도 있어?"

하지만 이러한 김승권의 행보가 눈에 거슬리는 사람들도 있었으니.

바로 다른 배우의 매니저들이었다.

짐을 나르느라 땀을 흠뻑 뺀 김승권이 초가집 처마 밑에서 땀을 식히고 있을 때, 험상궂게 생긴 매니저가 이맛살을 구기며 물었다.

"아저씨, 누구 매니저예요?"

"예, 곽도하 배우 매니저 김승권이라고 합니다."

"처음 듣는 이름이네? 몇 씬 나오는데요?"

"두 씬이요."

"두 씬?"

남자는 티 나게 콧바람을 흘렸다.

"회사가 어디예요?"

"얘기하셔도 모를 거예요. 얼마 안 돼서."

남자가 피식 웃는다.

"뭐, 두 씬이면 현장 더 나올 일 없겠네. 부럽다."

"하하, 배우가 분량이 많아야 좋죠."

"비꼬는 말이 아니라, 여기 현장이 더러워서 그래요. 미친놈들이 지들이 할 일을 왜 매니저한테 시켜?"

"제가 좋아서 한 겁니다. 하하!"

뒷머리를 긁적이며 웃는 김승권의 모습은 꼭 실없는 사람처럼 보였다.

남자의 눈빛이 싹 식었다.

"그러니까, 왜 먼저 나서서 그런 짓을 해요? 그쪽이 허허실실 웃으면서 도와주면 저 사람들이 우습게 볼 거고, 그럼 우리도 만만하게 볼 거 아니에요?"

"아, 그것까지는 생각 못 했는데. 죄송합니다."

남자는 구시렁거리면서 눈에 힘을 잔뜩 주고 김승권을 노려봤다.

그러자 곁에 있던 사람이 끼어들어 남자를 말렸다.

"그만해요. 그리고 그쪽도 의욕이 넘치는 건 알겠는데, 너무 튀면 안 좋아요."

생각지도 못한 상황이 벌어져서 난처해진 이때, 김승권의 머릿속에서 또다시 어록이 펼쳐졌다.

[어디를 가나 왕우렁이 같은 놈들이 존재한다! 그놈들은 벼 이

삭에 붙은 왕우렁이처럼 아무것도 안 하려고 한다! 무시해라!]

김승권은 눈을 깜빡였다.

어록을 떠올리니 눈앞의 매니저 세 사람이 왕우렁이로 보이는 것이 아닌가.

"그나저나, 이거 언제까지 기다려야 하는 거야? 촬영이 딜레이 되면 딜레이 된다, 말을 해줘야지. 퇴근하는 스태프들도 있던만?"

"스태프들은 8시간 보장받잖아! 그놈의 52시간 때문에."

"그럼 우리는?"

"감독하고 배우는 제작 일수 맞추려면 현장에서 계속 돌아가 야지! 그래서 이렇게 우리가 죽치고 있는 거고!"

"우리, 이러지 말고 한번 얘기합시다. 적당히 해야지, 이건 좀 심하잖아요?"

"그럴까?"

"그럼, 누가 얘기해?"

들고일어나려는 사람들의 시선이 요리저리 흔들리더니 김승권 에게 향했다.

그 순간 어김없이……

[가끔 매니저들끼리 담합이 일어날 때가 있다! 그럴 때는 절대 총대 메지 마라! 혼자 총 맞아 죽는다!]

어록 중에서도 '처세술'이라는 카테고리에 저장된 대표님의 말.

그래서 김승권은 재빨리 먼 산을 바라봤고, 결국 아무도 지원 자가 없는 가운데 조감독이 성큼성큼 다가오더니 아쉬운 소리를 꺼냈다.

"미안한데, 좀 도와주실래요?"

"당연하죠!"

아까의 경고가 무색하게 김승권이 두 팔을 걷어붙이자, 매니저들은 서로의 눈치를 보더니 엉덩이를 털고 일어났다.

특히 김승권에게 제일 먼저 시비를 걸었던 매니저는 넉살을 떨며 조명감독 옆에 붙었다.

"감독님도 참, 뭐가 미안해요? 뭐 나를까요?"

다들 조감독을 뒤따라갔다.

그런데 이때, 〈사계절〉의 연출 감독이 짜증을 내는 소리가 들렸다.

"뭐? 윤소림 사인을 구할 수 없겠냐고? 야, 너는 지금 아빠가 밤이슬 맞으며 일하는데 기껏 전화해서 하는 얘기가 사인 얘기냐? 끊어, 인마!"

"아드님이에요?"

"지겨워 죽겠다니까, 누구 콘서트 티켓 구해달라, 사인 구해달라. 아이고… 내가 미쳐요, 정말."

신경질적으로 전화를 끊은 감독은 스태프를 보며 하소연을 했다.

"하하, 우리 감독님 집에서도 능력을 인정받으시네요."

"쓸데없는 소리 말고, 걔 어떻게 됐냐? 교통사고 났다는 애."

"골절 나서 입원해야 할 것 같대요."

안타까워하는 스태프와 달리 감독은 눈꼬리만 한 번 치켜들 뿐이다.

"걔 몇 씬 안 나오잖아? 그러면 빨리 다른 배우 찾아봐. 아니다, 지금 있는 배우들 중에서 대체할 만한 배우 없나?"

"찾아보겠습니다."

"그래, 고민 좀 해봐. 근데, 너 아는 사람 중에 윤소림 사인 받을 수 있을 만한 사람 없냐?"

"글쎄요."

스태프가 이마를 긁적이는 모습을 본 김승권.

[기회를 놓치는 자, 퓨처엔터 매니저가 아니다!]

그렇다. 이것이 바로 기회다!

그래서 김승권은 일단 고개부터 들이밀었고.

"뭐야?"

놀란 감독이 주춤하자 눈을 부릅뜨고 속삭였다.

"제가 좀 아는 사람이 있는데……."

.

.

.

촬영은 자정까지 이어졌지만 끝내 곽도하의 차례는 오지 않았다.

차라리 일찍 보내주기라도 했으면 다행이었겠지만 언제 부를지 몰라서 깜깜한 밤이 올 때까지 1월의 날씨 속에서 오들오들 떨어야 했다.

"도하 씨, 오늘 촬영 없대요. 그냥 가야 할 것 같아요."

"아, 그래요? 그러면 괜히 매니저님만 고생하셨네요."

곽도하는 김승권을 보며 무척 미안한 표정을 지었다. 그가 종일 스태프들 허드렛일을 했기 때문이었다.

덕분에 곽도하는 대본에만 신경을 쓸 수 있었지만, 그마저도 촬영이 밀리면서 의미가 없어졌다.

"도하 씨."

김승권이 차에 시동을 걸지 않고 곽도하를 불렀다.

"좋은 소식이 있고, 나쁜 소식이 있는데 어떤 소식부터 들을래요?"

"흠, 나쁜 소식?"

"그래요, 매도 먼저 맞는 게 나으니까."

무슨 얘길까 궁금해하는 곽도하를 보며 김승권은 싱글벙글 웃었다.

"나쁜 소식은, 도하 씨는 지금 집에 못 간다는 거예요."

"그게 무슨 소리예요?"

"감독님 좀 봐야 하거든요. 다르게 말하면 그게 좋은 소식이에요."

곽도하는 영문을 몰라서 고개를 갸웃했고, 김승권은 아까 있었던 일을 얘기했다.

곽도하는 놀라서 되물었다.

"그래서 저한테 기회가 온 거예요? 윤소림 사인 주기로 해서요?"

"열심히 이빨 좀 털었죠. 아무튼 감독님이 지금 얼굴 한번 보자고 하네요. 우리 빨리 가요."

"아, 예!"

흥분한 곽도하가 차에서 내리자, 김승권은 입맛을 다시며 중얼거렸다.

"이러면, 보로노 스타 촬영 일정을 조정해야 할지도 모르겠네."

*   *   *

「〈보로노 스타팀〉 회식 현장」

"분량이 늘어났다고?"

소주잔을 기울이던 보로노 스타 감독이 눈을 크게 뜨고 물었다.

"예, 어떻게 그렇게 됐어요."

"이야, 대단한데?"

"다 감독님 덕분이죠."

"에이 그건 좀 오버다."

유제니의 핀잔에 기분 좋게 올라가던 감독의 입꼬리가 삐뚤어졌다.

"제니 씨! 왜 그게 오버지?"

"감독님이 한 게 뭐 있는데요? 없잖아?"

"내가 여기서 이래라저래라 디렉팅을 잘해줬으니까, 저쪽에서도 잘한 거 아니겠어? 연출의 디렉팅이 얼마나 중요한 건데!"

"말도 안 되는 소리. 장르가 다른데 어딜 갖다 붙이나."

"허! 내가 몇 번을 말해? 기본적인 결은 같은 거라니까? 연기가 뭐야? 펼칠 연에 재주 기! 재주를 펼치다! 그 재주가 어디서 나오냐고. 이 가슴 아니야."

"훼훼."

"쳇, 아무튼 그런 의미에서 말이야, 나도 곽도하 분량 늘려줄까? 아니다, 승권 씨도 이참에 우리 영화 출연할래?"

김승권이 말없이 고기를 굽자, 감독이 피식 웃으며 말했다.

"후회할걸?"

"후회는 무슨. 감독님 말 듣지 말아요."

유제니가 눈썹을 까닥 올렸다.

"근데, 어떻게 해서 분량이 늘어났어요?"

"그게 말이죠……."

노릇노릇 익은 고기처럼 구수한 이야기보따리가 풀어졌다.

"윤소림이 대단하긴 하네."

"아, 제니 너도 N탑 연습생이었다며? 윤소림이랑 같이 연습했다고 하지 않았어?"

턱수염 배우의 말에 김승권은 깜짝 놀랐다.

"정말이요?"

유제니가 소주잔을 입에 가져가며 씁쓸한 미소를 짓는다.

"예전에, 같은 오디션에서 붙었거든요."

"근데 왜……."

"왜 이렇게 사냐고요?"

김승권은 다시 입을 다물었다.

"난 포기했고, 윤소림은 포기하지 않았고. 뭐 그런 거죠."

"후회해?"

감독이 진지하게 물었다.

"아니요. 전혀. 윤소림은 윤소림의 삶이 있는 거고, 유제니는 유제니의 삶이 있는 거니까. 나 돈 많이 벌어요. 후회를 왜 해."

"정말? 정말?"

감독이 얄밉게 깐죽거린다. 유제니가 날카롭게 쳐다보며 다시 말했다.

"뭐, 나중에 이 일 그만두면 언젠가는 드라마 한번 출연해 보고 싶긴 해요."

"후회하는 거네."

"아니라니까요."

"후회야, 그거."

탁!

유제니의 술잔이 넘친다.

"아니라고."

싸늘한 시선에 급 조용해질 때, 불판 위 고기에서 기름이 치익 떨어진다.

"어휴, 고기 탄다."

서둘러 집게를 드는 감독의 모습에 유제니가 피식 웃으며 소주잔을 들었다. 하지만 입에 대다 말고 묻는다.

"그런데 두 사람, 계약서에 도장은 찍었어요?"

"아직이요, 촬영도 바쁜데 도하 씨 부담 주는 것 같아서요. 정리 좀 되면 하려고요."

"빨리 찍어요, 사람 마음 어떻게 바뀔지 모르는 거니까."

유제니는 속삭이며 가게 입구를 바라봤다. 유리문 너머에 통화 중인 곽도하가 보인다.

바빠 보이는 그 모습을 보며 한마디 덧붙인다.

"죽 쒀서 개 주지 말고."

*   *   *

며칠 후.

"이상하네, 왜 전화를 안 받지?"

김승권은 제 입술을 핥으며 핸드폰을 바라봤다.

출발 전에 전화를 걸었는데, 곽도하가 받지를 않았다.

고개를 갸웃하며 다시 통화 버튼을 누르려고 하는데, 곽도하에게 전화가 걸려왔다.

"예, 도하 씨!"

그런데.

─누구시죠?

"도하 씨 아닌가요? 도하 씨 번호 맞는데. 전 매니저 김승권입니다."

─매니저? 이상하네.

불길한 목소리, 그런데 왠지 어딘가 귀에 익은 말투였다.

김승권은 불현듯 초가집 처마 아래를 떠올렸다. 그때 그 깐죽거리던 남자의 목소리였다.

그 목소리가 말했다.

─내가 곽도하 매니전데?

*   *   *

"밥은 먹고 다니냐? 좀 마른 것 같은데."

"못나 보이죠? 그래도 괜찮아요. 오징어에게는 오징어의 삶이 있는 법이니까."

"날도 추운데 찬바람 너무 많이 쐬지 마."

"그렇죠, 원래 반건조 오징어가 더 맛있는 법이니까. 적당한 수분을 유지해야죠. 하하!"

김승권은 지금 지독한 자기 비하에 빠져 있었다.

영입하려고 정성 들였던 배우가 다른 매니저의 손을 잡은 것에 충격받았기 때문이다.

"현장에는 가봤어?"

유병재가 소주잔을 채우며 물었다. 차 팀장과 함께 위로를 해주겠다고 김승권을 끌고 나왔다.

지나간 것은 어쩔 수 없겠지만 속풀이라도 해줄 심산이었다.

"전화를 해도 그 매니저란 사람만 받더라고요. 그러다가 문자가 왔는데, 현장에도 오지 말아달라고 하더라고요. 자기 곤란해진다고."

"그딴 새끼가 다 있어? 이름이 뭐라고?"

눈에 불을 켠 차 팀장이 테이블을 땅 내려쳤다.

"됐어요, 제가 부족한 거죠. 솔직히 내가 곽 배우를 24시간 생각했었나 하니, 그것도 아니더라고요. 팀장님, 아까 대표님 보셨죠?

바람 부는 순간 윤소림의 얼굴에 손 우산을 씌워주시는 대표님의 모습.

그런 행동이 바로 나올 수 있다는 것은 항시 준비가 돼 있기 때문일 것이다.

"대표님은 하루 24시간 중 소림 씨 생각을 몇 시간이나 할까요? 팀장님도 그러세요? 주희 선배님 24시간 생각하세요?"

"닥쳐."

퉁명하게 내뱉고 젓가락질을 하는 유병재.

김승권은 피식 웃고 다시 얘기를 계속했다.

"그래도 곽 배우는 잘될 거예요. 잘생겼거든요."

김승권은 피식 웃으며 소주잔을 바라봤다.

가득 찬 술에 대폿집 천장 등이 아른거린다. 자세히 보면 보름 달 같기도 하고, 더 자세히 보니 사람 얼굴 같기도 하고.

"참, 그러고 보면 우리나라 잘생긴 사람들 많아요."

넋두리 같은 혼잣말에 유병재가 피식 웃는다.

"승권아, 너도 잘생겼어."

"훗, 빈말하지 마세요."

"아니야, 너 나보다 잘생겼어. 그렇지, 차 팀장?"

"맞아, 내가 승권 씨한테 장난치는 거고, 승권 씨 은근히 잘생긴 타입이야. 훈남."

"에이."

"얘가 사람 말을 못 믿네. 야, 우리 중에서 네가 제일 나아."

오늘따라 다정한 유병재의 목소리 덕분인지 씁쓸한 술이 달게 느껴지는 김승권이었다.

하지만 마음은 여전히 쓰라리다. 어떻게 그럴 수가 있는지.

도와준 배서희에게도 미안한 마음이었다.

또다시 한숨이 나오는데, 대폿집의 시끄러운 소음 속에서 옆 테이블의 쑥덕거림이 노이즈처럼 들려왔다.

"야, 저 사람 TV에 나왔던 연예인 매니저지?"

"맞네."

"근데, TV에서 보는 것보다 머리가 큰데?"

"카메라 빨이 괜히 있는 게 아니라니까."

"맞아, 메이크업도 하잖아?"

"그러니까 말이야. 메이크업하니까, 그나마 괜찮아 보이는 거지."

"그러게. 진짜 별로다. 못생겼어."

너무도 예의가 없는 사람들의 대화에 김승권은 눈살을 찌푸렸다.

하지만 못 들은 척해야 했다. 저들이 얘기하는 못생겼다는 매니저는 둘 중 한 사람일 테니까.

'저 사람들이 예의도 없이. 우리 팀장님을 뭘로 보고.'

그리고 걱정이 됐다. 괜히 유병재 마음 다칠까 봐.

그래서 옆을 힐끗 봤더니, 유병재가 손을 부들부들 떨고 있었다.

차가희도 입술을 꽉 깨물고 있었다.

"두 분, 참으세요."

"못 참아."

그러더니 벌떡 일어난다. 그런데…….

"우리 승권이 못생겼다고 하지 마! 얘가 그래도 마음은 착하다고!"

"맞아! 우리 승권 씨 얼굴 봐줄 만하거든? 메이크업으로 가린 게 어때서? 메이크업도 옷이거든!"

술이 다시 쓰게 느껴지기 시작한 김승권이었다.

.

.

.

김승권은 비틀거리며 택시에서 내렸다. 오늘따라 아파트가 높아만 보인다.

그래서 고개를 젖히고 젖히다가 밤하늘이 눈에 들어왔다.

별을 본 것이 언제였던가.

술기운 때문인지 별은 유난히 아름다웠고, 밤은 지독히 외롭게 느껴졌다.

"곽도하 매니접니다……."

그 말이 제법 익숙해졌는데, 소용이 없어졌다.

이제 두 번 다시 그 말을 뱉을 일이 없을 테니까.

"치킨이나 사 갈까… 우리 은별이 좋아하는 걸로."

그래서 한달음에 달려가서 치킨을 사 왔다.

술 냄새 대신 군침 도는 냄새를 풍기며 집에 들어갔다.

"은별아! 엄마!"

거실에 불을 켜자, 안방에서 엄마가 눈을 비비며 나왔다.

"술 마셨어?"

"조금. 은별이는?"

"자, 애가 며칠째 감기로 골골대."

"병원을 가야지. 갔다 왔어?"

엄마가 못마땅한 듯 중얼거린 그는 새근새근 숨소리를 기대하며 은별이 방에 들어갔다.

그런데 애 얼굴이 땀투성이가 아닌가.

"은별아… 은별아!"

깨워도 제대로 눈을 뜨지 못한다.

순간 술기운이 확 달아난 김승권은 단숨에 은별이를 들어 올렸다.

*   *   *

"뇌수막염 소견이 보이는데, 바이러스성인지 세균성인지는 검사를 해봐야 알 것 같습니다."

"둘에 차이가 있나요?"

"바이러스성이면 다행인데, 세균성이면 경과가 안 좋을 수 있습니다."

"선생님, 잘 부탁드립니다."

김승권은 의사의 설명을 귀담아들으며 은별이를 바라봤다.

작은 몸 여기저기에 링거 줄이 달려 있는 모습에 불안이 밀려온다.

"근데, 괜찮으세요?"

"예?"

의사의 시선이 아래를 향하고 있었다. 그제야 김승권은 신발한 쪽이 사라진 것을 깨달았다.

병원까지 어떻게 왔는지도 기억나지 않을 만큼 정신이 없었다.

"엄마, 검사 받아봐야 알 수 있대."

은별이 옆에 찰싹 붙어서 기도하고 있는 어머니 얼굴이 하얗게 질러 있었다. 겁이 잔뜩 든 모습이었다.

"큰일은 아니라지?"

"걱정 마. 은별이는 아무 일 없을 거야. 내가 아무 일 없게 지켜줄 거야."

중얼거리듯 다짐했지만 뭐부터 해야 할지 갈피를 잡을 수가 없었다.

병실 예약을 해야 하는 건지, 도대체 검사는 얼마나 기다려야 받을 수 있는 건지, 지금 당장 추가로 조치할 것은 없는 건지… 머리가 어지러우니 겁이 덜컥 난다.

밤늦은 시간, 병원 로비는 텅 비어 있었다.

일단 응급실을 빠져나와 빈 의자 아무 곳에나 잠깐 앉아서 제일 먼저 떠오르는 사람에게 연락을 했다.

유병재가 받았고, 상황을 얘기하고 끊자 잠시 뒤 핸드폰이 다시 울렸다.

―승권아, 어디 병원이야?

대표님 목소리를 듣는 순간 눈물이 핑 돌았다. 목이 메여왔지만 꾹 참고 병원을 알려줬다.

그렇게 전화를 끊자, 갑자기 온몸에서 힘이 쭉 빠졌다.

"형, 은별이 아무 일 없게 지켜줘라."

김승권은 눈을 질끈 감고 먼저 세상을 떠난 형을 떠올리며 속삭였다.

깍지 낀 손에 눈물이 뚝뚝 떨어진다.

형과 형수가 한날한시에 교통사고로 은별이의 곁을 떠난 이후 한동안 집 안에서 웃음이 사라졌다.

엄마는 자식 잃은 충격으로 말수도 적어졌고, 은별이는 엄마를 찾으며 종일 울다가 지쳐서 잠들곤 했다. 하루아침에 가장이 됐지만 어제까지 철없이 뺀질거리기만 하던 그가 할 수 있는 것은 아무것도 없었다.

형과 형수의 빈자리는 너무도 컸고, 그 무엇으로도 대신할 수가 없었다.

그나마 할 수 있는 것은 은별이와 엄마 앞에서 평소보다 더 까불고 더 장난치고 허무맹랑할 정도로 큰소리나 떵떵 치며, 그래서 잠깐이나마 두 사람이 웃을 수 있게 하는 것이 전부였다.

그렇게 집안에서 웃음이 다시 들리기 시작했다.

"승권아."

옆을 돌아보니 형이 앉아 있었다. 엊그제처럼 생생하고, 든든한 미소를 짓고 있었다.

"너 그동안 잘했어."

"잘하긴. 사고만 쳤지."

형이 고개를 가로젓는다.

"아니야, 형이 다 봤어. 내 동생이 얼마나 노력했는지, 우리 집 가장이 얼마나 멋있는지."

김승권은 제 얼굴을 쓸어내렸다. 눈물이 자꾸만 흘러내렸다.

"미안해, 형. 나 더 잘하고 싶었는데……."

"어떻게 더 잘해? 네 덕분에 은별이도 다시 웃게 됐고, 엄마도 걱정 없이 사는데. 안 그래, 여보?"

김승권은 고개를 옆으로 돌렸다. 형수였다. 그녀가 한쪽 눈을 찡긋했다.

"형수……."

"우리 도련님 언제쯤 철드나 했는데, 눈 깜짝할 새에 이렇게 멋있어지셨네."

"으으… 나, 너무 보고 싶었어. 형하고 형수가 너무 보고 싶어서……."

"우리도 알아요, 도련님이 잘 견뎌낸 거. 우리 도련님… 혼자 많이 울어서 내가 얼마나 마음 아팠는데."

"미안해요, 내가 못나서 두 사람 걱정만 시키고… 나 때문에 편히 쉬지도 못하고."

형수는 흐느끼는 그의 머리를 쓰다듬었고, 형은 그의 어깨를 두드렸다.

"승권아, 너 잘하고 있어. 너무 잘해서 우리도 이젠 안심하고 갈 수 있을 것 같다."

"어?"

"그동안은 은별이가 눈에 밟혀서 좀 더 보고 갈 생각이었는데, 네가 이렇게 잘하니까 이젠 가려고."

형이 미소 짓고 일어났다. 형수도 따라 일어났다.

"어딜 가? 가지 마. 형, 형수, 가지 마."

"승권아, 은별이는 괜찮을 거야. 그러니까 웃어."

"도련님, 이제 짐은 좀 내려놓고 좋은 대표님, 좋은 직원들과 함께 재밌게 일하세요."

"형, 형수님!"

김승권은 자리에서 벌떡 일어났다. 이대로 형과 형수를 보낼 수가 없었다. 칠흑처럼 어두운 곳으로 두 사람이 사라지는 것이

싫었다. 그런데, 그때 어두운 그림자와 목소리가 다가왔다.

[구슬의 용도가 정해졌기에 두 분 귀인의 가는 길은 격 있는 사자가 직접 마중을 나와 안내할 것입니다. 가끔 배려심 깊은 사자를 만나면 생전의 아쉬움을 해결해 주기도 하나, 두 분은 이미 아쉬움이 없어 보이는군요.]

형과 형수가 고개를 끄덕인다.

그러자 갑자기 주변이 환하게 밝아지더니 바닥에 길 하나가 그려졌다. 말로 형용할 수 없는 따뜻함이 가득한, 마치 천국으로 가는 길처럼 느껴졌다.

"승권아."

"도련님."

두 사람은 아무 걱정도 근심도 없는 얼굴로 김승권을 마지막으로 바라본 뒤 저승사자를 따라 길을 밟았다.

김승권은 멀어지는 그들을 부르지 않았다. 목소리가 발길을 무겁게 할까 봐, 눈물 흘리며 손만 흔들었다.

하염없이.

＊　　　　＊　　　　＊

일주일 후.

"현실처럼 생생했다니까요?"

은별이의 병세는 다행히 빠른 회복세를 보였다.

그동안의 걱정이 무색할 만큼 밝은 모습으로 퇴원을 할 수 있었다.

오히려 간호사들이 은별이를 더 못 본다는 생각에 아쉬워할 정도였다.

　그리고 김승권은 회사에 와서 꿈 얘기를 했다.

　"정말 천국이 있는 것 같아요. 홍해처럼 어둠이 쫙 갈라지면서 빛이 쭉 뻗었다니까요."

　"헛소리 말고. 근데, 구슬이 뭐야? 구슬의 용도가 정해졌다며?"

　"글쎄요, 저승사자가 그 얘기는 안 해줘서… 아, 그런데 저승사자가 진짜 어려 보이더라고요."

　"어떻게 생겼는데?"

　"잘생겼어요. 아이돌급이던데요? 딱 하나 거슬리는 게 있긴 했는데, 눈이 되게 뺀질거리게 생겼더라고요."

　그때, 사무실에 찬바람이 휘잉 불었다. 탕비실에 있던 권박하가 얼른 창문을 닫는다.

　아무튼 김승권은 다시 얘기를 꺼내려고 직원들을 바라봤다. 은별이가 아프다니까 한달음에 와준 사람들이었다.

　대표님은 은별이를 VIP 병실로 옮기고 검사도 빨리 받을 수 있게 조치해 주셨고, 팀장님들은 회사 일 걱정하지 말라며 안심시켜 줬고, 릴리시크는 바쁜 스케줄에도 매일 병실을 찾아와서 은별이와 놀아줬다.

　"…모두 감사합니다."

　떠들다가 갑자기 허리를 숙이는 김승권의 모습에 직원들은 덕담을 쏟았다.

　"고생했다."

　"고생했어요!"

"병원에서 승권 씨 너무 멋있더라, 최고!"

"그런데 승권 씨 살이 쏙 빠졌네. 더 잘생겨진 것 같은데?"

"팀장님, 거짓말하지 마세요."

"거짓말 아니야. 서희야, 진짜 승권 씨 잘생겨진 것 같지 않냐?"

차가희가 눈을 찡긋하며 묻자, 배서희가 빤히 바라보더니.

"원래 잘생긴 얼굴이잖아요."

그 말에 오히려 다들 입을 쩍 벌린다. 어색한 공기와 분위기가 팽창하는 이때, 최고남이 박수를 짝!

"밥 먹으러 가자, 오늘은 내가 승권이 좋아하는 평양식 어복쟁반 쏜다!"

"어? 제가 어복쟁반 요리 좋아하는 거 어떻게 아세요? 그거 비싸서 어쩌다 한번 먹는데."

"너희 형수님이… 요리 솜씨가 좋았다고 어머님이 그러시더라고."

최고남이 대충 말하고 웃옷을 챙기려 할 때였다.

사무실 문이 열리며 낯선 남자가 머뭇거리며 들어왔다.

"저, 여기가 김승권 매니저님이 계신……."

김승권은 그를 보고 눈을 찌푸렸다.

"도하 씨?"

제5장
—
신의 배려

"저 사람 같죠? 곽도하란 사람."

"왜 온 걸까요?"

"사과하러 왔나 보지."

"아니면 오해를 풀러 왔든가."

회의실 밖에서 직원들이 곽도하가 온 이유를 추측하고 있을 때, 안에서는 두 사람의 못다 한 얘기가 이어졌다.

"실은 어머니하고 형이… 그 매니저와 저 몰래 계약을 했더라고요. 계약금도 주고, 거기서 절 키워준다고 하니까 덥석 계약서에 도장을 찍은 겁니다."

"전화는 왜 안 받으셨어요?"

"너무 죄송해서요, 그래서 어떻게든 정리를 하고 연락드리려고 했어요. 그런데 쉽지가 않더라고요. 어머니하고 형은 그 매니저만 두둔하고, 위약금도 엄청나서."

곽도하는 고개를 들지 못하고 바르르 떨리는 입술을 깨물었
다.

여러 가지 생각이 교차하는 듯했다.

"사실 저 기대 많이 했거든요. 퓨처엔터 때문이 아니라… 매니
저님 때문에요."

"……"

"이렇게 좋은 매니저와 계속 일하면 얼마나 좋을까, 그렇게 생
각했었는데. 죄송합니다."

후회한들 이제 와 돌이킬 수는 없는 일이었다.

하지만 곽도하의 진심을 들은 김승권은 마음속에 얼음덩어리
처럼 남아 있던 아쉬움과 응어리가 풀어지는 기분이었다.

내가 모르는 이런 사정이 있었구나, 곽도하는 역시 좋은 사람
이었구나, 내 눈이 틀리지 않았구나……

그래서 함께하지는 못해도 좋은 마음으로 그를 응원할 수 있
을 것 같았다.

"도하 씨."

"예, 매니저님."

"식사하셨어요?"

"아, 아직이요."

"요 앞에 중국집 끝내주게 맛있는 데 있어요. 가요, 내가 살게
요."

김승권은 진하게 웃었다.

"아니에요, 제가 살게요!"

"제가 도하 씨 맛있는 거 사주고 싶어서 그래요. 갑시다."

잠시 뒤 회의실에서 두 사람이 나왔고, 최고남은 사무실을 나가는 김승권의 뒷모습을 흐뭇하게 바라봤다.

그렇게 소년은 어른이 됐다.

＊　　　　＊　　　　＊

「2020년 2월, 햇살 따뜻한 날」

운명은 흩어진 낱알 사이에 이어진 선 같은 것이다.

보통의 사람들은 그 선을 보지 못하고 운명은 예기치 않은 일의 연속이라고 원망하지만, 선을 볼 수 있는 일부의 사람은 운명은 이어져 있다고 얘기한다.

하여 이게 무슨 말인고 하니.

"짬뽕이 끝내주는 이유라 이거지."

저승이는 주방장의 전생부를 들여다보며 감탄을 금할 수 없었다.

어쩐지 음식이 예사 맛이 아니더라니, 이 또한 타고난 운명이었구나!

"학생, 짬뽕 생각나면 또 와! 돈 없어도 와! 내가 맛있게 해줄 테니까."

"감사합니다!"

싱글벙글 웃으며 중국집을 나온 저승이는 유리문에 비친 권하준의 얼굴을 보고 흡족하게 미소 지었다.

"역시, 잘생긴 게 최고!"

김승권의 몸에 빙의했을 때와는 차원이 다른 세상이다.

사람들의 친절함, 배려, 서비스 등 모든 것이 달랐다. 같은 대한 민국이 맞는 건지 의구심이 들 정도였다.

그런데 문제가 하나 있었다.

"반빙의와 달리 완전한 빙의는 몸에 무리가 많이 가기 때문에 제한된 시간에 빙의를 풀어야 하지⋯⋯."

요즘 들어 부쩍 혼잣말이 늘어난 저승이는 빙의에 대한 설명 을 중얼거렸다. 빙의가 고급 기술이라는 둥 권하준은 귀한 운명 이라서 반빙의를 하기가 어렵다는 둥 뭐 그런 잡다한 이야기를 하면서 걸음을 서둘렀다.

그렇게 길을 건널 때였다.

갑자기 공기가 묵직한 느낌이 들더니 바람에 제멋대로 흔들리 던 앞머리가 멈췄다.

차도 멈추고.

날아가던 새는 머리 위에 그대로 떠 있다.

느릿하게 주위를 둘러보던 저승이는 무심코 옆을 보다가 흠칫 놀라서 고개를 숙였다. 그분이었다. 그분은 이번에도 어김없이 N탑 엔터테인먼트 연성만 대표의 얼굴을 하고 있었다.

"여긴 어쩐 일이십니까."

"때가 됐으니까."

저승이의 눈이 크게 뜨였다. 충격에 말문을 열지 못했다.

지금까지 본 최고남의 모습이 성난 바람처럼 눈앞을 스쳐 갔 다.

"이 또한 운명이군요."

겨우 꺼낸 말에 그분은 고개를 한 번 끄덕이고 뒷모습을 보이며 사라졌다.

다시 저승이의 머리카락은 바람에 흔들렸고, 하늘의 새가 푸드덕 날갯짓하는 그 순간이었다.

쾅!

달려오던 차가 저승이를 그대로 추돌했다. 자동차 보닛에서 연기가 치솟았다.

놀란 운전자는 비틀거리며 차에서 내렸다.

이 정도 충격이면 차에 치인 사람은 멀쩡할 수가 없는데…

"괘, 괜찮… 아요?"

여자는 믿을 수가 없었다. 차 앞머리가 움푹 들어갔는데 저렇게 멀쩡하다니.

알 수 없는 현상에 눈만 깜빡거리는데, 피해자가 제 몸 이곳저곳을 살펴보더니 그녀를 향해 눈살을 찌푸린다.

"너구나. 인간사의 질서를 어지럽히고 있다는 무당이."

"누, 누구… 신지?"

"나는 신의 사자, 저승사자다!"

인간의 목소리가 아니었다. 주위의 공기가 순식간에 얼어붙었다.

도로는 살얼음이 끼고 내쉬는 숨은 하얗게 피었다.

"으어어……."

여자는 바닥에 납작 엎드렸다. 저승이는 그녀를 내려다보며 혀를 끌끌 찼다.

"힘을 너무 썼다. 나갈 수가 없어."

"예?"

"너 때문에 갑작스럽게 힘을 써서 이 몸에 갇혔다는 말이다, 이 어리석은 무당아!"

슬쩍 고개를 들던 여자는 다시 잽싸게 고개를 숙였다.

"살려만 주십시오!"

"살려주고 자시고 내가 죽게 생겼거든? 아, 얘한테 빙의한 거 아저씨한테 걸리면 엄청 뭐라고 할 텐데……."

혼잣말을 중얼거리는 저승사자 앞에서 무당은 바들바들 떨어야 했다.

*　　　　　*　　　　　*

"대표님!"

녹음 중에 잠깐 쉬러 나온 릴리시크 멤버들.

소연우가 날 보더니 한달음에 달려왔다. 옆에 찰싹 붙더니 눈을 반짝거리며 얼굴을 이리 갔다, 저리 갔다. 그 바람에 높게 묶은 머리가 강아지 꼬리처럼 정신없다.

"오늘은 뭐야. 골든 리트리버야, 진돗개야? 이런다고 산책 안 간다. 부탁도 안 들어줄 거야."

"대표님, 유유 선배님 너무 무서워요."

아하, 유유한테 혼난 모양이네.

"녹음실에 개보다 무서운 애들 쌔고 쌨어. 그리고 유유가 디렉팅 해준다고 하면 간쓸개 빼고 달려들 가수가 한 트럭일걸?"

웃음이 울상으로 변한 소연우를 보니 당근도 하나 던져줘야겠다 생각했다.

그래서 툭.

"유유가 그러더라. 연우가 가능성이 무궁무진하다고."

"정말요?"

이제는 또 언제 울상이었냐는 듯 커다란 눈망울이 날 환하게 비친다.

"내가 거짓말하는 거 봤어?"

나는 나머지 멤버들을 바라보며 눈을 찡긋했다.

"엇! 대표님 지금 애들한테 눈 찡긋하셨죠?"

"눈에 먼지가 들어가서 그래."

"유유 선배님한테 물어볼 거예요?"

"물어보지 마. 나도 유유 무서워."

"역시, 거짓말이었어! 아라야!"

소연우가 권아라를 껴안으려고 두 팔을 벌린다.

권아라가 그 얼굴을 밀어내며 말했다.

"대표님 신경 쓰지 마세요, 말은 이렇게 해도 녹음실에서는 열심히 해요."

"아라야, 그건 꼭 내가 열심히 안 하는데 네가 변명해 주는 것 같잖아!"

"어휴, 그랬어요?"

권아라가 소연우의 턱을 매만지며 달랬고, 강아지가 이를 드러낸다.

나는 피식 웃고 송지수를 바라봤다.

애는 또 목에 힘을 잔뜩 주고 경직된 자세로 나를 보고 있다.

"지수는 오늘 왜 이렇게 기합이 들어갔어?"

저러다가 자라로 변해 어디 호수로 사라질까 걱정인데, 녹음할 파트가 적힌 악보에 열중하고 있던 박은혜가 눈썹을 쫑긋 올리고 대신 답했다.

"요즘 자기가 좀 풀어진 것 같다고 긴장감을 되찾아야겠대요."

"무슨 소리. 넷 중에 가장 뻣뻣한 애가 송지수인데."

인기차트 MC를 하면서 그나마 입도 풀리고 표정도 밝아졌는데 그걸 다시 돌리겠다고?

한숨 한 번 쉬고, 나는 송지수의 어깨를 톡톡 두드렸다.

"지수야, 옛날로 돌아가지 마."

돌아가고 싶어도 예전으로 돌아갈 수는 없겠지만.

처음 봤을 때를 기억하면, 지금 내 앞에 있는 송지수가 촌스럽고 움츠러든 연습생에 불과했던 그 애가 맞나 싶을 정도니까. 아마 내일 보면, 일 년 뒤에 보면 또 다를 것이다.

"얘들아."

오래간만에 대표 분위기 좀 잡아보자.

"나는 릴리시크를 무대에서 입만 벙긋거리는 인형으로 만들 생각은 없다. 생각하고 스스로 완성돼야지."

영원히 아이돌일 수는 없어, 언젠가는 혼자가 되는 날도 올 테지.

그런 때가 왔을 때 나는 너희들이 당당하게 헤쳐 나갈 수 있었으면 좋겠다. 그러려면 아직 배울 게 많은 것도 사실이고… 라고 숨도 안 쉬고 얘기하고 나서 숨을 크게 골랐다.

후우.

그런데 저 양반은 왜 이것까지 찍고 난리야.

나는 카메라를 들고 씨익 웃고 있는 김홍식 피디를 바라봤다. 이제는 엄지까지 척 내밀고 있다.

"지금 그림 아주 좋습니다! 카리스마, 따듯함, 배려, 모든 것이 완벽해요!"

요즘 생각하는 건데, 저 양반을 은별나라 스튜디오에 데려온 것이 내 유일한 실수 같다.

애들 영상 찍어 올리라고 했더니, 왜 내 영상을 주야장천 올리는지 모르겠다.

그런데 그게 또 반응이 좋아.

그러니 또 신이 나서 열심히 하는 그런 악순환이 벌어지고 있다.

아주 미쳐 버리겠네.

"피디님, 또 내 영상 올리면 가만 안 둘 겁니다."

"당연하죠!"

뭐가 당연하다는 걸까.

안 올리는 게 당연하다는 건지, 저러면서 또 올리겠다는 건지.

의심스럽지만 마지막으로 한 번 더 믿어본다.

"자, 다들 밖에 가서 바람 좀 쐬고 와. 아라야, 강아지 산책 잘 시켜라. 뛰어놀게 해줘."

"옙!"

아이들이 자리에서 일어났다. 나는 멀어지는 아이들을 흐뭇하게 바라보다가 옆을 돌아봤다.

"피디님은 안 가세요?"

"아, 유유랑 또 할 얘기 있으신 거 아닌가요? 그것도 담을까 해서."

"피디님."

눈을 부릅떴더니, 김홍식 피디가 잔뜩 아쉬운 얼굴을 하고 릴리시크를 따라간다.

나는 미소를 짓고 녹음실로 들어갔다.

믹서 장비 앞에서 유유가 뭔가를 골똘히 생각하고 있다.

창작자의 고뇌가 느껴지는 모습에 말을 붙이기가 어렵다. 일년 365일, 누에가 실 뽑듯 머리에서 멜로디와 가사를 뽑아내는 것이 저 녀석의 일상이다.

가까이 가는 대신 소파에 앉자 유유가 몸을 움찔하더니 뒤를 돌아봤다.

"오셨어요?"

"적당히 해."

"일 시킨 사람이 누군데."

"열심히 해."

얼른 말을 바꾸고 빙긋이 웃었다.

고개를 절레절레 흔든 유유가 다시 등을 보이며 혼잣말하듯 얘기를 계속했다.

"릴리시크 녹음 거의 마무리됐어요, 들어보실래요?"

"됐어, 더 들어도 몰라."

몇 번이나 들었고, 그때마다 이미 충분히 완벽했다.

유유의 고집으로 계속 녹음하는 것뿐이고, 돈은 돈대로 나갈 뿐이고, 말은 못 하겠어서 그냥 내버려 두고 있었을 뿐이다. 윤소림이 벌어다 준 것 없었으면 저 녀석 멱살을 잡았을지도……

"그러면 왜 오셨어요? 또 우스꽝스러운 유튜브 영상 찍으려고 오셨어요?"

"때가 됐으니까."

유유가 앉은 의자에서 삐걱 소리가 난다.

"하준이요?"

"하준이 데뷔시키자."

"솔로예요, 그룹이에요?"

그건 말이지……

[비하인드 Scene]

「슬기로운 병원, 점심시간」

"고은별 환자 어때?"

"CRP 수치 정상이고, WBC도 정상, 그 밖의 다른 수치도 정상."

"다행이네."

"그래도 유튜버가 대단하긴 하네, 철벽 마녀가 관심도 갖고 말이야."

동료 의사의 얄미운 말투에 여자 의사는 딱딱한 콩자반을 깨물며 대꾸했다.

"애는 관심 없고, 그 애 소속사 대표가 은근 멋있던데?"

옆자리 간호사들도 얼른 맞장구쳤다.

"그렇죠, 선생님? 그 대표님, 사람이 젠틀해. 매번 올 때마다 간호사들 나눠 먹으라고 간식도 사 온다니까요?"

"젠틀하긴 무슨. 유튜브 보니까 되게 까불거리던데."

"유튜브에 그분 영상도 있어요?"

"못 봤어요?"

남자 의사가 핸드폰을 꺼냈다.

—등짝! 등짝! 등짝을 보자!

—퓨처엔터! 최고님!

—등짝! 등짝! 등짝을 보자!

—퓨처엔터! 최고님!

그러나 여자들이 영상을 보고 이구동성으로 내뱉은 말은.

"귀여워!"

"대박, 너무 귀엽다!"

"나도 이거 구독해야지!"

"헐, 이게 뭐가 귀여워? 귀여운 거는 이런 사람이 귀여운 거지."

남자 의사가 재생한 또 다른 영상은 김유리와 윤환 주연의 드라마 〈내 매니저〉의 클립 영상.

그런데 이때 식판 든 간호사들이 지나가며 쑥덕거리는 소리가 들린다.

"김유리 진짜 예쁘더라. 어떻게 사람이 그러냐."

"어디 가는 거래?"

"소아병동 왔대. 왜, 소아병동에 고은별이라는 환자 있잖아."

그 소리를 들은 남자 의사가 눈을 번쩍 떴다.

"고은별 환자 보러 왔나 보네? 아싸, 빨리 먹고 가봐야지."

"야, 그거 추태야. 가만히 앉아서 밥이나 먹어."

여자 의사와 간호사들이 혀를 내두른다.

그때 또다시 들려온 쑥덕거림.

"근데, 김유리 옆에 있던 남자는 누구야? 그 사람도 분위기 있던데."

"고은별 환자 소속사 대표래."

그 말이 떨어지기 무섭게 드르륵거리는 의자 소리가 이어졌다.

혼자 남은 남자 의사는 인상을 찌푸리며 구시렁거렸다.

"이놈의 외모 지상주의. 에잇, 오늘 콩나물국 왜 이래!"

*   *   *

"나머지는 재계약했지?"

"이춘성, 차은혁, 콴, 박서준 모두 재계약했습니다."

대답을 마친 AR 팀장은 제 입술을 빨아들이며 백대식의 눈치를 살폈다.

재작년인 2018년 3분기에 N탑은 보이 그룹을 데뷔시킬 예정이었다.

연성만 대표가 몇 개의 팀명까지 제안했을 정도로 데뷔 문턱까지 갔지만 그해 남여울 사건으로 예정된 일정이 모두 조정되면서 데뷔가 물거품이 됐다.

그 바람에 데뷔조 멤버 중 한 명인 권하준의 계약이 종료됐는데, 당시 권하준을 방출하면서 누구 하나 신경을 쓰지 않았다.

계약이 만료됐고, 본인도 재계약을 거절했으니까.

매니지먼트 사업부에서 잠깐 말이 나오긴 했지만 권하준을 붙잡기 위해서 의욕적으로 나서는 사람은 없었다.

그런데 왜 이제 와서 또 이 얘기를 꺼내는 걸까.

백대식은 왜, 자신이 아카데미로 쫓겨나게 된 결정적인 사건을 다시 들추는 걸까.

"이제 애들 준비시키고 있어."

"4명으로 데뷔하기에는 무리가 있을 것 같은데요. 마땅한 멤버를 찾을 때까지……."

"내가 알아서 할 거니까, 정 팀장은 애들 올여름에 데뷔한다고 생각하고 준비 들어가."

"알겠습니다."

한숨 쉬며 사무실을 나가는 AR 팀장의 뒷모습을 보던 백대식은 프로필을 던지듯 내려놓으며 중얼거렸다.

"이놈이나 저놈이나 마음에 드는 놈이 없네."

아카데미에서 돌아온 이후로 자신을 대하는 직원들의 태도가 영 마음에 들지 않는다.

앞에서도 저렇게 주둥이가 튀어나와 있는데, 뒤에서는 얼마나 말들이 많을지.

그러니 보여줄 필요가 있었다. 과거의 오점을 지우고, 백대식이가 아직 살아 있다는 것을 말이다.

"그러려면 이 프로젝트를 성공시켜야 해."

백대식은 프로필을 다시 노려봤다.

딱 한 명, 권하준만 있으면 당장 내일이라도 데뷔할 수 있는 팀이다.

그러려면 퓨처엔터에 들어간 권하준을 빼 와야 하는데, 당연히 계획도 있었다.

최고남이 윤소림을 데리고 N탑을 떠나면서 연성만 대표와 사이가 소원해진 것이 포인트.

유유 단톡방 스캔들, 웬디즈 교통사고 같은 사건 사고를 겪으면서 두 사람의 관계는 어느 정도 회복됐다고 봐야 한다. 릴리시크 뮤직비디오 촬영 때 연 대표가 찾아간 것만 봐도 그렇고.

자, 그렇다면 여기서 문제.

만약 연 대표가 권하준을 원한다면?

그러면 최고남은 권하준을 N탑에 돌려줄까? 거절할까?

"돌려줘야지, 또다시 척을 질 수는 없을 테니까."

그렇다면 답은 나왔다. 연 대표가 권하준을 탐내게 만들어서 달라는 말을 꺼내게끔 유도해야 한다. 그 말을 직접 하지는 못할 테니 옆에서 꼬드겨야 한다.

권하준만 넘어오면, 데뷔와 결실은 손수 챙기면 된다.

이 완벽한 계획을 상기한 백대식은 데뷔조 멤버들의 프로필을 한곳에 모았다.

"그래, 쇠뿔도 단김에 빼야지."

두툼한 바인더를 허리춤에 끼고 곧장 엘리베이터로 향했다.

버튼을 꾹 누르고, 바뀌는 엘리베이터 숫자를 바라보며 미소를 드러낸 백대식.

"최고남, 너도 한번 외통수에 빠져봐라."

그 자식, 한 방 먹으면 어떤 표정을 지을지 궁금했다.

얼빠진 표정? 아니면 부글부글 속 끓는 표정?

아이처럼 들뜬 마음으로 기다린 엘리베이터가 땅 소리와 함께 문이 열렸다. 하지만 발을 뻗던 백대식은 오만상을 찌푸리고 말았다.

"네가 여긴 어떻게 온 거야?"

"대표님 뵙고 드릴 말이 있어서."

외나무다리가 아닌 엘리베이터 안에서 튀어나온 원수.

찝찝했지만, 백대식은 엘리베이터에 올라타서 최고남과 나란히 섰다.

한 평도 안 되는 엘리베이터 안, 한 뼘도 안 되는 거리. 백대식의 오감은 마치 잡아당긴 고무줄처럼 팽팽해졌다.

'무슨 할 얘기가 있다는 거야?'

온 신경이 최고남에게 쏠리는 이때, 갑자기 최고남이 주먹을 흔드는 것이 아닌가.

"뭐, 뭐 하는 짓이야!?"

백대식은 뒤로 껑충 물러났다. 관자놀이에서는 땀 한 방울이 흘러내렸다. 그러자 최고남이 입맛을 다시며 말했다.

"버튼 누르려고."

최고남은 주먹 쥔 손에서 검지만 툭 내밀고 버튼을 눌렀다.

'아니야, 절대 엘리베이터 버튼을 누르려는 손길이 아니었어! 살기가 느껴지는 손이었다고!'

그렇지만 증명할 수가 없기에 백대식은 자세를 바로 하고 엘리베이터 문만 바라봤다.

땡동.

문이 열리기 무섭게, 백대식은 이를 악물고 발을 뻗었다.

어떻게 해서든 최고남보다 앞서 내리고 싶었고, 발을 뻗어서 결국 먼저 내리는 데 성공했다. 그런데.

"여긴 어디야?"

대표님실이 아니잖은가!

뒤를 돌아보니 엘리베이터 문이 닫히고 위로 올라가고 있었다.

"최고남 이 자식!"

항상 이런 식이다. 위하는 척, 양보하는 척하면서 이런 식으로 뒷통수를 치는 인간이 최고남이다.

승부욕이 발동한 백대식은 비상계단으로 달려갔다. 최고남을 앞질러서 대표실이 있는 최상층에 먼저 도착해야 했다.

하지만 이상과 현실은 늘 엇나가는 법.

결국 숨을 헉헉대며 대표실 앞에 도착했더니…….

"왔어? 기다렸잖아, 같이 들어가려고."

대표님 비서와 노닥거리고 있던 최고남이 반갑게 손을 흔들었다.

*   *   *

"들어오시랍니다."

비서의 말이 끝나기 무섭게 백대식이 바인더를 끌어안고 대표실로 들어갔다.

엉덩이를 씰룩거리며 나보다 앞서려는 모습이 애잔하다.

"웬일이야?"

오랜만에 보는 연성만 대표가 퉁명한 말투로 여기 온 이유를 물었다.

그래서 입을 열려는데, 백대식이 뭐 마려운 개처럼 조급하게 입을 열었다.

"대표님, 제가 드릴 말씀이 있는데요."

"백 본부장, 내가 먼저 하면 안 될까? 구멍가게 대표도 대표라고, 바쁘네."

백대식이 사각 턱을 씰룩거린다.

"구멍가게는 무슨. 용건이나 말하고 가."

연 대표의 말이 떨어지기 무섭게 나는 입을 열었다.

"실은, 저희 회사에 N탑 연습생이었던 친구가 있습니다. 권하준이요."

"권하준? 걔가 거기 있었어?"

다 알면서 연 대표는 모른 척 넌지시 되물었다.

직접적으로 말을 꺼내지는 않았지만 신경을 쓰고 있다는 것을 내가 모를까.

팀명까지 뽑은 상황이었기 때문에 아쉬움도 있었을 터.

그런데 개대식 얘는 왜 이러는 거야. 눈이 휘둥그레져 가지고 얼굴이 사색이 됐다. 화장실이 급한 건가.

뭐 아무튼.

"예, 그렇게 됐습니다."

"근데 걔가 왜?"

"아무래도 팀으로 데뷔하는 것이 여러모로 더 좋지 않을까 싶어서요. 하준이도 같이 땀 흘려 고생한 데뷔조 멤버들과 함께하고 싶다고 하고. 유유도 솔로보다는 그룹이 더 잘 어울릴 것 같다는 의견이더라고요."

권하준의 얘기를 귀담아듣고, 또 유유와의 오랜 상의 끝에 내린 결론이다.

"유유가 그래?"

"저 대표님, 안 그래도 말입니다……."

"본부장은 가만히 있어봐. 그래서? 계속해."

백대식이 또 끼어들다가 연 대표에게 제지당했다.

"권하준을 N탑에서 데뷔시켰으면 합니다."

"소속은?"

"당연히 저희죠. 대신 수익 분배는 N탑에 유리하게 조율하겠습니다. 아, 쉽지는 않으실 거예요, 저희 회사에 김나영 팀장이라고 아주 깐깐한 분이 계시거든요."

"스케줄 관리는 어떻게 하려고?"

"그룹 활동은 N탑에 무조건 맞추겠습니다. 개인 활동은 조율을 해야겠지만, 오복성 활동을 우선으로 할 거고요."

"오복성? 그거 예전에 팀명 후보로 거론됐던 거 아니야? 그걸 최 대표가 어떻게 알아?"

"우연히 들었습니다. 입에 짝 달라붙더라고요. 안 그래, 백 본부장?"

하도 말을 하고 싶어 하는 것 같길래 바통을 넘겼건만, 백대식은 아무 말도 하지 못했다. 심지어 식은땀까지.

정말 화장실이 급한 모양이다.

"그래? 우리 애들은 촌스럽다던데."

"무슨 소리를. 듣자마자 느낌이 오더라고요. 역시, 대표님 네이밍 센스는 제가 따라잡을 수가 없습니다."

내 스타를 위해서라면 닭살 돋는 아부 따위는 얼마든지 할 수 있다.

치킨이 되라면 날갯짓하는 시늉이라도 하겠다.

"일단 권하준을 보고 얘기하자."

말은 저렇게 해도 연 대표의 기분이 좋아진 것을 느낄 수 있었다.

눈주름이 씰룩거리는 것이 눈에 훤히 보인다.

그나저나 백대식이 오늘 진짜 이상하네. 아까는 사색이 되더니 지금은 넋을 놓았다.

화장실 갈 타이밍을 놓친 표정이다.

설마… 지렸나?

뭐 아무튼, 권하준 이 자식은 어디 숨은 걸까.

*   *   *

"어떻게 오셨습니까? 예약은 하셨습니까?"

"비켜라."

읊조리자 한복을 입은 남자가 멍한 얼굴로 물러섰고, 미닫이문이 저절로 드르륵 소리를 내며 열렸다.

"오, 오셨습니까!"

안에 숨어 있던 무당은 화등잔만 한 눈에 겁을 잔뜩 먹고 있었다.

"교통사고를 내면 합의부터 하는 것이 기본인데, 그냥 내빼?"

"가라고 하셔서……."

"됐고! 이 몸에서 나갈 방법은 찾았냐?"

권하준, 아니, 저승이는 지금 머리를 쥐어뜯고 싶은 심정이었다.

용을 써봐도 이 몸에서 빠져나갈 수가 없었다.

차에 치일 때 순간적으로 육신이 견디기에는 너무도 큰 힘을 끌어모았다가 부작용이 일어난 탓이었다.

문제는 최고남이 호출을 했다는 거다.

[하준아, N탑에서 마지막 평가를 할 거다. 후회 없게 최선을 다하길 바란다.]

마침내 권하준의 운명의 날이 밝아온 것이다.

이번 테스트야말로 권하준에게는 일생일대의 기회이자 인생의 갈림길이나 다름없는데, 저승사자가 빙의해서, 그것도 짬뽕 먹으려고 빙의하는 바람에 최종 평가에서 떨어지게 되면…….

"미천한 몸으로 밥벌이한답시고 천기누설을 일삼는 죄인입니다. 제가 뭘 알겠습니까."

저승이는 눈을 부릅떴다. 이 요망한 것을 어떻게 요절낼까.

어쨌든 당장 방법이 없다면 대안을 찾아야 한다.

"하준이, 그러니까 그 몸의 주인이 몸살 기운이 있다고 얘기를 해달라 이거죠?"

저승이의 계획을 들은 무당이 고개를 치켜들었다.

"그래, 네가 고모 역할 좀 해라."

"그러다가 입원이라도 시키면 어떻게 하죠?"

"당분간 네가 돌본다고 해."

"제가요?"

당황한 듯 눈동자를 흔드는 무당.

저승이의 콧잔등이 찌푸려진 모습을 보자 잽싸게 고개를 숙인다.

"그러면 지금 바로 그분에게 전화를 할까요?"

"그 전에… 묻고 싶은 게 하나 더 있다."

"말씀하십시오."

저승이는 이번에는 잠깐 뜸을 들이고 입을 열었다.

"지워진 사자의 기억을 찾을 수 있는 방법을, 혹시 알고 있어?"

여태와 달리 조심스러운 질문과 표정에 무당에 고민을 거듭하고 답을 했다.

"드라마도 못 보셨습니까? 망각은 신의 선물이라고."

"……."

"농담, 농담이었습니다. 죄송합니다."

"……."

"그러니까, 제가 알기로 저승사자가 되는 경우는 여러 가지가 있습니다. 대개는 큰 죄를 지은 경우인데……."

"예를 들면?"

"역모를 저질렀거나, 나라를 팔아먹었거나, 사람을 해했거나, 그게 아니면 생을 스스로 저버렸다거나. 그런 자들에게 망각이 주어지고 사자의 임무가 부여된다고 들었습니다."

저승이는 무당의 말을 고스란히 되짚었다.

역모를 저질렀거나, 나라를 팔아먹었거나, 사람을 해했거나, 그게 아니면 생을 스스로 저버렸거나.

자신은 그중에서 어떤 잘못을 저지른 걸까.

"방법이 없는 것은 아닙니다. 아주 오래전에 격 있는 사자에게 들은 건데… 그때 점 보던 고객이 갑자기 심장마비로 쓰러져서 얼마나 깜짝 놀랐는지, 우왕좌왕하고 있는데 사자님이 찾아와서 그냥 기절을 할 뻔……."

싸늘한 저승이의 시선에 무당은 자세를 고쳐 앉고 진지하게 답했다.

"이름을 찾는 겁니다. 생전 이름을 들으면 모든 기억이 되살아난다고 들었습니다."

"내 이름……."

"하나, 기억한다는 것이 꼭 좋은 것만은 아닙니다. 때로 사람은 너무 많은 기억에 고통받기도 한답니다. 과거의 괴로운 기억에 현재를 살아가지 못하고 밤잠을 설치는 사람이 부지기수입니다."

무당이 우려 섞인 의견을 내비쳤지만 실상 이름을 찾는 것조차 쉬운 일이 아니었다. 아니, 불가능에 가까웠다.

"그때 그 격 있는 사자님께서는 자신이 인도하던 망자가 생전에 인연이 있었던 자였고, 그래서 얼굴을 알아보고 이름을 불러 줬다고 합니다. 그분도 참 먹는 거 좋아해서 술 한잔하시고 별 얘기 다 하시더라고요."

무당의 수다는 이어졌고 저승이는 말이 없어졌다.

여태 수많은, 셀 수 없는 망자들을 이끌었지만 단 한 번도 자신의 이름을 불러준 망자는 없었기 때문이다.

단 한 번도.

"한데, 그분 말입니다."

"그분?"

"소속사 대표라는 분… 사실 요즘 연예계에서 그분 때문에 상담을 받으러 오는 분들이 많았습니다. 피디도 있었고, 제작사 대표도 있었고, 연예인도 있었고… 아무튼 그래서 말입니다."

무당은 제 입술을 핥으며 저승이를 바라봤다. 밤에 마주친 고양이 눈처럼 음흉하다.

"그분, 끝이 좋지 않습니다."

*   *   *

'엔코어 엔터테인먼트 주선희 대표.'

백대식의 찌푸린 눈에 그녀의 모습이 선명하게 비쳤다.

보톡스와 필러, 리프팅으로 제 나이를 짐작하기 어려운 외모와 달리 눈빛에 탐욕의 세월이 흠뻑 묻어 있다.

"주 대표님께서 저를 왜 보자고 한 겁니까?"

"얼마 전 저희 회사로 이적한 N탑 매니저한테 얘길 듣자니, 본부장님이 최고남한테 원망이 좀 있으시다고."

원망뿐인가.

오늘 오전에도 제대로 물먹었는데.

그놈은 사람 머릿속을 들여다보기라도 하는 건지 자신의 원대한 계획을 선수 쳐버렸다. 계획은 물거품이 됐고, 회사 내에서 자신의 입지는 더욱 좁아졌다.

권하준이 온다는 소식에 직원들의 표정이 어땠던가.

다들 무슨 양귀비밭에서 뒹군 당나귀 같은 표정을 하는데, 참 나, 가관도 그런 가관이 없었다.

"그래서요?"

"퓨처엔터를 견제하고 대응하는 사람들이 있습니다. 정확히는 최고남에게 피해를 입은 사람들의 모임이죠. 이름하여 최피사."

주 대표는 입꼬리를 말아 올리며 미소 지었다.

"최피사?"

"거기에 자리가 하나 비어서요."

얘기를 마친 주 대표는 찻잔을 들었다.

대답을 들을 필요도 없었다.

백대식이 거부하지 못할 달콤한 제안이라고 확신했고, 예상대로 그는 그럴싸하게 악역의 미소를 짓고 속삭였다.

"궁금하네요, 그 모임에 누가 있는지."

*　　　　*　　　　*

"연 대표님과 얘기 잘됐습니다. 하준이 N탑에서 최종 평가하고 바로 데뷔조 멤버들과 합류할 겁니다."

"아깝다, 아까워."

고석천 이사는 턱을 매만지며 아쉬워했다.

N탑에서 데뷔 직전까지 갔던 권하준은 이미 피지컬과 스펙이 차고 넘치는 상태인 데다, 유유가 프로듀싱을 주도하고 류수정 작

사가가 참여한 곡 작업은 이미 높은 완성도로 마무리 작업에 들어갔기 때문이다.

그런 상황에서 다시 N탑의 손을 잡자니 배가 아플 수밖에.

그래서 마지막까지 권하준을 설득했던 사람도 고 이사였다.

"대학 축제 무대 반응 좋았잖아? 솔로도 충분한데 왜 굳이 남 좋은 일을 해."

"대학 축제 무대는 아주 엉망인 무대 아니고서야 학생들이 웬만해서는 환호해 줍니다."

사실 권하준은 〈오복성〉으로 데뷔할 운명이었다.

그래서 솔로 데뷔를 시켜도 될지에 대한 확신이 서지 않았다. 아이돌그룹이 주류가 된 가요계에서 솔로의 존재감이 얼마만큼 통할지 예측할 수도 없고.

굳이 레퍼런스로 삼자면 '유유' 정도겠지만, 유유는 여섯소년들로 인지도를 완성한 케이스인 데다 워낙 사기 캐릭터라서.

뭐, 권하준은 권하준이지만.

"솔로든 그룹이든… 하준이만 행복하면 됐죠. 그러니 권하준은 이제 놓아주시고요, 이사님은 할 일 많잖아요?"

뉴페이스도 찾고, 직원들도 계속 충원하고, 퓨처엔터 몸집도 불리고.

고 이사가 할 일은 그런 거다.

"곧 투자 제안도 들어올 겁니다. 그것도 준비하시고요."

"투자?"

나는 긴 설명 대신 고개만 끄덕였다.

일어날 일이 일어난다면 거액의 투자 제안이 머잖아 들어올 것이다.

그렇지 않더라도 퓨처엔터처럼 빠르게 성장하는 회사는 투자자에게 매력적일 수밖에 없으니 어떻게든 투자는 들어온다.

"투자가 들어올 거면 타이밍 맞춰서 큰 거 하나 터뜨려야 하는데."

고 이사가 중얼거리길래 나는 웃으면서 말했다.

"권하준 데뷔, 서두르죠."

얘기를 마치고 아래층으로 내려가니 오랜만에 보는 얼굴이 대표실에 똬리 튼 뱀처럼 앉아 있었다. 심지어 날 향해 씨익 웃는다.

"아, 이 냄새! 퓨처엔터 대표실 냄새가 얼마나 그리웠던지."

"왜 왔어?"

"아이, 꼭 일이 있어야 오나. 우리 사이에."

우리가 어떤 사이였는지 모르겠지만.

"내가 믿던 기자가 특종을 위해서 내 등을 팔아먹었다는 것 정도는 기억나네."

"그건 후속 보도를 위한 떡밥이었죠. 기사 못 보셨어요? 최고남, 그의 등이 넓을 수밖에 없는 이유!!"

안 본 새에 더 뻔뻔해졌네. 웃는 낯에 화도 못 내겠고.

"아, 그거 들으셨어요? 요즘 이상한 소문이 돌더라고요."

"무슨 소문?"

호기심까지 던지니 나도 모르게 되물었다.

황 기자가 입꼬리를 스윽 올리더니 가까이 와 속삭인다.

"요즘 대표님을 음해하려는 세력이 있다는 소문이 있어요. 은

밀하게 뒤를 캐고 있다나 뭐라나."

"그걸 어디서 들었어?"

"스카이데일리 마 기자 있잖아요. 걔 후배가 나한테 관심 있거든요. 아휴, 이놈의 인기. 아무튼 걔가 슬쩍 얘기하더라고요."

찜찜하지만 처음도 아니다.

날 싫어하는 사람, 질투하는 사람, 음해하려는 사람은 그동안 많이 봐왔으니까.

"앗, 유병재 팀장님이다!"

황 기자가 손을 번쩍 들었다. 방송국에 다녀온 유병재가 거구의 몸을 숙이며 들어왔다.

그런데 첫마디가 예사롭지 않다.

"대표님, 조 피디가 이상한 얘기를 꺼내던데요."

"무슨 얘기?"

"정윤찬 피디가 요즘 무척 바쁘답니다. 기자도 만나고, 엔터 회사 대표도 만나고."

"그래서?"

"그런데 그게, 대표님 관련해서 뭔가를 하려는 눈치랍니다."

황 기자의 정보, 그리고 유병재의 귀에 들어온 얘기.

아무래도 찜찜한데.

마침 미디어팀 권박하가 유리문을 열고 들어왔다.

"대표님을 찾는 전화가 왔는데요."

"누군데?"

"누구라고는 얘기 안 하고 중요한 얘기랍니다."

전화를 돌려서 받았더니 코맹맹이 소리가 들려왔다.

―최고남 대표님입니까?

"예, 맞습니다."

―당신을 음해하려는 모임이 있습니다. 최피사라고, 모임 멤버
는…….

그렇게 전화는 끊어졌고, 나는 황 기자를 돌아봤다.

"황 기자, 일 좀 하자."

「며칠 후, 엔코어 엔터테인먼트」

주 대표는 회의실에 앞에 있는 모임 회원들의 면면을 찬찬히
들여다봤다.

배우 지남철, MNC 피디 정윤찬, 가수 차강준, 작곡가 이광배,
에스카 프로덕션 신재광 대표, 마영환 기자, 염춘재 대표, 그리고
배우 박신후까지.

한자리에 모이는 것이 쉽지 않을 만큼 다들 바쁜 사람들이다.

"연습생들 자주 가는 카페가 있어요. 거기서 잠깐 검색했을 뿐
인데도 최고남에 대한 원망이 산더미더라고요."

"저는 최고남이 N탑 부문장으로 있을 때 유통된 찌라시를 살
펴봤습니다. 그 결과, N탑이 의도적으로 스캔들을 유도했다는 사
실을 찾아냈죠."

"N탑에서 곡을 표절하고 문제 발생 시 샘플링으로 위장한 적
도 있어. 물론 그 주체는 최고남이었고."

"피디들 접대한 것만 찾아도 한 트럭일걸요? 내가 산증인 아닙
니까?"

정윤찬 피디가 제 가슴을 두드린다.

지금 회원들이 잠깐 나눈 대화만으로도 최고남은 사회적으로 매장당하기에 충분했다.

"다들 서두르실 필요 없어요."

내내 옅은 미소를 보이던 주 대표가 분위기를 진정시켰다.

"하나하나씩 풀면서 천천히 피를 말려야죠. 그래야 우리의 고통이 조금은 덜어지지 않겠어요?"

"주 대표님 말이 맞습니다. 차근차근하자고요. 일단 잽부터 날립시다."

"그렇지 않아도 이미 찌라시 하나 준비해 뒀습니다."

마영환 기자의 미소에 다들 흡족해했다.

"그런데, 오늘 우리가 모인 이유가 있나요? 백대식 본부장 합류하기로 한 거예요?"

"그쪽은 곧 합류할 것 같아요. 우리 모임을 아주 긍정적으로 생각하더라고요."

"그러면 오늘은 신입 회원이 없는 겁니까?"

"아니요, 한 분 계십니다."

"누굽니까?"

기다렸다는 듯이 회의실 문이 열렸다. 그리고.

"안녕하십니까, 세러데이 서울 황숙희 기잡니다."

"뭐야? 세러데이 서울이면 퓨처엔터랑 붙어먹는 데 아니야?"

"이건 좀 아니지."

"진정들 하시고, 황 기자 얘기 좀 들어봅시다."

주 대표의 중계에 황 기자가 앞에 섰다. 순간, 입꼬리가 천장을 뚫을 듯 치솟는다.

"여러분, 제 직업이 뭡니까. 기자예요. 기자는요, 특종을 위해서
라면 간쓸개 다 빼고 다닙니다. 하도 빼고 다녔더니 이제는 있는
지도 모르겠어요."

황 기자는 건들거리며 마 기자 옆으로 다가갔다.

"그리고 특종 여러 개 낸 기자와 우라까이나 치는 기자, 여러
분에게 누가 도움이 될 것 같아요?"

"뭐라고!"

엉덩이를 들썩거리는 마 기자.

황 기자는 그의 어깨를 꾹 누르며 속삭였다.

"난 특종만 좇습니다. 붙어먹어? 뭐 붙죠. 이번에는 여러분한
테."

진한 미소에 의심은 옅어진다.

＊　　　　＊　　　　＊

ㅇ 요즘 엔터테인먼트 업계에서는 P사의 대표 C씨의 가면이 곧
벗겨질 거라는 소문이 떠돌고 있다고 합니다. C씨는 최근 몇 년 사
이 미디어에 노출되면서 좋은 대표, 멋있는 대표 등으로 포장이 됐
는데요, 사실은 굉장히 악덕한 매니저라서 C씨 때문에 망가진 연
예인이 한둘이 아니라고 합니다. 일례로 H 여배우 같은 경우는 C
씨 때문에 드라마에서 하차했다고 합니다. 그래서 업계 사람들은
어서 빨리 C씨의 가면이 벗겨질 날이 오기를 학수고대하고 있다고
합니다. 참고로 C씨에 관한 소문이 한두 개가 아니라서 계속해서

나올 예정입니다.

　C — 퓨처엔터 최고남 대표

　H — 한채희

　지난주부터 증권가에 돌기 시작한 찌라시에는 나를 물먹이려
는 의도가 적나라하게 담겨 있었다.

　거기다 2탄, 3탄까지 예고된 상황.

　방송국까지 찌라시가 퍼졌기 때문에 SBC 손주영 본부장의 표
정이 좋지 않다.

　"누가 이런 질 나쁜 짓을 했을까. 짐작 가는 곳이라도 있어?"

　나는 고개를 젓고 한숨만 내리쉬었다. 무기력하고, 지치고, 체
념한 듯이.

　"막고는 있는 거야? 인터넷 커뮤니티, 연습생들이 자주 가는 카
페, SNS 할 것 없이 찌라시가 다 퍼졌던데."

　"하."

　또다시 한숨.

　"이 정도면 아주 작정한 거야. 그게 아니면 준비를 단단히 했든
가. 명예훼손으로 걸어도 해볼 만하다는 거겠지."

　"본부장님, 릴리시크 리얼리티 예능은……."

　재차 땅이 꺼져라 한숨을 쉰 나는 천천히 고개를 들어 손 본
부장을 그윽하게 바라봤다.

　손 본부장이 귓불을 한참 긁적이다가 얘기를 꺼냈다.

　"내가 먼저 제안하고 이런 말 해서 미안한데, 일단 상황이 정리
되고 다시 얘기하자고. 우선 찌라시 내용은 부인부터 하고 사이

버수사대 의뢰해. 그리고 상황 봐서 릴리시크 컴백 일정도 조절하고. 지금 컴백하기에는 시기가 별로잖아."

"본부장님."

"나도 웬만해야 밀어붙이지. N탑이랑 싸우는 것하고는 비교할 수가 없잖아? 시청자들이랑 붙을 수는 없는 법이니까."

나는 고개를 푹 숙였다. 손 본부장이 내 어깨를 툭툭 두드린다.

"이해해 줘. 논란의 소속사 대표가 데리고 있는 가수와 배우를 쓸 수 있는 배짱 있는 방송국은 대한민국 어디에도 없어. 이번에는 나도 돕기 어렵다."

"리얼리티 예능, 본부장님이 전부터 계속 얘기하셔서 이번에 저희가 어렵게 뺀 거 아시잖아요? 저도 직원들 반대 무릅쓰고 추진한 건데⋯⋯."

"미안해."

나는 결국 굽은 등을 보여주며 본부장실을 빠져나왔다.

그러자 로비에서 기다리고 있던 김승권이 쫄레쫄레 다가온다. 날 보는 눈이 반짝거린다.

"잘되셨어요?"

"응."

"그러면, 이제 SBC에서 리얼리티 예능 얘기는 말도 못 꺼내겠죠?"

"이번에 깠으니까 또 꺼내지는 못하겠지."

나와 김승권은 더는 미소를 숨기지 못했다.

방송국은 늘 뭔가를 요구한다.

신인 때는 방송국 문턱이 닳도록 찾아가도 기회 한 번 주지 않으면서 조금만 인기가 오르면 자사 프로그램에 출연해 달라, 협조해라, 연말 시상식에 와라 등등.

하지만 요구를 거절하면 불편한 관계가 된다. 한마디로 찍히는 것이다.

그러니 거절하려면 명분이 필요하다.

혹은 저쪽에서 먼저 거절하게 만들든가.

"승권아, 위기는 뭐라고?"

김승권이 빙긋 웃는다.

"기회입니다!"

"자, SBC는 해결했고, 이제 MNC로 갈까?"

들뜬 우리는 손을 잡고 힘차게 걸음을 내디뎠다. 물론 바로 손을 놓았다.

*　　　*　　　*

「MNC 예능국」

회의실에 조태환 피디가 들어왔다.

턱은 까칠하고 머리에 까치집을 지은 모습이 며칠은 집에 못 들어간 것 같았다.

"오래 기다리셨죠?"

"3인칭 시점 시청률 안 좋아요? 왜 이렇게 피곤해 보여요?"

넉살 좋게 웃으며 묻자, 조 피디가 지친 미소를 보인다.

"요즘 새 프로그램 준비하고 있거든요. 그것 때문에 며칠째 밤 새우고 있습니다."

"무슨 프로그램인데요?"

"이게 그러니까, 스타가 자기 매니저의 소개팅을 해주는 겁니다. 매니저들이 좀 바빠요? 연애할 시간도 없잖아요?"

"소개팅 상대는요?"

"뭐, 일반인일 수도 있고요, 연예인일 수도 있고요. 중요한 것은 스타가 직접 내 매니저를 코칭 해준다는 거죠. 스타일도 잡아주고, 연애 어떻게 하라고 조언도 해주고."

예전 같으면 같이하자고 벌써 내 손을 덥석 잡았겠지?

그런 조 피디가 지금은 망설이는 게 보인다. 눈동자를 계속 굴리고 있다.

그래서 내가 먼저 입을 열었다.

"그 프로그램 저희랑 해보는 건 어떻습니까? 그동안 MNC에 도움받은 것도 많은데, 이럴 때 갚아야죠."

조 피디의 이맛살 주름이 껑충 뛰어올랐다. 그러더니 난처한 얼굴로 어색하게 웃는다.

"저 그게… 실은, 위에서 퓨처엔터와 관련한 것은 일단 보류하라는 지시가 내려왔어요. 아마, 드라마국도 같은 상황일 겁니다."

"찌라시 때문에 그래요?"

나는 아주 심각한 얼굴을 하고 물었고, 조 피디는 제 입술을 핥더니 고개를 가까이하며 내게 물었다.

"그 찌라시, 사실입니까?"

"그건… 아직 해드릴 말이 없네요. 저희도 내부적으로 정리를 하고 대응을 할 생각이라서 아직은 조심스럽습니다."

조 피디가 내 표정을 읽으려고 슬쩍 쳐다본다.

찌라시가 진짜인지, 아니면 내가 엄살을 피우는 건지 판단이 서질 않는 모양이다. 그래서 미간을 꾹 누르며 말했다.

"아쉽네요. 조 피디님 아이템 괜찮아 보이는데."

잔뜩 아쉬운 표정을 하고 일어난 나는 엘리베이터까지 조 피디의 배웅을 받았다.

"나중에 스케줄 때문에 거절해도 저희한테 뭐라고 하시면 안 됩니다?"

"그때 가면 제가 또 부탁해야죠. 부탁하면 들어주실 거잖아요? 하하!"

조 피디도 능구렁이 다 됐다.

어쨌든 서로가 다른 마음으로 껄껄 웃는데, 뭉툭한 목소리가 끼어들었다.

"방송국이 거지야? 뭘 부탁을 해?"

MNC 정윤찬 피디. 원수 같지도 않은 놈.

"아휴, 정 피디님! 오랜만입니다. 벌금 받으셨다는 소식은 들었 는데."

볼이 씰룩거리는 것을 보니 두세 달치 월급을 국가에 헌납한 모양이다.

"내 걱정 할 때가 아닌 것 같은데? 찌라시 보니까 유명했더만. 그런 식으로 다른 사람 짓밟고 성공하면 양심에 찔리지 않나?"

"아직 명확히 밝혀진 것도 아닌데, 말씀이 심하십니다."

"소문이 있어요, 소문이. 곧 2탄, 3탄이 터질 거라고. 요즘 트렌드잖아? 일단 터뜨려 놓고 상대방이 아니라고 부인하면 그때 가서 녹음 파일이든 문자든 공개하는 거."

"마치, 정 피디님이 터뜨리겠다는 것 같네요."

"나한테 그런 게 있다면."

승리를 예감하기라도 한 것처럼, 정 피디의 입꼬리가 올라간다.

"아쉽네요. 사실, 정 피디님의 산티아고 순롓길 아이템 꽤 마음에 들었는데. 스타와 함께하는 순롓길 행보라니. 어떻게 그런 아이디어를 떠올릴 수 있는지."

"……"

"이제 와 얘기하는 거지만, 소림이도 긍정적으로 검토했었거든요. 그러던 차에 악플 사건이 벌어져서… 저희는 정 피디님한테 억하심정 없습니다."

"…윤소림이, 정말 그렇게 생각했어요?"

"뻥인데."

나는 얼굴이 새빨개진 정 피디에게 손을 흔들었다.

엘리베이터 문이 닫힐 때까지.

*　　　　*　　　　*

─지금 당장 터뜨리자고요!

"정 피디님, 왜 이렇게 흥분하셨어요? 황 기자 얘기 못 들었어요? 속도 조절 하자고요. 퓨처엔터가 손쓸 수 없을 지경이 될 때까지 핀치에 몰아놓고 터뜨리자고."

―그게 언제라는 겁니까? 최고남 그 자식 지금도 저렇게 활개 치고 다니는데! 찌라시 한두 방 가지고는 꿈쩍도 안 할 인간이라 니까! 주 대표님은 아직도 모르겠어요?

"진정 좀 하세요. 일단, 나 지금 TVX에 왔으니까 나중에 다시 통화해요. 여태 잘 참아왔잖아요?"

주선희 대표는 핸드폰을 가방에 쑤셔 넣으며 고개를 절레절레 흔들었다.

최고남이 나락에 빠질 것이라는 결과는 정해져 있다. 이제는 황 기자 말대로 속도 조절하며 타이밍을 기다리면 된다.

"이제 8부 능선을 넘었건만, 왜 이렇게 조급해하는 건지. 하여 간 남자들이란."

주 대표는 구시렁거리며 걸음을 서둘렀다. 박신후의 복귀를 위 해 TVX 본부장을 만나야 했기 때문이다.

최고남을 무너뜨리는 것과는 별개로 내 스타는 키워야 하니 까.

"생각하니 또 열받네."

박신후가 윤소림에게 고백한 것 때문에 최고남에게 수모를 당 한 기억.

자다가도 벌떡 깨서 이불을 차게 만드는 수치스러운 그놈의 기 억 탓에 최고남만 떠올리면 몸이 부들부들 떨리는 주 대표였다.

"본부장님 계신가요?"

"지금 손님 오셔서 얘기 중이십니다."

비서의 말에 주 대표는 본부장실을 힐끗 바라봤다. 안에서 멧돼지 웃음소리가 들린다.

대체 안에 누가 있길래.

멧돼지가 저렇게 기분 좋게 맞이하는 상대가 누구인지 궁금해질 즈음에 본부장실 문이 열렸다.

그 안에서 나온 사람은······.

"어휴, 주 대표님 아니십니까?"

"···최 대표님이야말로 여긴 어쩐 일이시죠?"

"저야 주희 선배가 TVX에서 예능 하고 있으니까, 친정 오는 데 이유가 있어야 옵니까?"

능구렁이 같은 태도와 얄미운 미소 앞에서 주 대표는 주먹을 불끈 쥐었다. 손톱이 살을 파고들 정도였다.

맘 같아서는 주먹이라도 한 방 날리고 싶지만 아직은 때가 아니었다.

"그러면 볼일 보세요. 저는 본부장님을 뵈러 왔으니까."

무시하고 지나가려는데, 갑자기 최고남이 핸드폰을 제 귀에 착 붙였다.

"예, 대표님!"

최고남이 대표님을 외친 순간 주 대표는 아득한 옛날 일을 떠올렸다.

27년 전······.

92년도 어느 날은 N탑 연성만 대표가 가수로 활동하던 시기였다.

그를 너무 좋아해서 참 부지런히도 쫓아다녔다. 연성만, 연성만을 외치면서······.

그 시절의 기억, 그 시절의 향수는 마치 봄바람처럼 주 대표의 마음을 들썩였다.

그래서 넋을 놓고 최고남을 바라볼 수밖에 없었다. 연 대표의 목소리라도 들을까 싶어서.

그 시선을 눈치챈 것일까.

최고남이 전화를 끊더니 그녀를 지나치며 놀리듯 속삭였다.

"연 대표님 아니었는데."

아주 얄미운 톤이었고, 이날 오후 최고남 관련한 찌라시 2탄이 터졌다.

ㅇ C씨의 가면 2탄. 몇 해 전 여섯소년들 멤버 중 한 명이 음주운전을 했다고 합니다. 당시 C씨는 이를 무마하기 위해서 유명 여배우 K의 스캔들을 터뜨렸는데요, 이로 인해서 유명 여배우는 극심한 대인기피증에 시달렸고, 심지어 자신의 아이도 만나지 못했다고 합니다. 유명 여배우는 재작년 그때의 고충을 토로하며 진실을 고백하기도 했습니다. C씨의 악행, 도대체 어디가 끝일까요? 가면이 벗겨질 날이 아무래도 머지않은 것 같습니다.

C — 퓨처엔터 최고남 대표

K — 김유리

"야야, 찌라시 또 터졌다!"

N탑 엔터테인먼트 연습생 연습실은 최고남 찌라시 때문에 한바탕 난리가 났다.

"와, 완전 쓰레기였네."

"이러면 김유리가 아이 잃은 것도 그 탓 아니야?"

"그건 별개지. 아이 사고를 부문장님이 낸 건 아니잖아."

"스캔들 터져 가지고 아이를 김유리의 부모님이 키웠다잖아? 김유리가 키웠으면 사고가 안 났을 수도 있지!"

"야, 그렇게 따지면 세상에 사고가 왜 일어나냐? 어제 일찍 잤으면, 버스가 신호 하나 빨리 지나갔으면, 집에 있었으면, 그거랑 똑같은 거 아니야?"

연습생들의 갑론을박.

"근데 소름이다. 부문장님 TV에서는 세상 착하게 나오는데. 뒤에서는 와."

"그 말이 사실이었네."

"뭐가?"

"자기가 키우는 스타를 위해서라면 못 하는 게 없다는 말. 여섯소년들 음주 운전이면, 갓슈 선배잖아?"

"야야."

주위를 살피는 연습생들.

"뭐 어때, 모르는 사람이 없는데."

"그러면 윤소림도 그렇게 큰 거야?"

"뻔한 거 아니야? 한채희 사건도 조작한 거라며?"

찌라시 1탄은 한채희 사건 관련한 내용이었다. 그게 사실이라면 윤소림의 성공은 조작이다.

공론화된다면 치명상을 입을 게 확실했다.

"소림 언니 안됐다."

"안되긴 뭘 안돼. 부문장님 따라 나간거 보면 그 밥에 그 나물이지."

"야, 무슨 말을 그렇게 하냐? 언니가 우리한테 얼마나 잘해줬는데."

여자 연습생들이 땀에 젖은 이맛머리를 쓸어 올리며 남자 연습생을 노려봤다.

"말이 그렇다는 거고. 누가 뭐랬나. 앗, 그러면 하준 형은 어떻게 되는 거야? 또 데뷔 엎어지는 거야?"

"헐, 데뷔조 또 물거품 되는 거네."

"그러게. 오빠들 하준 오빠랑 데뷔한다고 좋아했는데."

"넷이 해야지. 춘성이 형, 은혁이 형, 콴, 그리고 서준이까지. 넷이면 충분하잖아? 그리고 원래 춘성이 형이랑 하준이 형 사이 안좋았잖아?"

그때였다.

연습실 문이 벌컥 열리더니 방금 전 남자 연습생이 언급한 네 사람이 들어왔다.

서브보컬 이춘성, 메인보컬 차은혁, 주접킹 콴, 서브랩 박서준.

그 넷이 연습생들을 스윽 훑어보고 선언하듯 말했다.

"우리는 하준이 없으면 데뷔 안 할 거야. 그러니까⋯ 입들 다물지?"

이 시각.

퓨처 엔터테인먼트의 지하 연습실에서는 권하준, 아니, 저승이가 머리를 싸매고 있었다.

"망했다, 망했어!"

여전히 권하준의 몸에서 빠져나오지 못하는 상황.

내일 벗어날지, 일 년 후에 벗어날지 알 길이 없었다.

"권하준의 운명이 나 때문에 바뀌면 후폭풍이 장난 아닐 텐데."

걱정은 그뿐만이 아니었다.

하필이면 이런 상황에서 최고남에게도 안 좋은 일이 연달아 터지고 있었다. 남은 시간도 얼마 없건만.

"해볼까?"

춤, 노래… 까짓것 그동안 TV에서 실컷 봤으니까 해보면 되지 않을까?

머릿속에서 희망 회로를 돌려봤지만 곧 다시 절망에 빠진다.

"내가 그걸 어떻게 해?"

사자의 능력으로 잠재력을 끌어올리는 것은 반빙의 때나 가능한 것이다.

권하준의 의식이 잠들어 있는 지금 상태에서 어떻게 춤을 추고 노래를 부른다는 말인가.

고민이 깊어가는 그때, 연습실에 인기척이 느껴졌다.

돌아보지도 않아도 알 수 있었다. 이 몸에서 벗어나지 못할 뿐, 능력은 여전하니까.

"하준아."

우는소리부터 꺼내 드는 사람은 예상대로 김승권이었다.

먹구름 잔뜩 낀 얼굴이다. 무슨 말을 꺼낼까 궁금한데…….

"나… 속상해."

한숨을 푹푹 내쉬더니.

"소개팅 또 안 됐다? 나 정말 네 말대로 자신감 가지고 했거든? 꽃도 사 갔단 말이야."

김승권은 이런 얘기가 익숙한 듯 보였다. 그래서 저승이는 권하준의 기억을 들춰봤고, 의외의 사실을 알아냈다.

'이 자식, 인싸였어?'

말수가 없어서 조용한 녀석인 줄 알았더니.

이제 보니 그동안 권하준은 직원들의 얘기를 자주 들어준 모양이었다. 김승권도 자주 상담한 것 같고.

"아, 꽃은 좀 오버였나?"

미쳤냐고 되묻고 싶었지만, 저승이는 권하준이라면 어떻게 얘기했을까를 고심했다.

권하준의 운명을 더는 망쳐서는 안 되기에.

"아니에요, 꽃 때문이 아닐 거예요."

"그렇지? 꽃은 내가 생각해도 굿 아이템이었어. 제일 비싼 거로 샀다니까? 장미 한 다발!"

"아… 한 송이만 사 가시지."

"에이, 한 다발은 사 가야지. 그나저나, 나 이래서 올해는 연애할 수 있을까?"

"그럼요. 좋은 인연이 있을 거예요."

"역시 하준이 너한테 이런 얘기 털어놓으면 마음이 편해. 그러면 다음에 소개팅할 때 팁 좀 줘?"

김승권이 연습실을 나가자, 저승이는 꾹 참았던 말을 쏟아냈다.

"영화 좀 그만 봐! 무슨 장미 한 다발을 사 가? 올해 연애할 수 있겠냐고? 하겠냐? 또 소개팅? 그냥 혼자 살면 안 될까?"

실컷 쏟아냈더니 그제야 좀 살 것 같았다. 그런데 문이 삐걱거리더니, 이번에는 노랑머리가 들어오는 게 아닌가.

"하준아, 내가 말이야……."

그렇게 차가희에게 시달리다가 지쳐 쓰러질 즈음에 그녀가 떠나고, 다시 권하준의 몸에서 어떻게 빠져나갈 수 있나 고민하는 찰나에 또 문이 열렸다.

'박은혜?'

쟤도 권하준에게 상담하려는 건가 싶은데, 아니나 다를까 고양이처럼 살금살금 다가오는 것이 아닌가.

저승이는 급히 권하준의 기억을 훑어봤다.

'실은요, 저 좋아하는 사람이 있어요.'

'누구?'

'애들한테 말하지 않으실 거죠?'

'당연하지.'

'놀리지 마세요… 실은, 한 번밖에 못 본 사람이에요.'

'어디서 봤는데?'

'절 구해준 사람이에요.'

종일 내린 보슬비로 뿌연 안개가 긴 날에, 보름달이 만개한 하늘 아래를 술에 취해서 비틀거리고 있을 때 느닷없이 나타나 구해준 곱슬머리의 남자애.

'나잖아?'

입이 쩍 벌어질 일이 벌어졌다.

*　　　　*　　　　*

"그 사람이… 왜 좋아?"

"저도 잘 모르겠어요. 그냥, 그날의 일이 눈앞에서 계속 아른거려요."

"한 번밖에 못 봤다며?"

"실은, 한 번 더 본 것 같기도 한데… 전에 연습실 앞에서 고양이한테 먹이 주다가 눈이 마주쳤거든요? 금방 사라지긴 했지만."

"잘못 본 거겠지."

"그런가."

박은혜는 짧게 한숨 쉬고 엉덩이를 털며 일어났다.

"그러면 지금 음악 틀까요?"

"응?"

"오빠가 연습하는 거 봐달라고 했잖아요."

"내가?"

"왜요? 아직도 몸살 기운 있어요?"

박은혜는 권하준에게 다가가 이마에 손을 가져갔다.

열이 있는 것 같기도 하고 아닌 것 같기도 한 미지근한 온도.

"얼굴이 빨갛네. 열 있나 보다."

"어, 어! 내가 아직, 몸이 성하지가 않아."

"그러면 더 연습해야겠네. 오빠가 그랬잖아요? 감기 걸렸을 때 춤 한번 추면 싹 낫는다고."

권하준의 입이 살짝 벌어졌다.

"오늘 오빠 진짜 이상하다. 기억상실증이라도 걸린 거예요?"

그 말에 권하준이 눈을 크게 뜬다. 그러더니.

"맞아. 나 기억상실증 걸렸어. 드라마처럼 말이야."

진지한 얼굴로 농담을 하는 권하준의 모습에 박은혜는 미소를 씰룩거리며 음악을 재생했다.

두 다리를 어깨 넓이만큼 벌리고 거울 앞에 선다.

"기억상실증이면 내가 도와줘야겠다. 오빠 춤 다 기억하니까, 알려줄게요. 따라 하세요!"

전주가 시작됐다.

.

.

.

박은혜를 따라 안무를 시작한 저승이는 거울에 비치고 있는 제 모습에 당황스러웠다.

'춤이… 되네?'

이게 어떻게 된 일인가.

격한 안무가 너무도 쉽게 몸에 달라붙는 것이 아닌가.

심지어 박은혜보다 춤선이 더 나은 느낌이랄까.

'아이돌… 별거 아니잖아?'

급기야 박은혜보다 더 빠른 속도, 더 난이도 높은 안무가 술술 나오기 시작했다.

마치 춤추는 기계 같았다. 결국 얼굴이 땀에 흠뻑 젖은 박은혜가 안무를 멈추고 고개를 절레절레 흔들었다.

"역시 하준 오빠는 이길 수가 없네. 기억상실증이라더니."

피식 웃은 그녀가 다음 곡을 재생하려 핸드폰을 손에 쥔다. 그런데 핸드폰 화면을 보더니 눈살을 찌푸린다.

"큰일이다."

"왜?"

눈이 마주친 두 사람.

"찌라시 3탄 떴어요."

*   *   *

ㅇ C씨의 가면 3탄. 이번에는 A 여배우 얘기입니다. A는 데뷔와 동시에 이국적인 마스크로 주목을 받았는데요, N탑과 계약한 이후로 한동안 활동을 중단한 적이 있습니다. 알고 보니 당시 N탑에 있던 C씨가 그녀의 활동을 방해한 것인데요, N탑의 전폭적인 지원을 기대했던 A는 C씨 때문에 연극판부터 다시 시작해야 했다고 합니다. 그때의 설움 탓인지 계약이 끝나자마자 바로 N탑을 떠난 그녀는 이후 훨훨 날아 S급 배우가 됐다고 합니다. C씨는 대체 왜 그랬을까요? C씨! 정말 그렇게 살지 마세요!

C — 퓨처엔터 최고남 대표

A — 주이래

찌라시 3탄이 돌자 이번에는 기사까지 떴다.

[단독] 찌라시인가, 판도라의 상자인가!

—최근 증권가에 도는 찌라시에는 연예 기획사 대표 C씨가 연이어 등장하고 있다. 미다스의 손으로 불리며 지금까지 수많은 스타를 양성한 것으로 알려진 C씨는 최근 미디어에 자주 노출되면서 따뜻한 이미지를 보여주고 소속 연예인들과 케미를 보여주는 등 다양한 활동을 해왔

던 터라 연예계에 미칠 파장이 클 것으로 예상된다. 관계자에 따르면 이미 방송사에서는 C씨 소속 연예인들의 출연을 금지하고 있다고 한다. 또한……

이어서 쏟아지는 댓글.

pri** 30분 전 [좋아요 503 싫어요 23]
내 이럴 줄 알았다! 천하의 나쁜 놈아!
답글 25

우라질** 20분 전 [좋아요 421 싫어요 8]
충격이다. 그럼 윤소림은? 은별이는?
답글 21

얼음공** 4분 전 [좋아요 90 싫어요 118]
또 네티즌들 광분한다. 팩트 확인 안 되면 제발 조용히 좀! 또 누구 하나 죽이지 말고!
답글 닫기
ㄴ최고남이니?
ㄴ지적하는 거랑 악플이랑 구분 못 해????
ㄴ등신아 그게 악플이야.

커뮤니티 반응.

613. 익명 ㅋㅋㅋㅋ

614. 익명 ㅋㅋㅋ 지랄도 풍년이네

615. 익명 언제 한번 터질 일이었지 원래 연습생 카페에서 말 많던 사람이었어

616. 익명 아오 짜증 나 왜 저렇게 사냐? 죽어!

617. 익명 피해자들 어떻게 할 건데? 그냥 뛰어내리는 게 답

그리고 실시간검색어.

1 퓨처엔터 대표 ↑

2 최고남 ↑

3 윤소림 ↑

4 주이래 ↑

5 C씨 ↑

나는 기사와 네티즌 반응을 차분히 눈에 담았다.

또 다른 찌라시가 나올지 안 나올지는 모르겠지만, 저들의 목적은 충분히 이뤄진 것 같았다.

핸드폰을 닫으려는데 문자가 도착했다.

[어떻게 할까요? 기자회견 할까요? 말만 하세요. 뭐든 할 테니까.]

찌라시에서 A로 거론되던 배우 주이래였다. 그리고 이어진 문자들.

[최 대표, 찌라시 신경 쓰지 마. 내가 옆에서 다 봤는데 한채희

가 무슨 피해자야? 난 최 대표 편!]

[대표님! 릴리시크가 대표님을 지켜 드리겠습니다! 파이팅!]

[대표님, 저 전유라예요. 괜찮으시죠?]

[기자 이름 인스터에 올려 드릴까요? 말만 해요.]

[야, 소주 한잔할래? 누나가 술 사줄게! 혼자 징징 짜지 말고! 어?]

[한국에서 난리더라? 하여간 조용한 날이 없다니까, 그냥 후딱 해치워 버려! 그런데 나 언제 한국 가냐?!]

답문은 나중에 보내고, 일단은 핸드폰에서 눈을 뗐다.

SBC와 MNC는 해결했으니 이제 KIS 차례.

방 국장은 쉬운 상대가 아니다. 어지간한 일로는 윤소림을 포기하지 않을 것이다. 그래서 3차 찌라시가 뜰 때까지 기다린 것이다. 이 정도면 퓨처엔터 소속 연예인 쓰겠다는 생각은 못 하겠지.

"국장님……"

문을 조심히 열고 들어갔더니, 방 국장이 등을 보이고 있었다.

짙은 머리숱을 가장한 비싼 가발이 눈에 들어온다.

나는 눈에 힘을 잔뜩 주고 감정을 끌어모으며 속삭였다.

"죄송합니다. 국장님께 좋은 모습 보이고 싶었는데……."

"흠……."

방 국장의 신음 소리.

역시, 예상대로 프로그램 같이하자는 소리는 안 한다.

"국장님이 얘기하셨던… 프로그램 있잖습니까……."

나는 밥주걱 따귀를 맞은 홍부가 되길 자청하며 입을 열었다.
그런데, 뒤돌아선 방 국장은 놀부의 표정이 아니었다.

심지어 눈시울이 붉어져 있었다.

"이리 와."

"예?"

가까이 온 방 국장이 두 팔을 활짝 펼치고 손을 까딱까딱 움
직인다. 안기라는 건가.

얼떨결에 목을 살짝 내밀었더니 나를 와락 끌어안았다.

"너 인마, 내가 마음이 얼마나 아팠는지 아냐?"

"죄송합니다, 국장님! 제가 못나서. 프로그램은 나중에……."

"아니야, 난 괜찮아! 나 그런 거 신경 안 쓴다!"

어?

"아닙니다! 국장님께 폐를 끼칠 수는 없죠! 다음 기회에……."

방 국장이 두 팔에 더욱 힘을 준다.

숨이 막힌다.

"우리 사이에 다음이 어딨어? 내가 전폭적으로 지원해 주마!
윤소림 드라마 하고! 윤환 예능 하고! 은별이도 데려와! 아니, 다
데려와!"

"구, 국장님……."

그 뒤로도 한참을, 나는 방 국장의 품에서 인형처럼 끌려다녀
야 했다.

어디서부터 잘못된 건지 알 수가 없었다. 퓨처엔터로 돌아왔
을 때는 몸과 마음이 만신창이 상태였다.

"제대로 당했어."

"뛰는 놈 위에 나는 놈이 있다더니. 역시 방 국장님은 다르네요."

유병재 말대로 오늘 나는 방 국장 손아귀에서 놀아난 꼴이었다.

"그래도, 국장님은 대표님을 믿는가 봅니다."

"고마워해야 할지, 울어야 할지 모르겠다."

나는 유병재를 뒤로하고 권하준에게 다가갔다.

오늘 연성만 대표 앞에서 그동안의 노력을 모두 쏟아내면 마침내 꿈을 이루게 될 것이다.

"하준아, 내가 너무 오래 기다리게 했지?"

권하준이 눈을 마주치지 못하고 고개를 푹 숙인다. 자식.

나는 연습생들이 얼마나 애타는 시간을 견디는지 잘 알고 있다.

릴리시크가 먼저 데뷔하는 모습을 보면서 조바심도 들었을 거다.

"이제부터 조금씩 속도를 내자. 지금까지의 너의 노력이 헛되지 않게 회사가 열심히 밀어줄 테니까."

나는 권하준의 어깨를 두드렸다.

'오늘 잘할 수 있지?'라는 말은 안 할 거다. 잘할 거니까.

"대표님, 준비 다 끝났습니다!"

나는 체크무늬 스카프를 목에 두른 김나영 팀장을 보며 고개를 끄덕였다.

"가자!"

권하준의 미래로.

　　　　　*　　　　　*　　　　　*

　며칠 후, N탑 엔터테인먼트의 SNS 계정에는 여섯소년들의 뒤를 이을 새 보이 그룹의 소식이 올라왔다.

　이춘성, 베누스(차은혁), 콴, 아인(박서준), 그리고 리더 권하준.

　그룹명은 다섯 가지 복을 의미하는 〈오복성〉!

　한편 찌라시가 5탄까지 이어지면서 퓨처엔터를 향한 무분별한 악플과 기사가 쏟아지자, 퓨처엔터는 기자회견 일정을 잡았다.

　인터넷 생중계까지 한다는 소식에 모두가 그날만을 손꼽았다.

「마침내 기자회견 당일」

　주선희 대표를 비롯한 최피사 회원들은 기자회견 중계를 보기 위해서 회의실에 모였다.

　"오늘은 또 무슨 쇼를 펼치려는지."

　"생중계까지 하는 거 보면 그래도 뭐가 있다는 것 아니겠어요?"

　"있으면 뭘 합니까. 기자회견 끝나자마자 우리가 핵폭탄 터뜨릴 건데."

　모임은 그동안 최고남의 관한 정보를 닥치는 대로 긁어모았다.

　그 안에는 스캔들뿐 아니라 뇌물 건까지 얽혀 있어서 공개가 된다면 엄청난 파장이 일어날 것이 자명했다.

　"성 상납 같은 게 있을 것 같았는데, 그건 없네."

　"있을 거야. 찾지를 못한 거지. 강준이 넌 얘기 들은 거 없어?

너 클럽 자주 다녔으면 들은 거 있을 거 아니야?"

"에이씨, 그 얘기를 왜 해요?"

"들은 거 있나 해서 그렇지."

"에잇, 예전에 강남 클럽 사장이 세금 포털 혐의로 조사받은 적이 있는데, 국세청장이 뒤를 봐줬다고 하더라고요. 그 일을 연예인 매니저가 중계해 줬고. 그런데 의미 없어요. 소문은 있는데 흔적이 없어."

"이야, 그쪽 세계는 다이내믹하구만. 어떤 회사는 연습생들 밤업소 돌린다면서요?"

"그런 데가 한두 군데야? 쉬쉬하는 거지."

"잘됐네. 소문은 있는데 흔적이 없으면, 아니라는 증거도 없다는 거 아니야?"

"그러네. 우린 부채질만 하면 되는 거 아니야? 이참에 그 일도 찌라시로 풉시다!"

어떻게 해야 최고남을 더욱 깊은 파멸의 구렁텅이로 밀어넣을까를 고심할 때, 중계가 시작됐다.

스크린에 최고남이 등장했다.

아직 여유가 있는지 위풍당당하게 단상에 오른다.

곧이어 기자들의 플래시와 질문들이 쏟아지자, 최피사 회원들은 혀를 내둘렀다.

"역시 기자들 장난아니야. 마 기자도 저기에 있나?"

"저 여기 있습니다. 저기 가서 뭐 해."

마영환 기자가 손을 살짝 든다.

"황 기자는?"

"그러고 보니 없네?"

"특종 잡겠다고 현장에 갔네. 하여간 독한 여자야."

"이럴 게 아니라 우리도 갈 걸 그랬나? 주총에도 총회꾼이 있는 법인데, 저기 찾아가서 난장판을 만들어 버릴걸!"

아무튼 아수라장 속에서 최고남이 마이크를 앞에 두고 앉았다.

"자, 과연 어떤 변명을 하는지 들어봅시다."

장내 소란이 잠잠해지자 마침내 최고남이 입을 열었다.

─안녕하십니까, 퓨처엔터 대표 최고남입니다.

─먼저, 저를 위해 귀한 시간 내주신 기자 여러분들과 관계자 여러분께 감사 말씀 드립니다.

─오늘 저는 최근 떠도는 일련의 소문, 그 소문의 근원에 대해서 밝히기 위해 이 자리를 마련했습니다.

"근원? 무슨 근원이야. 변명이겠지."

최피사 회원들이 피식 웃는 동안에도 최고남의 말은 계속됐다.

─저는 얼마 전 제보를 받았습니다. 제보 내용은, 저를 음해하려는 세력이 존재한다는 내용이었습니다.

─그 세력은 저에 대한 확인되지 않은 정보를 수집하고 악의적으로 편집하는 것이 목적이며, 지금도 또 다른 소문, 즉 찌라시를 준비하고 있다고 합니다.

여기까지 말한 최고남이 한 템포 쉬어가자, 기자들의 질문으로 장내가 다시 시끄러워졌다.

─그게 사실인가요?

─확인하셨습니까?

―증명할 수 있으세요?

최고남이 다시 마이크를 잡았다.

―방금 전 SNS에 제가 입수한 모임의 녹음 파일을 비롯한 동영상을 업로드했습니다.

―어딘가요? 주소를 알려주세요!

―더블유, 더블유, 더블유, 유튜브 닷컴……

놀란 최피사 회원들은 엉덩이를 불에 덴 것처럼 자리에서 벌떡 일어났다.

"뭐야? 저게 무슨 개소리야!"

"녹음 파일이라니? 동영상이라니?"

"이게 어떻게 된 거야?"

우왕좌왕하며 최고남이 부른 주소를 확인한 최피사 회원들.

"여기, 은별나라 은별공주잖아?"

―그 전에, 한 가지 더.

최피사 회원들은 다시 스크린을 바라봤고, 최고남이 입꼬리를 올리는 모습을 분명히 볼 수 있었다.

―구독과 좋아요, 부탁드립니다.

*   *   *

판도라의 상자가 열렸다.

기자회견에서 최고남이 쏜 핵폭탄으로 하루아침에 분위기가 바뀌었다.

자칭 최고남 피해자 모임은 동영상을 통해 만천하에 드러났다.

염춘재, 주선희, 지남철, 백대식, 정윤찬 피디, 신재광 대표, 이광배 작곡가, 마영환 기자, 박신후, 차강준까지.

최피사 멤버들의 정체에 세상이 떠들썩해졌고, 마무리는 세러데이서울 황숙희 기자의 특종이 장식했다.

[단독 잠입 취재] 최고남에게 피해를 입은 사람들의 모임(최피사)에 잠입한 기자의 생생 르포!

"훗, 마무리 깔끔하네."

백대식은 기사를 보며 그날 일을 떠올렸다.

주 대표의 제안을 받았을 때 화가 머리끝까지 치솟았다.

왜냐고? 최고남을 무너뜨릴 수 있는 사람은 오직 이 백대식뿐이니까.

그 영광을 어중이떠중이들이 차지하게 둘 수야 없지.

그래서 생전 해본 적도 없는, 쓸데없는 짓을 해야 했다.

"에이, 아직도 자국이 있네."

그날 코맹맹이 소리를 만들려고 코를 잡았는데, 긴장했는지 힘을 너무 줘서 상처가 났다.

"최고남, 너는 죽었다가 깨도 모르겠지. 내가 널 살려줬다는 것을."

이런 기분 정말 오랜만이다.

최고남의 우위에 서 있는 기분이랄까.

하지만 권하준만 생각하면 또다시 배가 쓰리다.

"다 된 밥이었는데."

그날 최고남보다 먼저 엘리베이터를 탔다면, 아니, 하루만 더 빨리 대표실에 갔더라면.

후회한들 이미 지나 버린 일.

최고남은 N탑이 버린 권하준을 지키고 키워서 데려와 준, 그래서 오복성을 탄생시킨 주역이 되고 말았다.

"아, 배야."

소화제에 위경련 약까지 입에 털어 넣어보지만, 통증이 쉽게 가시질 않는다.

화장실도 벌써 몇 번이나 들락거렸던가.

도저히 안 되겠다 싶어서 자리에서 벌떡 일어난 백대식.

무심코 의자에 놓인 방석을 본 그는 눈이 휘둥그레졌다.

"피, 피잖아?"

방석이 피투성이다. 급하게 엉덩이를 만졌더니, 축축하기까지.

당황해서 허둥대고 있을 때 노크 소리가 들렸다.

유유 매니저 백승준이었다.

"본부장님, 유유 일로 상의… 본부장님!"

.

.

.

―지금 아무것도 못 먹을걸요? 치질 수술하면 며칠 금식해야 한다던데.

"그래, 알았어."

나는 전화를 끊고 병원 편의점에서 산 물건들을 챙겨 나왔다.

백대식이 수술을 받았다는데 안 와볼 수가 있나.

그날 코맹맹이 목소리가 녀석이라는 것쯤은 쉽게 눈치챌 수 있었다.

한두 해 들은 목소리도 아니고, 진짜 바본가.

물어물어 병실에 가니 누워 있는 사람들이 보인다. 그 속에서 백대식을 찾는 일은 어려운 일이 아니었다.

천하의 백대식이 엉덩이를 내밀고 누워 있다니. 갈 때 사진 찍어야지.

"수술은 잘된 거야?"

"네가 여긴… 어떻게 왔어?"

화들짝 놀란 백대식이 엉덩이를 감춘다.

"소문 듣고 왔지. N탑 역사상 엉덩이에서 피 철철 흘리며 병원에 실려 간 사람은 백 본부장이 최초니까. 연습생들 자주 가는 카페에도 목격담이 올라왔어."

백대식의 목덜미가 새빨개졌다.

"농담이고, 고마워서 문병 온 거야."

"뭐가 고마워? 뭐가?"

"그냥 다."

콕 집어 말하면 부끄러워할 것 같아서 대충 두루뭉술하게 말하고 편의점 봉지와 죽 선물 세트를 침대 옆에 내려놓았다.

"죽 사 왔으니까, 기운 좀 차리면 데워 먹어."

"네가 내 마누라냐?"

"형수님은 필리핀에 있겠지. 기러기 아빠가 쓰러져 있으면 돈은 누가 부치냐?"

"신경 꺼."

하여간 솔직하지 못하다니까. 좋으면서.

백대식 엉덩이도 봤겠다, 이제 갈까 하다가 뭔가 아쉬움이 들어 발길이 떨어지질 않았다.

가만, 앞으로 백대식과 권하준이 자주 부딪칠 게 분명한데……

그래서 나는 이왕 온 김에 가려운 곳이나 긁어주고 가야겠다고 생각했다.

"사실, 항상 의식했어."

"뭘?"

"내가 여기까지 올 수 있었던 건… 백대식이라는 사람이 있었기 때문일지도 몰라."

"최 대표?"

"오복성 잘 챙겨. 전무후무한 아이돌그룹이 될 테니까."

"그럴 거거든?"

"건강도 챙기고."

나는 우수에 찬 백대식의 눈을 보며 병실을 빠져나왔다.

*　　　*　　　*

"그동안 고생했어. 맛있는 거 사줄게."

황 기자가 윙크를 찡긋한다.

"비싼 거 먹을 거고요, 경찰 수사 시작됐다면서요?"

퓨처엔터는 최피사를 개인정보보호법 및 정보통신망법, 모욕, 허위사실유포 등으로 고소했다.

그래도 여전히 인터넷 세상은 시끌벅적하고 내 핸드폰에는 여전히 문자가 쇄도하고 있다.

"그거 보셨어요? 오늘 또 연습생 한 명이 대표님 옹호하는 글을 올렸던데."

회귀한 뒤, 그동안 나는 내 업보를 찾아다녔다. 그리고 그들에게 사과하고 도움 줄 수 있는 부분을 찾았다.

그중 한 명이 올린 글이었다.

"언제 그런 일을 했어요?"

"그러게, 좋은 사람 되기가 쉽지가 않다."

나는 피식 웃으며 황 기자를 바라봤다. 특종 맛을 본 악어새가 목을 길게 빼고 있다.

"요즘에는 뭐 취재해?"

"재판이요. 오디션 프로그램 순위 조작 사건. 아이들 꿈과 희망을 유린한 사건인데, 그냥 넘어가면 안 되죠."

황 기자는 제 일처럼 화를 내며 얘기를 계속했다.

"지금 확실하게 밝지 않으면 몇 년, 혹은 몇십 년 후에 같은 일이 또 반복될걸요? 그때 가면 정말 누구 하나 죽을지도 모를 일이고."

"그래, 제대로 기사 써봐. 다시는 그런 일이 벌어지지 않게. 그어떤 매니저도 그런 짓은 꿈도 꾸지 못하게."

"뭘 또 그렇게 비장하게. 아무튼 우리 다시 친해진 거죠?"

황 기자가 작은 주먹을 내민다. 이 짓을 해야 하나 싶지만, 애타게 쳐다보길래 나도 주먹을 들어 살짝 부딪쳐줬다.

악어새가 씨익 웃는다.

"근데, 오늘 왜 보자고 하신 거예요?"

"기사 좀 부탁하려고."

"타이틀은?"

"사과."

"사과?"

"황 기자도 알잖아. 내 찌라시가, 마냥 찌라시는 아닌 거."

놀란 악어새가 다시 묻는다.

"정말, 기사 내려고요? 회사는요?"

"퓨처엔터 대표가 아니라, 그냥 매니저 최고남으로 돌아가려고."

"진심이세요?"

나는 고개를 끄덕였다. 결심을 바꿀 생각은 없다.

침묵 끝에 황 기자가 녹음기를 꺼냈다.

"그럼… 인터뷰를 시작할까요?"

*   *   *

"표정이 좋질 않아 보이십니다."

저승사자는 공손하게 앉아 있는 무당을 바라봤다.

그날, 다행히 무대를 훌륭히 소화하고 권하준의 몸에서도 나올 수 있었다.

모든 것이 완벽하게 마무리된 하루.

그런데 어쩐지 그날 이후 계속 기분이 좋질 않았다.

"춤을 추고 노래를 하는 중에 이상한 기억이 보였거든."

"어떤……."

"모르겠어. 잃어버린 내 기억인지, 권하준의 기억인지."

"그렇군요."

나직이 속삭이는 무당의 모습에 저승사자는 미간을 찌푸렸다.

"그렇군요, 하면 끝이야? 여기까지 왔는데 뭐라도 힌트를 줘야할 거 아니야."

"짜장면 드시러 온 것 아니었습니까?"

아닌 게 아니라 저승사자의 손에는 짜장면 그릇이 들려 있었다. 그것도 곱빼기.

"짜장면값이 아까워? 사람이었으면 교통사고 합의금으로 짜장면 백 그릇은 물었어!"

"지금 반주로 드시고 계신 산삼주가 천만 원짜리입니다."

내내 눈치만 보던 무당이 울분을 토한다.

"그래? 어쩐지 입에 짝 달라붙더라."

아무튼.

저승사자는 빈 그릇을 손에서 놓고 자리에서 일어났다. 가야할 시간이었다.

"덕분에 잘 먹고 간다."

"먼 길, 조심히 살펴 가십시오."

"너도 천기누설 적당히 하고. 잘 있게."

무당과 이별을 고하고 저승사자는 곧장 퓨처엔터로 돌아왔다.

그러자 늘 보던 풍경이 펼쳐져 있었다. 최고남과 직원들이 서로 농담 따먹기를 하는 모습이었다.

이들의 웃음이 맑은 하늘의 바람 소리처럼 들린다.

"전 한채희 씨가 올린 글 보고 진짜 팬 됐다니까요? 대표님과 그런 인연이 있을 줄 누가 알았겠어요."

"도박 사건으로 물의를 일으키긴 했지만, 그렇게 노력을 했으니까 스타가 된 거지."

한채희는 최고남을 옹호하는 장문의 글을 올렸다.

과거의 인연과 최근의 도움까지 언급하면서 최고남이 어떤 사람인지에 대한 그녀의 생각들이 담겨 있었다.

그뿐인가.

주이래는 무려 손편지를 올렸다. 최고남이 자신에게 어떤 사람인지를 볼펜으로 꾹꾹 눌러 담은 편지였다.

그렇게 최고남의 오해를 풀기 위한 글들이 인터넷에 연일 올라오면서 명부에 적힌 업보들은 하나둘 흐려지기 시작했다.

"아무튼, 일도 잘 마무리됐는데 오늘 회식 어떻습니까?"

차 팀장이 소주잔을 꺾는 시늉을 한다.

쯧쯧, 저 여인은 언제 철이 들려나.

"얼마 전에 차 팀장 소파에서 해롱거리지 않았나? 그때 뭐라고 했더라? 다시는 술 안 마신다고, 내가 술 마시면 대표님 강아지다, 대표님이 시키는 거 다 한다, 뭐 그랬던 것 같은데?"

"하, 대표님! 없는 얘기 하면 벌 받아요."

"차 팀장이야말로 거짓말하면 내가 아는 저승사자한테 확 넘겨 버린다?"

"어디 있는데요? 여기?"

차 팀장이 허공을 확 긁는 모습에 직원들과 최고남이 낄낄거린다.

"우리 날 풀리면 소풍 한번 갈까?"

"봄 소풍 대환영입니다!"

"제가 김밥 쌀게요!"

"과연 그것은 김밥인가, 김에 싼 밥인가."

손을 번쩍 든 권박하 옆에서 배서희가 나직이 중얼거렸다.

"서희, 너어!"

"그래, 박하 씨보다는 서희 씨 요리 솜씨가 낫지. 전에 볶음밥 가져온 거 멍구도 외면했잖아?"

"팀장님!"

"서희 씨, 이번에도 김밥 기대해도 돼?"

웃으며 물은 것은 유병재인데, 배서희가 빤히 쳐다본 사람은……

"승권 씨, 무슨 김밥 먹고 싶어요?"

"저요? 어, 전 참치김밥이요."

"뭐야, 이 분위기?"

"둘이 뭐 있는 것 같은데? 그래, 전부터 수상했어! 저번에 김승권 보고 잘생겼다고 할 때부터!"

"에이, 그러지 마세요. 서희 씨 상처받아요. 저 같은 오징어를 무슨."

김승권이 손사래 치자 배서희가 자리에서 일어난다. 그러더니.

"이렇게까지 하는데도 저런 소리 하고 있다. 확 초장 무쳐 버릴라."

"그게 무슨……"

"내일 꽃 사 와요. 한 다발 말고 한 송이만. 그러면 전 먼저 퇴근해 보겠습니다."

바람을 펄럭이며 사라진 배서희.

차가희가 감탄하며 엄지를 척 내민다.

"배서희 짱!"

그렇게 직원들이 퇴근하고 최고남은 대표실 소파에 앉아 고개를 들었다.

망자의 시선이 오늘따라 깊이가 있다.

"그동안 고생했다. 하준아 몸으로 춤추랴, 노래하랴."

[아, 눈치챘어요?]

"내가 모를 줄 알았냐?"

저승사자는 뒷머리를 긁적거리며 최고남과 마주 앉았다.

어쨌든 이제는 시간이 얼마 남지 않았음을 얘기해 줘야 했다.

"우리가 처음 본 날, 네 첫마디 기억하냐?"

망자의 명부는 특별했다. 망자가 거쳐온 삶이 그러했고, 망자와 얽히고설킨 인연들이 그러했다.

"나 저승사자다 라고 했었지. 건방지게 말이야."

망자의 장례식장은 유독 시끄러웠다. 곡소리 탓이 아니었다.

악덕 매니저 때문에 트라우마와 결벽증에 걸린 작가, 스캔들에 연예계를 떠나야 했던 배우, 타인의 기회를 빼앗아 데뷔한 아이돌.

그런 사연들을 가진 조문객들의 속마음 탓에 장례식장이 유독 시끄러웠다.

그곳에서 망자는 체념한 듯 앉아 있었다.

[그동안 잘해오셨습니다. 이제 전 작가의 트라우마와 결벽증은 사라졌고, 윤소림은 연예계를 떠나지 않아도 될 테니까요.]

저승사자는 망자의 달라진 모습을 지켜보았고, 그것을 인정하고 있었다.

하지만 망자는 기쁜 표정이 아니었다.

"오디션 프로그램으로 데뷔했던 애, 기억나니?"

유명한 배우가 될 운명 대신에 '조작 아이돌'이라는 비아냥을 듣던 잿빛 머리의 가수.

망자의 장례식장에서 피곤한 얼굴로 육개장을 먹던 모습을 떠올린 저승사자는 고개를 끄덕였고, 망자는 다른 의미로 고개를 끄덕이며 얘기를 이어갔다.

"그 오디션 프로그램, 공중파 3사가 통합해서 만든 프로그램이었어. 지원도 엄청나고, 규모도 컸기 때문에 많은 연습생이 참가했어."

망자는 숨을 한 번 크게 들이쉬었다.

"하지만 유명한 소속사의 연습생은 미리 낙점되고, 집안 좋은 애들도 꽂아주고, 팬들의 투표와 상관없이 돈이 될 것 같은 애들을 작위적으로 뽑았지."

망자 역시 그 일에 동조했다.

"그래서 그날 장례식장에서 본 우리 애가 데뷔를 했고, 우리 애 대신 떨어지는 애는… 자살을 했어. 이제 기억이 나. 죽은 그 아이의 얼굴이."

망자는 여기서 얘기를 멈추고 저승사자를 바라봤다.

"그 아이 이름은 김현중."

망자의 눈을 본 순간 저승사자의 다물어진 입술은 찬찬히 열렸고, 망자는 눈물 한 줄기를 흘리며 속삭였다.

"너도 나의 업이었다… 현중아."

기억을 잃었던 저승사자, 모든 기억이 되살아나기 시작했다.

제6장
—
과거, 현재, 그리고

「연습생의 기억」

"현중 형이잖아?"

"저 형도 진짜 불쌍하지, 어떻게 19위를 하냐."

"지난주 방송 투표에서는 10위였잖아? 투표가 조작된 거라는 얘기도 있던데?"

"그건 아닐걸? 엄마가 그러는데, 옛날에 어떤 오디션 프로그램도 조작하다가 걸려서 난리 났었대. 그런데 또 그랬겠어?"

"그러면 현중 형은 어떻게 되는 거야?"

"뭘 어떻게 돼? 다시 연습생 되는 거지."

"저 형이 지금 몇 살이지?"

음악 소리가 쾅쾅 울리는 헤드셋을 쓰고 있지만 주변의 시선은 고스란히 느껴진다.

종일 안무 연습에 서 있을 힘도 없어 주저앉아 있지만 연습실 거울에 비친 제 모습은 무의미해 보인다.

연습생이 된 이후 다람쥐 쳇바퀴 돌듯 매일 같은 나날의 연속이었다. 종일 안무와 노래 연습을 하고, 숙소와 학교를 오가고… 아, 학교는 오래전에 졸업했지.

'몇 년이나 이러고 있었던 거지?'

분명 숫자를 기억하고 있었는데, 갑자기 생각이 나질 않는다.

"현중아, 잠깐 볼까."

신인개발팀 직원을 따라가서 한 시간 남짓 고개를 끄덕였다.

그가 안타깝다는 듯이 퇴출 이유를 얘기하면 그냥 한 번 고개를 끄덕이는 식이었다.

나이가 많아서, 끄덕

네 미래를 위해서, 끄덕

회사가 어쩌고, 끄덕

응원이 어쩌고, 끄덕

나중에는 무슨 얘기를 듣건 고개를 끄덕거리다가 나왔다.

숙소로 돌아와 짐 가방에 물건을 쑤셔 넣었다. 잡동사니 몇 가지와 옷만 한가득.

나이는 먹을 대로 먹었는데 그 흔한 신용카드 한 장 없었다.

지긋지긋한 숙소도 안녕……

그런데 문 앞에서 도저히 발을 뗄 수가 없었다. 주저앉아 한참을 울었다.

그냥 눈물이 나왔다. 머리는 새하얗게 됐다.

정신을 차려보니 의자 위에 서 있었다. 천장에는 단단하게 묶은 옷이 축 늘어져 있었다.

*   *   *

안녕하십니까, 퓨처엔터테인먼트 대표 최고남입니다.

저는 제 스타를 위해서라면 무슨 짓이든 할 수 있습니다.

그래서 사람들은 저를 최고의 매니저, 미다스의 손, 좋은 매니저라고 불렀습니다. 나날이 포장은 화려해졌고 저라는 사람은 꽤 그럴싸한 존재가 됐습니다.

(중략)

그동안 저는 스타를 위한다는 명목으로 타인에게 상처 입히는 일을 아무렇지도 않게 해왔습니다.

내 스타에게조차 독한 말을 서슴지 않았고, 배역과 무대를 따내기 위해 수단과 방법을 가리지 않았습니다.

매니저니까, 그것이 당연하다고 여겼습니다.

스스로에게 면죄부를 줄 이유와 변명은 항상 뒤따랐습니다.

나는 정도를 지켰고, 선을 넘지 않았다고 자신했습니다.

하지만 그것은 오직 나의 기준일 뿐, 어떤 이는 고통을 받았고, 어떠 이는 절망했음을 너무 늦게 깨달았습니다.

(중략)

할 수 있는 한 모두에게 사과를 해야 했습니다. 그들에게 진실을 얘기해야 했습니다.

당신이 부족해서가 아니라 나 때문에 당신의 삶이 현재에 머물러 있는 것일수도 있다는 말을 해줘야 했습니다.

사과를 향한 발걸음은 어렵지 않았습니다. 어려운 이는 나를 맞이해야 하는 피해자들일 테니까요.

(중략)

저는 이제 대표직에서 사임해 초심으로 돌아가 무엇이 진정한 스타를 위한 길이었는지를 스스로에게 묻고 답을 찾으려고 합니다.

다시 한번 피해를 입은 모두에게 사과드립니다.

"이 자식, 결국 일을 저지르는구만."

방 국장은 퓨처엔터 SNS 계정에 올라온 최고남의 사과문을 보고 한숨을 내쉬었다.

"인터넷 반응 어떠냐?"

"욕이 일단 반 먹고 들어가고, 사과문 깔끔하다, 피해자가 누구냐, 최고남은 어떻게 되는 거냐 등등."

김재하 피디가 댓글을 훑어보며 염불 외듯 중얼거린다.

"그냥 넘어가도 될걸, 뭘 사과문까지 올려? 사람을 죽였어, 뭘 했어?"

"정리한다는 의미 아닐까요?"

"정리는 무슨 정리."

"파산 선언 같은 거죠. 초심으로 돌아간다는 말도 다시 시작하겠다는 것 아닙니까."

"잠깐."

김재하 피디의 말에 방 국장이 자세를 고쳐 앉았다.

이맛살을 구기고 잠시 골똘히 생각하더니.

"대표직에서 내려오면, 출연 약속 같은 건 어떻게 되는 거야? 지난번에 윤소림 우리 드라마 하기로 약속했는데?"

"에이, 최고남이 대표에서 내려왔다고 약속을 번복하겠어요?"

하지만 두 사람의 눈빛은 급격하게 흔들리고 있었다.

최고남이 누군가.

이놈이 여기 사과문에 안 적은 것이 하나 있다. 바로 꼼수를 엄청 부린다는 사실이다.

방 국장의 찻잔이 지진 난 것처럼 달그락거린다.

"사장님께 윤소림 데려왔다고 큰소리 빵빵 쳤는데⋯ 야, 최고남한테 전화해 봐!"

신호가 가고.

"어, 최 대표. 아아, 이제 대표 아니라고?"

김 피디가 찌푸린 얼굴을 가로젓는다. 방 국장은 윤소림 얘기를 꺼내보라고 속삭였다.

"다른 게 아니라, 윤소림 우리 드라마 하기로 했다며? 그것 때문에⋯ 뭐?"

놀란 김 피디.

"윤소림 얘기는, 대표한테 물어보라고?"

결국 이럴 줄 알았다.

방 국장은 재빨리 핸드폰을 낚아챘다.

"야, 이 XX, XXX, XXX! 양아치 새끼야!"

*　　　　*　　　　*

「2020년 3월, 영화 〈나는 사랑을 몰랐다〉 제작발표회」

"주연배우 윤소림 씨가 단상에 올라오겠습니다.

사회자의 멘트에 이어 윤소림이 등장했다.

화이트 원피스 차림에 플랫슈즈를 신은 그녀는 날아갈 듯 가벼워 보였다.

기자들의 카메라 플래시가 일제히 터지고, 윤소림은 그들이 사진을 골고루 찍을 수 있도록 자세와 위치를 바꿔가며 빛에 스며들었다.

그 모습을 보고 있으니 사회자의 멘트도 기자들의 아우성도 귀에 들려오지 않았다.

나는 오로지 윤소림만 바라볼 뿐이었다.

포토 타임이 끝나고 영화에 관한 질문이 이어졌다. 연출자 백영옥 감독과 배우 윤소림이 기자들의 질문에 성심껏 답하며 화기애애한 분위기가 계속됐다.

"제시간에 안 끝나겠는데요?"

무대 옆에서 유병재가 시간을 체크하며 초조해한다.

나 역시 오늘따라 기자들이 원망스럽다.

"그러게. 뭘 이렇게 질문들이 많아."

"제가 뭐랬습니까. 뒤로 미루자니까."

말도 안 되는 소리를 또 하네.

"야, 김밥 주문했는데 어떻게 미뤄?"

"김밥이야 간식으로 때우고, 날 새로 잡자니까."

"양이 얼만데 간식이야? 그리고, 너 말이 짧다? 대표 됐다고 막

가자는 거야?"

"그거 피해망상입니다."

늘 그렇듯 유병재와 하릴없이 티격태격하고 있는데, 키 프로덕션 장명 대표가 눈웃음을 지으며 끼어들었다.

"그나저나 퓨처엔터는 좋은 소식만 들리네요. 〈내 매니저〉가 일본 넷플렉스에서 1위라면서요?"

"배우들 덕이죠."

"릴리시크 앨범은 초동 판매량 30만 장 돌파했다죠?"

"이제 시작인데요, 뭐."

"역시 미다스의 손."

"저, 그 자리 내려온 지 오래됐습니다."

그래서인지 마음도 전보다 훨씬 가벼워진 것 같다.

그날 이후 저승이는 별다른 말을 하지 않았다. 평소처럼 짬뽕 먹으러 다니고, 여기저기 쏘다니고, 여자 아이돌 구경하며 오늘에 충실하게 살고 있었다.

설혹, 내일이 오지 않아도 후회하지 않을 것처럼 말이다.

"이제 가도 될 것 같은데요?"

결국 제작발표회는 예정된 시간을 훌쩍 넘겨서 끝났다.

제작진과 라운지에서 짧게 담소를 나눈 뒤에 우리는 윤소림이 편한 옷으로 갈아입을 수 있도록 대기실로 이동했다.

그런데 아까부터 윤소림과 차 팀장이 뭔가를 계속 상의 중이다. 무슨 얘기를 하나 싶어 귀를 쫑긋했더니.

"어허, 여자들 얘기하는데 불경스럽다!"

차가희가 눈을 부릅뜨고 나를 밀어낸다.

"너 요즘 날 너무 구박하는 거 아니야?"

"어허, 일개 매니저가 어딜 팀장님한테!"

"예예!"

대충 고개를 끄덕이고 대기실을 빠져나왔다.

그러다가 라운지 구석에서 와인을 음미하고 있는 김승권을 볼 수 있었다.

"김승권……."

나는 이를 악물고 다가가서 주위를 살피며 속삭였다.

"또 빙의한 거야?"

"이 양반, 요즘 연애한다고 밤늦게까지 싸돌아다닌다니까요. 그래서 아직 잠이 덜 깬 것 같길래."

김승권이 흐흐 웃는다.

얼마나 마셨는지 테이블에 빈 잔이 여러 개다.

"몇 잔을 마신 거야, 아주 술고래가 따로 없네. 너 이러면 애들이 의심해."

"의심할 게 뭐 있어요? 유 대표한테 허락받고 마신 건데."

"잔말 말고 빨리 와!"

나는 김승권의 귀를 잡고 라운지를 빠져나왔다.

그렇게 우리는 한달음에 지난번 소풍 장소로 이동했다. 날도 좋고, 라디오에서는 신나는 댄스 음악이 흘러나왔다.

술이 오른 김승권은 어깨춤을 췄고, 차가희는 손가락 총을 쏘며 리듬을 즐겼고, 유병재는 돼지 멱따는 소리로 노래를 따라 불렀다.

운전은 내가 했다. 아무래도 회사가 개판이 된 것 같다.

그래도 윤소림이 조수석에서 미소를 짓고 있어서 운전하는 것이 힘들진 않았다.

"지금 막, 배우 윤소림 씨와 퓨처엔터 대표님이 도착하셨습니다!"

운동장에 도착하니 김홍식 피디의 카메라 앞에서 은별이가 레드카펫 인터뷰를 진행하고 있었다.

먼저 도착한 직원들과 강주희, 윤환, 릴리시크, 유유, 오복성 멤버들, 그리고 김유리가 환호하며 우리를 반긴다.

어? 전 작가도 왔네.

"대표님!"

"나 이제 대표 아니라니까."

"나한테는 언제나 대표님인걸요?"

얼굴이 새빨개져서 모쏠이라고 고백했던 전유라가 기억난다. 그녀에게 나는 그때나 지금이나 대표님이구나.

"자, 최고남 매니저님! 우리 은별나라 언니, 오빠, 이모, 삼촌들에게 인사 부탁드립니다!"

내가 은별에게 붙잡힌 사이 다들 레드카펫을 지나쳐 운동장에 입성한다.

치사한 자식들. 흠!

"퓨처엔터 매니저 최고남입니다!"

"매니저님, 왜 이렇게 늦으셨나요? 제 목 길어진 거 안 보이세요?"

은별이가 까치발을 들고 오래 기다렸음을 어필한다.

그런데 목이 길어졌는데 왜 까치발을 드는 걸까. 이유는 모르겠지만, 아무튼 늦었으니까.

"죄송합니다. 저는 일찍 오려고 했는데, 다른 분들이……."

"그 어떤 변명도 받아들이지 않겠습니다!"

은별이의 선언에 김홍식 피디가 씨익 웃는다.

"잘못하신 거 아시죠?"

"예!"

"그러면 벌을 내리겠습니다! 은별이 목말 태워주기!"

"당장 실행하겠습니다!"

나는 은별이를 번쩍 들었다. 처음 만났을 때는 새처럼 가볍더니, 이제는 우와.

그래도 아직 가벼워서 내 목이 눌릴 걱정은 안 해도 될 것 같았다.

은별이를 목말 태우고 직원들을 인터뷰하러 다녔다. 카메라 앞이 수줍은 몇몇 직원은 도망쳤고, 그나마 눈치 보느라 도망치지 못한 신입 직원을 딱 붙잡았다.

"퓨처엔터는 이런 점이 좋다?"

"분위기가 너무 좋습니다!"

"틀에 박힌 답은 거절합니다!"

"다들 너무 친절하십니다!"

"거짓말도 거절합니다!"

"은별이가 너무 귀엽습니다!"

"만점짜리 답을 한 직원에게 상을 내리겠습니다! 바로 퇴근!"

"와아!"

우리 은별이가 이렇게 잘 놀아요.

"마지막 질문입니다! 퓨처엔터에 바라는 게 있다면?"

신입 직원이 눈동자를 굴리며 고민하다가 입을 열었다.

"어떻게 해야 좋은 매니저가 될까요?"

그러자 은별이가 내 귀에 대고 속삭인다.

"답을 해주세요."

"그건… 내 스타를 사랑하면 돼. 그러면 어느 순간 좋은 매니저가 돼 있을 거야."

신입 직원의 눈이 별처럼 반짝거린다. 내가 잃어버린 별이 거기에 있었다.

[비하인드 Scene]

"다시 해봐."

차가희의 재촉에 윤소림이 심호흡을 한다. 그러더니 눈에 힘을 빡!

"언니, 쌍꺼풀 만들어졌어?"

"아니야, 아니야. 이건 안 되겠다. 다른 개인기 없어?"

요즘 윤소림은 개인기를 개발 중이었다. 말주변도 없고, 할 줄 아는 건 연습뿐.

이대로 예능에 나가기라도 하면 병풍이 될 게 뻔했다.

"아, 나 마임 할 줄 아는데."

몸짓과 표정만으로 표현하는 연기.

"나, 눈도 안 깜빡일 수 있어."

윤소림은 배시시 웃다가 그대로 멈췄다. 표정에 미동 하나 없는 모습에 차가희가 박수를 설렁설렁 치며 말했다.

"와, 재미없다. 진짜 재미없다."

"언니!"

삐져서 입을 빼죽 내미는 윤소림.

차가희가 그녀의 어깨를 어루만지며 속삭인다.

"그냥 연기나 열심히 해라."

"언니."

얌전한 고양이가 화가 났다.

* * *

인터뷰를 마치고 우리는 지난번처럼 보물찾기를 했다.

다양한 상품이 숨어 있었지만, 이번에도 〈퍼프의 신〉 출연권이 제일 인기가 없었다.

차가희가 우울해하길래 약 올리다가 한 대 맞을 뻔했다.

실컷 배 채우고, 실컷 놀고, 실컷 웃고.

그렇게 마지막 게임을 할 시간이 됐다.

"달리기는 형한테 너무 유리해요."

"맞아요, 진짜 빠르시잖아요."

"저도 아이돌 육상 봤어요! 장난 아니시던데요?"

유유와 오복성 멤버들이 불공정한 게임이라며 새로운 룰을 주장했다.

"형은 두 바퀴 더 뛰세요."

"옳소!"

"두 바퀴 더 뛰어도 내가 이기면?"

"이기고 말하시죠."

"이기면 인스터에서 내 사진 내리는 거다?"

"콜."

그렇게 몸을 푸는 우리 옆에 어김없이 은별이가 다가와 마이크를 척 내민다.

"오늘 1등 자신 있으신가요?"

"못하는 게 자신이 없습니다!"

"파이팅!"

은별이가 엄지를 척 내민다. 나는 아이의 볼을 쓰다듬으며 눈을 바라봤다.

"내가 은별이 때문에 많이 웃었다. 고마워."

"저도 대표님 때문에 행복합니다, 고맙습니다!"

활짝 핀 해바라기처럼 나를 올려다보는 은별이.

아이는 이내 오복성 멤버들에게 쪼르르 달려갔고, 나는 아쉬움을 뒤로하고 옆에서 몸을 풀고 있는 유유를 바라봤다.

"너 요즘 연애는 하냐?"

"알아서 잘하고 있어요."

"이제 스캔들 나도 내가 못 덮어줘. 그러니까……."

"걸리지 말라고요?"

"아니, 걸리면 당당하게 연애하라고."

녀석의 어깨에 손을 척 올리고.

"음악도 좋지만 네 나이에 맞는 행복을 찾아보려는 시도도 가끔 해봐. 나쁘지 않을 거야."

그토록 치열하게 살지 않아도 시간은 흘러가니까. 지나가면 다시는 붙잡을 수 없는 시간.

"하준이, 너 유유한테 지면 안 된다? 매일 녹음실에만 틀어박혀 있는 놈한테 지는 건 말이 안 돼."

"아니에요, 유유 선배님 매일 새벽까지 안무 연습하세요."

"핑계는 지고 나서 생각하고, 너 진짜 괜찮은 거냐?"

빙의로 혹시 이상이 생겼나 싶어서 살펴보는데, 저승이가 옆으로 다가와 퉁명스럽게 말했다.

[이렇게 사자 말을 못 믿어요.]

믿는데, 백 프로 신뢰는 안 가서.

[나도 한번 달려보고 싶은데.]

뭐 하고 있어, 그러면 반빙의 해야지.

나는 가볍게 고개를 끄덕였다. 저승이가 내 몸에 들어온다. 그래서 우리는 하나가 됐고.

총소리와 함께 튀어 나갔다.

이제 우리를 방해할 것은 아무것도 없다. 운동장 트랙도, 무릎의 통증도, 바람도.

"대박, 유튜브 각!"

"역시, 대표님이라니까!"

"대표님 파이팅!"

"대표님 이겨라!"

바람 소리에 섞여 직원들의 외침이 들려온다.

그 어느 때보다 가벼운 몸은 쉼 없이 달렸다. 영원히 멈추지 않고 싶어서, 그래서 더 힘차게 발을 내디뎠다.

심장이 터질 것 같았다. 이유 모를 눈물이 흘러내렸다.

"하아, 하아, 하아……."

지난번 환생을 포기한 이후 나는 생의 요약을 볼 수가 없었다.

하지만 저승이와 반빙의 한 지금은 볼 수가 있다. 사자의 능력이니까.

그래서 한쪽 눈을 감고 직원들을 바라봤다.

『유병재 : 병인(丙寅)년 신묘(辛卯)월 경신(庚申)일 출생』

『운명 : B』

『현생 : S』

『김나영 : 병인(丙寅)년 병신(丙申)월 무자(戊子)일 출생』

『운명 : A』

『현생 : S+』

『차가희 : 정묘(丁卯)년 을사(乙巳)월 기유(己酉)일 출생』

『운명 : B』

『현생 : S』

『김승권 : 경오(庚午)년 임오(壬午)월 정유(丁酉)일 출생』

『운명 : A』

『현생 : A+』

『권박하 : 신미(辛未)년 정유(丁酉)월 임진(壬辰)일 출생』

『운명 : B』

『현생 : A+』

『배서희 : 신미(辛未)년 무술(戊戌)월 신유(辛酉)일 출생』

『운명 : B』

『현생 : A+』

최고의 직원들이었다.

＊　　　　＊　　　　＊

어쩌면 오늘이 내 생에서 가장 찬란한 하루였을지도 모른다.

아침에 일어나 씻고 직원들과 수다를 떨고 누구보다 열심히 일을 했다.

방송국도 들러서 방 국장과 바둑 한 판 두고 오고, 김재하 피디와 커피도 마시고, 로비에서 예나를 마주쳐서 도망도 쳤다.

오늘 내 얼굴에서는 웃음이 끊이질 않았다.

그러나 무대는 결국 막이 내리는 법. 이제 소풍은 끝났고 떠날 시간이다.

나는 주차장에서 짙게 깔린 노을을 바라보다 고개를 돌렸다.

"너희들, 숙소로 바로 갈 거지?"

"예!"

릴리시크 멤버들이 연습실 문을 닫고 나온다.

소연우, 권아라, 송지수, 그리고 박은혜.

내게 힘차게 인사하고 백지우 매니저의 차에 오른다. 그런데 박은혜가 멈칫했다.

"언니, 안 타고 뭐 해?"

박은혜는 허공을 바라봤다. 무언가를 느낀 것처럼. 하지만 그

뿐이다.

"언니, 나 배고파!"

"알았어."

차는 떠났고, 나는 사무실로 올라갔다. 아무도 없는 공간을 또 한참을 바라본다.

차 팀장이 숙취에 힘들어할 때마다 드러눕던 소파며, 탕비실, 직원들 책상들, 컴퓨터, 대표실, 그리고 내 스타들의 스케줄이 그려진 유리 벽.

"우리 마지막으로 짬뽕이나 먹으러 갈까?"

[시간이 됐어요.]

저승이가 미소 띤 얼굴을 가로젓는다.

그 모습이 미안하고 고마워서 눈을 떼지 못했다.

"네가 있어서 참 행복했다."

[저도 아저씨 덕분에 재밌었어요.]

자, 그럼.

"어떻게 가는 거야. 지난번처럼?"

시(時)와 공(空)이 이어진 저승길이 나타날 거라고 생각했지만 아무런 변화가 없다.

그래서 다시 저승이를 바라보는데, 저승이의 어깨 너머로 사무실에 들어오는 윤소림이 보였다.

"대표님!"

갑자기 눈이 시큰하다. 먼지가 들어갔나.

"사무실에 왜 왔어? 병재가 안 데려다줬어?"

"아래에서 기다리고 있어요. 보여 드릴 게 있어서."

나는 환하게 웃고 있는 윤소림 앞에서 저승이를 힐끗 쳐다봤다.

저승이가 고개를 끄덕인다. 시간이 조금 있는 모양이다.

"그냥 들어가지 뭘 보여주려고. 아, 아까 넘어진 데는 괜찮아?"

"살짝 다쳤어요."

윤소림이 제 무릎을 툭툭 치며 웃는다.

"조심 좀 해라. 배우가 몸 관리를 철저히 해야지."

"잔소리는 내일 해주시면 안 될까요?"

내일.

윤소림에게는 당연하고, 나에게는 당연하지 않은 시간.

"그래, 보여줄 게 뭔데."

우리는 소파에 마주 앉았다. 그러다가 문득 생각이 나서 나는
한쪽 눈을 지그시 감았다.

"뭐 하시는 거예요?"

"이러면 내 연예인이 어떤 운명인지가 보이거든."

"정말요?"

'안녕하세요, 이번에 연습생으로 들어온 윤소림이라고 합니다!'

첫 만남에서 본 이 아이는 고등학생이었다.

신장 165센티미터에 밝은 햇살을 머금은 단발머리를 살짝 흔
들며 나를 향해 활짝 웃었다.

'레드반 연습생 윤소림입니다! 열심히 하겠습니다!'

그 연습생은 미래가 불투명했다.

'제15회 상희예술제 여우주연상! 수상자는……'

나는 천천히 눈을 떴다.

"뭐가 보여요?"

"그냥 너만 보인다."

S급이든 A급이든 그게 무슨 상관이겠어.

너는 너인데.

"그게 뭐예요."

"그러게."

나는 실없이 웃고 나서 물었다.

"자, 넌 나한테 뭘 보여주려고?"

그러자 윤소림이 눈웃음을 살짝 보이며 웃더니… 그대로 멈춰 버렸다.

나는 당황해서 미소를 잃고 윤소림을 바라만 봤다.

아까부터 눈이 시리더니 결국 눈물이 흘러내렸다.

"소림아… 널 좋아해."

미련이 없는 줄 알았는데, 이렇게 컸구나.

이 말 하기가 얼마나 힘들던지.

계속 보면 일어나지 못할 것 같아서 나는 눈물을 훔치고 자리에서 일어났다.

그러자 기다렸다는 듯이 사무실 문이 열리면서 연성만 대표의 모습을 한 사자가 나타났다.

연 대표가 사무실을 잠깐 둘러보고 나를 바라본다.

"언제 오나 했습니다."

"내가 오는지 어떻게 알고?"

"소식 전해 들었죠. 시간이 됐다고."

연 대표가 나를 미묘한 시선으로 바라본다. 전에 봤던 사자가 아닌가.

하긴, 다른 사자가 연 대표 얼굴을 하고 나타난 걸 수도 있으니까. 아무튼.

"가시죠. 저는 준비됐습니다."

"어딜 가?"

"저승길이요."

왜 자꾸 뜸을 들이나 모르겠네.

나는 허공을 가리켰고 빨리 저승길을 만들어서 떠나자고 그를 재촉했다.

"너, 지금 나 빨리 죽으라고 고사 지내냐?"

"예?"

나는 고개를 갸웃하다가 연 대표의 얼굴을 툭 건드렸다. 게슴츠레 날 쳐다보던 눈이 번쩍 뜨인다.

헐.

"저승사자가 아닌가?"

"너 잠이 덜 깼냐?"

연 대표가 손을 들어 내 이마를 툭 하고 친 순간.

그 상태로 움직임이 멈췄다. 사무실 벽시계도 소리가 사라졌다.

"어떻게 된 거야?"

나는 저승이를 돌아보고 물었다.

[떠나는 건 아저씨가 아니거든요.]

"그게 무슨 말이야?"

[저예요. 환생하는 영혼은.]

아무렇지도 않은 듯한 저승이의 미소에 나는 잠시 말을 잇지 못했다.

"그러면… 나는?"

[글쎄요, 아저씨에 대한 처분은 내려오지 않았어요. 벌이 유예가 된 건지, 아니면 이대로 계속 지낼지.]

저승이가 자기도 모르겠다며 어깨를 으쓱한다.

[우리가 어떻게 알겠어요? 신의 뜻을.]

"잠깐만, 진짜 이대로 떠난다고?"

저승이는 대답 대신 허공을 바라봤다. 방금 전까지 아무것도 없던 공간에 흐릿한 벽이 생겼다.

그 너머로 빛의 길이 보인다.

[정말 가야 할 시간이에요.]

"네가 가면… 나는 어떻게 해야 해?"

[뭘 할지 모르겠으면 또 찾아봐요. 아저씨의 S급 연예인을.]

"……."

[울지 마세요. 아저씨답지 않으니까.]

"……."

[나는 이미 아저씨 용서했어요. 그러니까, 아저씨도 스스로를 용서하세요.]

무슨 말이든 하고 싶은데 목구멍이 꽉 막힌 것 같았다.

그래서 간신히 쥐어짜서 겨우 한마디를 꺼냈다.

"한번… 안아보자."

고마웠다. 미안하다. 조심히 가라. 좋은 운명으로 환생해라. 나보다 더 잘 살아야 한다.

수많은 말을 가슴에 안고 저승이를 꽉 끌어안았다.

안녕, 안녕……

                    *   *   *

「배우 윤소림 주연의 영화 〈나는 사랑을 몰랐다〉 촬영 현장」

 공원 한가운데 여러 대의 카메라, 모니터, 조명, 붐마이크, 반사
판이 등장했다.
 구경꾼이 모여들자 라인을 치고 스태프들이 막아섰다.
 아는 선배의 소개로 현장 스태프로 참여한 준호 씨도 그 사이
에서 두 팔을 벌렸다.
 "무슨 영화예요?"
 "배우 누구누구 와요?"
 "죄송합니다, 여기 들어오시면 안 돼요."
 "뒤로 좀 가주세요! 부탁드립니다!"
 "아저씨, 오늘 윤소림 와요?"
 학생들의 질문에 준호 씨는 고개를 살짝 끄덕였다.
 "아저씨, 윤소림 실제로 본 적 있어요?"
 "봤죠."
 "어때요?"
 그걸 질문이라고.
 "보는 순간 눈이 멀지도 모릅니다."
 "정말요?"
 "정말이죠. 주먹만 한 얼굴에 눈 코 입이 완벽하다니까요? 머릿
결은 또 얼마나 좋은지, 바람에 펄럭이는 건지 춤을 추는 건지 헷

갈릴 정도?"

"에이, 그건 너무 오버다."

그때였다.

"오버라니요!"

누군가의 날 선 목소리에 옆을 돌아본 준호 씨.

옆 라인에서 어떤 스태프가 구경꾼들과 실랑이를 하고 있었다.

"우리 윤 배우님 직접 보시면 오버라는 소리 절대 안 나올걸요? 혹시 모르니까, 우황청심환 드시고 오세요! 기절할지도 모르니까."

콧바람을 흥 뿜고 고개를 돌린 스태프와 준호 씨의 눈이 마주쳤다.

"sss111 님?"

"제로썬키스 님? 여긴 웬일이에요?"

"우리 배우님 보려고 왔죠. 여기 스태프로 들어오려고 사돈에 팔촌까지 인맥 뒤졌다고요."

"저는 이혼한 형부한테 부탁했어요."

두 사람은 잠깐 아무 말도 않고 땅만 바라봤다.

얼마 전까지는 윤소림 팬클럽 운영진이었지만, 국내외 팬클럽이 하나로 통합되면서 운영진도 정리와 통합이 진행됐다.

그래서 윤소림 덕질이라면 세상에서 가장 열정적인 줄 알았던 두 사람은 뛰는 놈 위에 나는 놈이 있다는 말을 절실히 깨달아야 했지만… 상관없었다.

덕질은 어디에서나 할 수 있으니까.

"아, 소림아널좋아해 님 소식 들으셨어요?"

"예, 들었어요. 활동 중단한다는 소식. 그분은 그래도 새로운 운영진에 합류할 줄 알았는데."

"아내분이 계속 덕질 하면 이혼이라고 엄포를 놨대요. 그렇게 결국 덕질을 포기한 거죠."

"안타까운 일이네요."

덕질을 포기한 회원의 소식에 두 사람은 한숨을 쉬며 속삭였다.

"불쌍하다. 우리 배우님 덕질을 포기해야 하다니."

"그러니까요. 소림아널좋아해 님은 지금 삶의 의욕을 잃으셨을지도 몰라요."

인간은 그냥 살 수 없다. 햇빛도 받아야 하고, 즐거움도 누려야 하고, 비타민도 섭취해야 한다.

그러니 소림아널좋아해의 소식이 더 안타까울 수밖에 없었다.

윤소림을 덕질 하면 그 3종 세트를 얻을 수 있건만.

"팬들이 밥차 보낸다고 했는데, 아직 안 왔나 봐요?"

"유유가 보낸 커피차하고 릴리시크가 보낸 간식차는 아까 도착했고요, 밥차는… 저기 오네요."

덜컹거리며 밥차가 도착했다.

운전석 문이 열리고 마스크를 쓴 남자가 껑충 뛰어내렸다.

그런데 갑자기 구경꾼들이 웅성거리기 시작했다.

"윤소림이다!"

우박 쏟아지듯 비명이 터졌다.

사람들은 너도나도 윤소림을 보겠다고 까치발을 들었고, 두 사람도 윤소림을 바라봤다.

햇빛, 즐거움, 비타민 3종 세트를 충만하게 획득한 두 사람.

"두 사람, 여기 있지 말고 가서 밥차 좀 도와요."

넋 놓고 있는 두 사람에게 연출팀 스태프가 밥차를 가리켰다.

그래서 무심코 밥차를 향해 고개를 돌린 두 사람은 깜짝 놀라고 말았다.

밥차에서 내렸던 운전자가 마스크를 벗고 윤소림을 보고 있었기 때문이다.

그 역시 3종 세트를 획득하는 중.

두 사람은 이구동성으로 외쳤다.

"소림아널좋아해 님?"

한편 윤소림은 몰려든 인파를 향해 인사를 하고 백영옥 감독과 촬영 얘기를 이어갔다.

긴장한 얼굴로 얘기에 집중하는 찰나, 백 감독이 갑자기 고개를 젖히고 하늘을 바라봤다.

빗방울이 이마에 톡 떨어진다.

"갑자기 웬 비?"

*   *   *

배우들과 스태프들은 인근 건물로 우르르 이동했다.

윤소림의 이마에 묻은 비를 닦아내는 차가희의 손이 분주하다.

비가 그치기 전까지는 꼼짝도 할 수가 없어서 스태프들은 담배를 입에 물거나 핸드폰을 매만졌다.

윤소림 역시 무료하게 기다리느니 오늘 촬영 씬이나 한 번 더 살필 생각으로 시나리오를 넘겼다.

"구름이 심상치 않은데?"

"야, 오늘 비 안 온다며?"

"아침에 기상청에 확인했습니다. 비 안 온다고 했고요."

"그놈의 구라청. 걸핏하면 틀리니 원."

"이러다가 밥만 먹고 집에 가는 거 아니야?"

정말 그래야 하는지 비구름이 짙다.

백 감독이 윤소림 곁으로 다가와 넌지시 말을 붙였다.

"소림아, 차에 가 있어."

"아니에요. 전 괜찮아요."

"비 금방 안 그칠 것 같아. 그쳐도 땅 마르려면 시간 걸려."

"저는 정말 괜찮아요. 그리고 금방 그칠 것 같기도 하고요."

"얘 보게. 현장만 이십 년을 넘게 다닌 나보다 네가 더 잘 알아?"

"매니저가 그랬거든요. 오늘 비 잠깐 오고 그칠 거라고. 직접 봤다고."

백 감독이 피식 웃는다.

"그 매니저는 미래에서 왔대?"

"오늘 쌍무지개가 떠서 뉴스에도 났대요. 그래서 기억에 남는 날이었다고 하시더라고요."

"너, 그거 믿는 거 아니지?"

윤소림은 입술을 가리고 쿡쿡 웃었다.

"흠, 제 매니저는 거짓말을 안 하거든요."

"그 매니저 빨리 오라고 해! 어디길래 아직도 코빼기도 안 비쳐?"

백 감독의 목소리가 힘차게 퍼질 때, 윤소림의 시선이 어딘가로 향했다.

우산을 쓰고 오는 사람, 그의 실루엣, 발걸음, 분위기가 윤소림의 눈에 선명하게 닿았다.

잠시 뒤 그가 계단 아래에 우뚝 섰다. 그러자 신기하게도……

"뭐야? 비 멈췄잖아?"

"무지개다!"

스태프들이 하늘을 두리번거리는 사이 그는 우산을 내려서 접었다. 그리고 계단 위를 올려다본다.

그래서 윤소림은 미소 짓고 그를 바라봤다.

언젠가 그가 그런 말을 했다.

대본 속 세계를 볼 때는 강아지의 시선으로 보라고. 처음 만난 주인, 집, 마당이 강아지의 전부이듯.

그녀도 그랬다.

최고남을 만난 순간부터 그가 그녀의 세계 전부였다.

그래서 설렙니다. 당신을 보고 있으면.

"대표님!"

[에필로그 Scene]

늦은 밤, 백대식은 잠들지 못했다. 죽만 먹었더니 배에서 꼬르륵 소리가 멈추질 않는다. 급기야 눈앞이 아른거리더니 음식들의 환영이 보인다.

맵고 짭쪼름한 탕부터 달달한 핫도그까지.

하지만 수술한 지 얼마 되지 않아서 아무거나 먹을 수가 없었다. 특히, 치질수술을 하고 매운 것을 먹는 것은 자살행위나 다름

없었다.

"아, 최고남이 사 온 게 있었는데."

초코바라도 하나 있지 않을까 싶어서 최고남이 사 온 봉지를 조심히 뒤적였다.

그런데, 컵라면 같은 것이 하나 잡히는 게 아닌가.

이거라도 부숴 먹을까 싶어서 백대식은 곧바로 컵라면을 꺼내 들었다.

하지만 컵라면을 본 백대식은 얼굴이 새빨개졌다.

"부, 불닭볶음면?"

치질 환자에게 매운 것을? 그것도 불닭볶음면을?

"최고남!!"

[에필로그 Scene2]

쾅!

문이 열리고 화가 잔뜩 난 사람이 들어왔다.

나는 한숨을 쉬고 물었다.

"왜요?"

"야, 성지훈 언제 데려올 거야?"

강주희가 소매를 올리며 나를 위협하듯 쏘아본다. 숨을 씩씩 몰아쉬는 통에 진주 귀걸이가 흔들린다. 저거 던지면 아플 것 같다.

"당분간 못 와요."

성지훈은 귀족 작위를 받을 운명이라고… 말은 못 하겠고.

"아무튼 못 와요."

"그럼 나 휴가 줘! 내가 갔다 오게."

"사귀는 거 티 내지 말라니까요."

"언제는 내라며?"

어휴.

"그러면 이렇게 하죠. 스케줄 좀 정리하고 같이 가요."

"진짜지?"

"어차피 가려고 했어요. 형님한테도 조만간 영국 넘어간다고 얘기했고."

강주희가 새초롬하게 쳐다본다. 사랑에 빠지면 어려진다더니.

"근데, 요즘에도 로또 사요?"

"로또를 왜 사. 비트코인 시대인데."

"그거 한물⋯⋯."

아니지, 또 한번 크게 요동치지.

"왜? 너도 사고 싶냐?"

나는 대꾸하지 않고 피식 웃었다.

"뭐야? 샀어?"

피식.

"비트코인을 하시든 뭘 하시든 누님 마음대로 하시되, 적당히 해요."

나는 기지개를 켜고 달력을 바라봤다.

성지훈은 지금 뭘 하려나.

.

.

.

"나 좀 한국에 보내주라고!"

오성식 매니저는 이제 해탈할 지경이었다.

"나한테 백날 얘기하면 뭐 하냐. 최 대표, 아니, 최고남한테 얘기해."

"그 자식 내 전화도 안 받아! 나 진짜로, 김치찌개 얼큰하게 끓여 먹고 싶다고! 신김치 팍팍 썰어 넣어서 고춧가루 팍팍 뿌려서 돼지 앞다리살 성큼성큼 잘라 넣어서 자글자글!"

"요리 프로그램 나가냐? 한인식당에서 먹어!"

"그 맛이 나?"

"안 나지."

풀 죽은 오성식 매니저.

"아무튼 오늘 행사 중요하니까 긴장해. 영국 총리도 온대."

"영국 총리든 여왕이든 나랑 무슨 상관이냐. 전생에 인연이 있던 것도 아니고."

"집중하라고. 오늘 네 행동이 대한민국의 얼굴이니까."

"잔소리 좀 그만해라, 최고남!"

성지훈은 느닷없이 그 이름을 외치고 주먹을 불끈 쥐었다.

"한국 돌아가면 가만두지……."

분노를 속삭이는 이때, 성지훈의 눈에 무대 너머의 객석에서 검은 머리가 보였다. 언뜻 보니, 최고남이다!

"기어이 왔구만. 넌 오늘 죽었어!"

성지훈은 오성식 매니저의 만류에도 성큼성큼 무대 밖으로 나갔다. 금색, 회색, 갈색 머리들 사이에 검은 머리가 딱!

사람들 틈바구니를 지나쳐서 손을 뻗었다.

"잡았다!"

그런데 최고남이 아니었다.

당황한 그때, 남자의 품에서 뭔가가 툭 떨어지는 것이 아닌가.

"총?"

순간 주위에서 비명 소리가 울려 퍼졌고, 다음 날 한국에는 기사가 쏟아졌다.

[속보] 성지훈, 영국에서 테러범 잡다!

[단독] 대한민국 육군 병장 출신 성지훈! 총과 폭탄으로 무장한 테러범을 잡았다!

[종합] 가수 성지훈! 이 남자의 정의가 또다시 빛을 발했다!

[이슈] 보디가드처럼! 객석으로 뛰어가서 테러범과 난투극!

[단독] 영국 정부, 대한민국과 성지훈에게 감사 인사!

[단독] 영국 왕실, 성지훈에게 귀족 작위 수여한다!!

[에필로그 Scene3]

청담동에 배우 윤환이 나타난다는 소식에 인근 헤어 숍과 매장 직원들이 일찌감치 구경을 나왔다.

넷플렉스 영화 〈장산의 여인〉, KIS 드라마 〈내 매니저〉로 일약 스타덤에 오르면서 배우 윤환은 지금 대한민국에서 가장 핫한 남자 배우였다.

마침내 그가 매니저와 스타일리스트에 둘러싸여 차에서 내리자 구경꾼들이 이구동성으로 탄성을 내비쳤다.

일반인보다 머리 하나는 큰 키와 팔다리 비율은 이 세상 사람이 아니었다.

더구나 깍듯하게 인사까지 하고 지나가는 매너까지.

"화보 촬영부터 진행하겠습니다!"

윤환은 호리존 위에서 사진작가의 요구에 맞춰 다양한 포즈를 취했다.

불평불만 없이 성실하게 촬영에 임한 배우 덕분에 촬영은 순조롭게 마무리됐다.

이제 인터뷰 시간.

윤환의 입에서는 인터뷰어가 예상한 답변보다 긴 이야기가 흘러나왔다.

긴 무명 시절, 기회를 찾기 위해 노력했던 시간들, 윤소림을 처음 봤을 때의 충격, 그리고 퓨처엔터를 만난 일까지.

"환이 씨도 무명 시절이 있었다니, 정말 믿기 힘드네요."

"오히려 저는 제가 이렇게 사랑을 받고 있다는 사실이 아직도 믿어지지가 않아요."

"퓨처엔터가 인생의 전환점이 된 거네요."

"그렇죠. 그날 이후 모든 게 바꼈어요. 새로운 세계를 만난 거죠."

이제 인터뷰어는 수첩을 덮고 부탁 하나를 조심스럽게 꺼냈다.

"들으셨겠지만, 저희가 폐간을 앞두고 있어요. 이번에 윤환 배우님을 모신 것은 저희가 독자님들께 할 수 있는 최고의 작별 인사로 마무리를 하기 위한 것이고요."

"얘기 들었습니다. 안타깝고, 그리고 영광입니다."

"죄송해요, 괜히 무거운 얘기를 꺼냈네요."

"아휴, 아닙니다."

인터뷰어는 살짝 붉어진 눈시울을 훔치고 미소를 보였다.

"그러면 마지막으로 저희 독자님들께 작별 인사를 부탁드려도 될까요? 아, 그 무명 시절에 건들건들한 동네 형으로 나오신 적 있 잖아요? 그 역할 정말 인상적이었는데, 그때 톤으로 해주실 수 있 을까요?"

"너무 건들건들할 것 같은데. 괜찮을까요?"

"물론이죠."

"알겠습니다."

윤환은 흔쾌히 고개를 끄덕였다.

"저 카메라 보고 하면 되나요?"

"예."

윤환은 카메라를 뚫어지게 바라봤다. 예전에는 저 시선이 무서 웠는데, 이런 날이 올 줄은 상상도 못 했다.

"안 되겠는데요."

"예?"

"독자분들이 제 모습 볼 생각을 하니까, 자꾸 미소가 나오네요."

엄살에 인터뷰어가 피식 웃는다.

"그러면 배우님 미소를 마음껏 보여주세요. 독자분들에게 좋 은 선물이 될 겁니다."

윤환은 다시 카메라를 바라봤다.

세상에 단 한 사람만이라도 내 연기를 봐주기를 바랐던 무명 의 배우가, 이제는 카메라 앞에서 이름 모를 독자들에게 고마움 을 전한다. 미소와 함께.

"어이 독자들, 그동안 고마웠수다!"

[에필로그 Scene4]

드르륵.

미닫이문이 열리고 닫히자 불상을 모셔둔 방이 나타났다.

그 안에는 강남에서 제일가는 무당이라고 소문난 자가 앉아 있었다.

"그 몸에 맛 들였구나."

무당이 쏘아보며 물었다.

연성만 대표는 웃으며 말했다.

"맛 들인 건 제가 아닌 것 같은데요?"

"농담 따먹기 하려고 왔어?"

무당은 거드름을 피우며 물었다.

"궁금해서 왔습니다. 그자를 어찌할지."

"나만 신이야? 왜 자꾸 나한테 물어."

"대답하기 싫으면 마시고요. 그럼 왜, 끝이 좋지 않다고 하셨습니까?"

"영업 비밀 같은 거지. 그렇게 말해야, 또 올 거 아니야?"

무당이 끌끌 웃고 나서 제 얼굴에 부채질을 했다.

"그 망자, 아니, 최고남… 정말 끝이 좋지 않을까요?"

"그거야 지켜보면 알겠지."

"오래 기다려야겠네요."

"이승의 시간은 순식간 아닌가. 아니면, 그냥 훌쩍 뛰어넘어 갔다 와볼까?"

무당이 부채를 탁 접었다.

「20년 후, 방송국 앞」

"와, 바글바글하구만."

"전국의 연습생들이란 연습생들은 다 온 모양이야."

"하긴, 나라도 오겠다. 이번 오디션 퓨처엔터에서 전폭적으로 지원한다니까."

"최고남 대표가 그랬다며? 공정하고 정직하게 진행한다고."

"심지어 떨어진 연습생들은 전문가들이 상담도 해준대. 계속 가수의 꿈을 키우려면 어떤 부분을 채워야 하는지."

"사회생활 같은 것도 상담해 준다더라. 연습생들 중에 그 나이 먹고 통장 개설 못 하는 애들 쌔고 쌨잖아."

"아주 자선사업가네."

"대단한 사람이지. 그러니까, 세기의 로맨스 주인공이 된 거 아니겠어?"

방송국 스태프들은 오디션장을 가득 채운 연습생들을 보면서 혀를 내둘렀다.

한 가지 분명한 것은, 모두가 한 가지 꿈을 위해서 모였다는 사실이었다.

누군가에게는 마지막 기회일 수도, 누군가에게는 도전일 수도 있는 무대.

그렇기에 팽팽한 긴장감 속에서 스트레칭을 하고, 목을 풀고,

안무 연습을 하는 연습생들을 쉽게 볼 수 있었다.

개중에는 공간이 좁아서 주차장 같은 빈 공간을 찾아 이동하는 연습생도 있었다.

스물도 채 안 돼 보일 만큼 앳된 얼굴의 연습생이 햇빛 내리쬐는 주차장 구석에서 곱슬머리에 땀을 가득 단 채 춤을 추고 있었다.

스스로 만족할 때까지 추고, 또 추고.

한참 만에야 숨을 고를 때, 인기척을 느낀 연습생은 뒤를 돌아보았다.

햇빛이 강해서 상대방을 바로 볼 수가 없었다.

"네가 김현중이지?"

"절 어떻게 아세요?"

그는 미소를 지으며 명함을 내밀었다.

받아 들고 살피려는데, 그가 속삭였다.

"너, 그거 해라."

"그거요?"

되묻는 그때, 마침 햇빛이 구름에 가려졌다.

그는 말했다.

"내 S급 연예인."

『내 S급 연예인』 完.